Susan Cooper
Der Graue König

W0321605

Der vorliegende Band ist das vierte Buch einer fünfteiligen fantastischen Reihe. Die anderen Bände sind:

RTB 1512	Bevor die Flut kommt
RTB 639	Wintersonnenwende
RTB 1510	Greenwitch
RTB 1546	Die Mächte des Lichts

Von Susan Cooper ist außerdem in den Ravensburger Taschenbüchern erschienen:

RTB 1625	Am Ende das Meer

Karin Polz, 1931 in Flensburg geboren, begann ihre Tätigkeit als Übersetzerin vor zehn Jahren. Seither übersetzte sie mehr als dreißig Bücher, von denen mehrere auf der Auswahlliste zum Deutschen Jugendbuchpreis standen. Viele Titel (z. B. bei Rowohlt und Klett-Cotta) stammen aus dem Bereich der Fantasy-Literatur.
Karin Polz lebt heute in Ettlingen bei Karlsruhe.

Der Graue König

von Susan Cooper

Deutsch
von Karin Polz

Otto Maier Ravensburg

Deutsche Erstausgabe
als Ravensburger Taschenbuch Band 1540,
erschienen 1986

Die amerikanische Ausgabe erschien 1975
im Verlag Atheneum Publishers, New York
unter dem Titel „The Grey King"
© 1975 Susan Cooper

© 1987 Ravensburger Buchverlag Otto Maier GmbH
für die deutschsprachige Ausgabe

Umschlagillustration: Dieter Wiesmüller

Alle Rechte dieser Ausgabe vorbehalten durch
Ravensburger Buchverlag Otto Maier GmbH
Gesamtherstellung: Ebner Ulm
Printed in Germany

6 5 4 3 91 90 89 88

ISBN 3-473-51540-X

Am Tage der Toten, wenn auch das Jahr stirbt,
Muß der Jüngste die ältesten Berge öffnen
Durch die Tür der Vögel, wo der Wind sich bricht.
Feuer wird flammen von dem Raben-Jungen,
Und die Silberaugen, die den Wind sehen,
Und das Licht wird finden die Harfe aus Gold.

Am freundlichen See liegen die Schläfer,
Auf Cadfans Weg, wo der Turmfalke ruft;
Wohl wirft grimmige Schatten der Graue König,
Doch singend wird sie die goldene Harfe leiten,
Sie weckt sie auf und heißt sie reiten.

Wenn Licht vom verlorenen Land erstrahlt,
Werden sechs Schläfer reiten, sechs Zeichen brennen,
Und dort, wo der hohe Mittsommerbaum wächst,
Wird die Finsternis fallen durch Pendragons Schwert.

Y maent yr mynyddoedd yn canu,
ac y mae'r arglwyddes yn dod.

Prolog

„Bist du wach, Will? Will? Wach auf, es ist Zeit für deine Medizin, mein Junge . . ."

Das Gesicht schwang hin und her wie ein Pendel, stieg in einem rosa Nebel nach oben, kam wieder herunter, in sechs rosa Nebelflecke zerteilt, die sich alle wie Räder wild im Kreise drehten. Er schloß die Augen. Er spürte kalten Schweiß auf seiner Stirn, kalte Panik im Kopf. *Ich habe es verloren. Ich habe vergessen!* Selbst im Dunkeln drehte die Welt sich im Kreise. In seinem Kopf brauste es wie dahinschießendes Wasser, bis für einen Augenblick die Stimme wieder hindurchdrang.

„Will! Wach für einen Augenblick auf . . ."

Es war die Stimme seiner Mutter. Er wußte es, konnte sich aber nicht konzentrieren. Die Dunkelheit wirbelte und dröhnte. *Ich habe etwas verloren. Es ist nicht mehr da. Was war es? Es war schrecklich wichtig, ich muß mich erinnern, ich muß einfach!* Er versuchte, wieder zu sich zu kommen, und hörte sich selbst wie aus weiter Ferne stöhnen.

„Los geht's." Eine andere Stimme. Der Arzt. Ein kräftiger Arm stützte ihn, kaltes Metall berührte seine Lippen, eine Flüssigkeit, geschickt eingeflößt, rann ihm durch die Kehle. Automatisch schluckte er. Die Welt drehte sich wild im Kreise herum. Die Panik kehrte wieder. Ein paar Wörter kamen ihm flüchtig in den Sinn und verschwanden, wie ein Fetzen Musik. Sein Gedächtnis griff gierig nach ihnen . . . *„Am Tage der Toten . . ."*

Mrs. Stanton schaute besorgt auf das weiße Gesicht hinunter, auf die dunkel umrandeten geschlossenen Augen, das feuchte Haar.

„Was hat er gesagt?"

Will setzte sich plötzlich auf, die Augen weit geöffnet. *„Am Tage der Toten . . ."* Er sah sie beschwörend an, ohne sie zu erkennen. „An mehr kann ich mich nicht erinnern! Es ist weg! Da war etwas, an das ich mich erinnern mußte, etwas, was ich tun mußte, es war wichtiger als alles andere, und ich habe es verloren! Ich habe verges . . . sen . . ." Sein Gesicht verzog sich, und er fiel auf das Kissen zurück. Tränen rannen ihm über die Wangen. Seine Mutter beugte sich über ihn, nahm ihn in die Arme und redete beruhigend auf ihn ein, als wäre er ein Baby. Nach kurzer Zeit begann er sich zu entspannen und leichter zu atmen. Sie blickte bekümmert auf.

„Fantasiert er?"

Der Arzt schüttelte den Kopf; sein rundes Gesicht drückte Mitleid aus. „Nein, das ist vorbei. Physisch hat er das Schlimmste hinter sich. Das hier ist eher ein schlechter Traum, eine Halluzination . . . obwohl es durchaus möglich ist, daß er wirklich etwas vergessen hat. Der Geist kann sehr abhängig sein von der Gesundheit des Körpers, auch bei Kindern . . . Machen Sie sich keine Sorgen. Er wird jetzt schlafen. Und von jetzt an wird es ihm von Tag zu Tag bessergehen."

Mrs. Stanton seufzte und streichelte ihrem jüngsten Sohn die feuchte Stirn. „Ich bin Ihnen sehr dankbar. Sie sind so oft gekommen . . . Es gibt nicht viele Ärzte, die . . ."

„Na, na", sagte der kleine Dr. Armstrong forsch und nahm Wills Handgelenk zwischen Daumen und Zeigefinger. „Wir sind doch alle alte Freunde. Eine Zeitlang war er sehr, sehr krank. Er wird auch noch lange schlapp sein . . . Selbst Kinder erholen sich von so etwas nicht so schnell. Ich komme wieder vorbei, Alice. Jedenfalls muß er noch mindestens eine Woche im Bett bleiben, und zur Schule darf er erst in einem Monat wieder gehen. Könnten Sie ihn irgendwo hinschicken? Zum Beispiel zu Ihrer Cousine nach Wales, bei der Mary über Ostern war?"

„Ja, er könnte nach Wales gehen, da bin ich mir sicher. Es ist dort auch im Oktober schön, und die Seeluft . . . Ich werde ihnen schreiben."

Will bewegte den Kopf auf dem Kissen und murmelte etwas, aber er wachte nicht auf.

I Die goldene Harfe

Die ältesten Berge

Er erinnerte sich, daß Mary gesagt hatte: „Sie sprechen alle walisisch, meistens jedenfalls. Sogar Tante Jen."

„Oje", sagte Will.

„Mach dir keine Sorgen", sagte seine Schwester. „Früher oder später schalten sie auf Englisch um, wenn sie merken, daß du da bist. Du mußt nur Geduld haben. Und sie werden besonders nett sein, weil du krank warst. Zu mir waren sie es jedenfalls, nach meinem Mumps."

Und so stand Will nun geduldig auf dem windigen grauen Bahnsteig des kleinen Bahnhofs von Tywyn in einem dünnen, herbstlichen Sprühregen und wartete, während neben ihm zwei Männer in der marineblauen Dienstkleidung der Bahnbeamten sich auf walisisch miteinander unterhielten. Der eine war klein und verhutzelt wie ein Gnom, der andere sah weich und breiig aus, wie ein Mann aus Teig.

Der Gnom entdeckte Will. *„Beth sy'n bod?"* sagte er.

„Hm . . . entschuldigen Sie", sagte Will. „Mein Onkel sagte, daß er mich vom Zug abholen wollte, am Bahnhof, aber dort ist niemand. Können Sie mir sagen, ob er vielleicht einen anderen Ort gemeint haben kann?"

Der Gnom schüttelte den Kopf.

„Und wie heißt dein Onkel?" erkundigte sich der Mann mit dem Teiggesicht.

„Mr. Evans, aus Bryn-Crug. Vom Clwyd-Hof", sagte Will.

Der Gnom kicherte leise. „David Evans wird sich ein bißchen

verspäten, *bach* Junge. Du hast einen netten Träumer zum Onkel. David Evans wird noch zu spät kommen, wenn die Posaune des Jüngsten Gerichts ertönt. Warte einfach ein Weilchen. Ferien?" Glänzende dunkle Augen musterten ihn neugierig.

„Eine Art Ferien. Ich hatte Hepatitis. Der Arzt hat gesagt, ich müßte verreisen, um mich zu erholen."

„Ah." Der Gnom nickte weise mit dem Kopf. „Du bist auch ein bißchen spitz um die Nase. Aber dies ist der richtige Ort für dich. Die Luft hier an der Küste ist sehr erholsam, sagt man, sehr erholsam. Sogar in dieser Jahreszeit."

Von jenseits des Fahrkartenschalters ertönte plötzlich ein rasselndes Dröhnen, und an der anderen Seite der Sperre sah Will einen schlammbedeckten Landrover vorfahren. Aber die Person, die heraussprang, war nicht sein kleiner adretter Onkel, an den er sich dunkel erinnerte, sondern ein drahtiger, schlaksiger junger Mann, der ihm plötzlich die Hand entgegenstreckte.

„Will, nicht wahr? Hallo. Dad sagte, ich soll dich abholen. Ich bin Rhys."

„Guten Tag." Will wußte, daß er zwei erwachsene Vettern in Wales hatte, so alt wie seine ältesten Brüder, aber er hatte weder den einen noch den anderen jemals kennengelernt.

Rhys nahm seinen Koffer auf, als wäre es eine Streichholzschachtel. „Ist das dein ganzes Gepäck? Dann machen wir uns auf den Weg." Er nickte den Bahnbeamten zu. *„Sut 'dach chi?"*

„Iawn, diolch", sagte der Gnom. „Caradog Prichard hat heute morgen hier in der Gegend nach dir oder deinem Vater gefragt. Hatte was mit Hunden zu tun."

„Ein Jammer, daß du mich heute den ganzen Tag nicht gesehen hast", sagte Rhys.

Der Gnom grinste. Er nahm Wills Fahrkarte an sich. „Werd' bald wieder gesund, junger Mann."

„Danke", sagte Will.

Vom Vordersitz des Landrovers schaute er hinaus auf die kleine graue Stadt, durch Fenster, die der Scheibenwischer vergeblich, quietsch-knirsch, quietsch-knirsch, vom feinen Regenbelag zu befreien suchte. Verlassene Läden säumten die schmale Straße, und ein paar gebeugte Gestalten in Regenmänteln huschten vorbei. Er sah eine Kirche, ein kleines Hotel und einige hübsche Häuschen. Dann wurde die Straße breiter, und sie fuhren an sauber beschnittenen Hecken vorbei, hinter denen offene Felder lagen und grüne Hügel zum Himmel aufragten, zu einem grauen Himmel, der nur aus Dunst zu bestehen schien. Rhys wirkte schüchtern; er fuhr, ohne den Versuch zu machen, eine Unterhaltung zu beginnen – allerdings war der Motor so laut, daß ein Gespräch ohnehin schwierig gewesen wäre. Sie kamen an Gruppen von schweigenden kleinen Häusern vorbei; die Schilder, auf denen FREIE ZIMMER oder ÜBERNACHTUNG UND FRÜHSTÜCK stand, baumelten verlassen hin und her, jetzt, da die meisten Feriengäste gegangen waren.

Rhys lenkte den Wagen ins Landesinnere, auf die Berge zu, und beinahe sofort überkam Will das Gefühl, eingeschlossen zu sein, ja sogar bedroht zu werden. Die Straße war schmal hier, wie ein Tunnel, mit hohen, grasbewachsenen Böschungen und Hecken, die zu beiden Seiten aufragten wie grüne Mauern. Jedesmal wenn sie an einer Lücke in der Hecke vorbeikamen, wo ein Gatter auf ein Feld führte, sah er die grünbraune Masse der Berghänge in den grauen Himmel ragen. Und vor ihnen, wo an Biegungen der Straße durch Bäume hindurch kurz der offene Himmel sichtbar wurde, lauerten in der Ferne höhere graue Bergzüge, deren Gipfel in Wolkenfetzen verschwanden. Will hatte das Gefühl, er befinde sich in einem Teil Britanniens, der anders war als alles, was er bisher gesehen hatte: ein verschwiegener, abgeschlossener Ort, dessen geheimnisumhüllte Vergangenheit Mächte barg, die er nicht einmal erahnen konnte. Ihn fröstelte.

Als Rhys um eine scharfe Biegung auf eine schmale Brücke zusteuerte, machte der Landrover ruckartig einen merkwürdigen Satz und neigte sich zur Seite, auf die Hecke zu. Rhys bremste scharf, kurbelte am Lenkrad und brachte den Wagen in einer Lage zum Stehen, die anzudeuten schien, daß sie mit einem Rad im Graben gelandet waren.

„Verdammt!" sagte Rhys mit Nachdruck und öffnete die Tür.

Will kletterte hinterher. „Was ist passiert?"

„Das da ist passiert." Rhys zeigte mit lang ausgestrecktem Finger auf das Vorderrad an ihrer Seite, dessen Reifen hoffnungslos platt gegen einen aus der Hecke hervorragenden Felsblock gepreßt war. „Sieh dir das an. Total aufgeschlitzt, und diese Reifen sind so dick – du würdest nie denken ..." Seine leise, etwas heisere Stimme überschlug sich vor Verblüffung.

„Lag der Felsblock auf der Straße?"

Rhys schüttelte den Kopf. „Reicht bis unter die Hecke. Ziemlich groß, das ist nur das Ende ... Als ich etwa halb so groß wie du war, habe ich manchmal auf ihm gesessen ..." Das Erstaunen hatte seine Schüchternheit vertrieben. „Aber warum hat das Auto einen Satz gemacht? So was Komisches, das Auto schien doch einen Satz zu machen, genau auf den Fels, zur Seite! Das war kein geplatzter Reifen, das hätte ich gemerkt ..." Er richtete sich auf und wischte sich die Regentropfen aus den Augenbrauen. „Na ja, na ja. Jetzt müssen wir wohl den Reifen wechseln."

Will fragte erwartungsvoll: „Kann ich helfen?"

Rhys blickte auf ihn hinunter, auf die Augen mit den dunklen Rändern, das blasse Gesicht unter dem dicken, glatten braunen Haar. Plötzlich grinste er Will an, zum erstenmal, seitdem sie sich kennengelernt hatten. Es veränderte sein Gesicht völlig, ließ es sorglos und jung aussehen. „Jetzt kommst du zu uns, um wieder auf die Beine zu kommen, nachdem du so krank warst, und ich soll dich im Regen einen alten Reifen wechseln lassen? Mam würde fünfzig Anfälle kriegen. Zurück ins Warme mit dir, aber schnell!" Er ging zur Hecktür des eckigen kleinen Wagens und fing an, sich Werkzeug zusammenzusuchen.

Will kletterte gehorsam zurück auf den Vordersitz; es war

wie in einer warmen, gemütlichen kleinen Schachtel da drinnen, nachdem ihm der kühle Wind auf der Straße den Nieselregen ins Gesicht geblasen hatte. Außer dem leisen Singen des Windes in den Telefonleitungen und einem gelegentlichen tiefen „Mäh" von einem Schaf in der Ferne war zwischen den offenen Feldern unter den emporragenden Hügeln kein Geräusch zu hören. Nur der Schraubenschlüssel klapperte; Rhys schraubte die Bolzen ab, mit denen das Reserverad an der Hintertür befestigt war.

Will lehnte den Kopf zurück und schloß die Augen. Seine Krankheit hatte ihn lange ans Bett gefesselt; eine lange verschwommene Erinnerung an Schmerzen, Kummer und vorbeigleitende besorgte Gesichter. Obwohl er seit mehr als einer Woche wieder auf den Beinen war, wurde er immer noch sehr schnell müde. Es erschreckte ihn manchmal, wenn er nach etwas so Einfachem wie dem Hinaufsteigen einer Treppe atemlos und erschöpft war.

Er saß entspannt da und ließ die leisen Geräusche von Wind und blökenden Schafen auf sich einwirken. Dann ertönte ein anderes Geräusch. Er öffnete die Augen und sah im Seitenspiegel ein Auto hinter ihnen langsam anhalten.

Ein Mann kletterte heraus, untersetzt und bullig. Er trug eine Mütze und einen Regenmantel, der gegen seine Gummistiefel schlug. Er grinste. Ohne jeden Grund mißfiel Will das Grinsen vom ersten Augenblick an. Rhys öffnete wieder die Hecktür des Landrovers, um sich den Wagenheber zu holen, und Will hörte, wie der Mann ihn auf walisisch begrüßte; die Worte waren für Will unverständlich, aber sie klangen eindeutig höhnisch. Die Bedeutung des kurzen Gespräches war Will so klar, als hätte er jedes Wort verstanden.

Es war offensichtlich, daß der Mann sich über Rhys lustig machte, weil er im Regen einen Reifen wechseln mußte. Rhys antwortete kurz, aber ohne sich gereizt zu zeigen. Der Mann starrte bewußt aufdringlich in das Innere des Wagens; er trat ans Fenster, um hineinzuschauen, und starrte Will an, ohne zu lächeln, aus merkwürdigen kleinen Augen mit hellen Wimpern; dann fragte er Rhys etwas. Als Rhys ihm antwortete, war eines der Worte „Will". Der Mann im Regenmantel sagte wieder etwas, diesmal mit offenbar gegen sie beide gerichtetem Hohn, um dann ohne Warnung in einen erstaunlichen Schwall hastiger, erbitterter Worte auszubrechen, aufgeregte und heisere Worte, die aus ihm hervorströmten wie die Fluten eines schäumenden Flusses bei Hochwasser. Rhys schien überhaupt nicht zuzuhören. Endlich hielt der Mann zornig inne. Er drehte sich um und marschierte zu seinem Auto zurück, dann fuhr er langsam an ihnen vorbei, die Augen immer noch auf Will gerichtet. Ein schwarzweißer Hund sah dem Mann über die Schulter, und Will stellte fest, daß das Auto ein Lieferwagen war, grau und ohne Heckfenster.

Er schob sich auf den Fahrersitz und kurbelte das Fenster auf; der Landrover bewegte sich sanft nach oben, als Rhys den Wagenheber betätigte.

„Wer war das?" fragte Will.

„Ein Bursche, der Caradog Prichard heißt, von weiter oben im Tal." Rhys spuckte sich zweideutig in die Hände und hob den Wagen höher. „Ein Bauer."

„Er hätte hierbleiben und dir helfen können."

„Hah!" sagte Rhys. „Caradog Prichard zeichnet sich nicht gerade durch Hilfsbereitschaft aus."

„Was hat er gesagt?"

„Er ließ mich wissen, wie amüsant es sei, mich bei einer Panne zu erwischen. Dann sagte er noch etwas zu einer Meinungsverschiedenheit zwischen uns. Unwichtig. Und erkundigte sich nach dir." Rhys drehte seinen Schraubenschlüssel, lockerte die Radschrauben und blickte mit einem schüchternen, verschwörerischen Grinsen zu Will auf. „Gut, daß unsere Mütter nicht zugehört haben. Ich war nicht höflich. Ich habe gesagt, du seiest mein Vetter, und es ginge ihn einen Dreck an."

„War er sauer?"

Rhys dachte kurz nach. „Er sagte... *Das werden wir sehen.*"

Will warf einen Blick auf die Talstraße, wo der Lieferwagen verschwunden war. „Komische Bemerkung."

„Oh", sagte Rhys, „so ist Caradog. Es ist sein Hobby, Leute zu verunsichern. Keiner mag ihn, außer seinen Hunden, und er mag nicht einmal die." Er zerrte an dem kaputten Reifen. „Sitz jetzt still da oben. Dauert nicht mehr lange."

Als er endlich wieder auf den Fahrersitz kletterte und sich die Hände an einem verschmierten Lappen abrieb, war aus dem feinen Sprühregen richtiger Regen geworden; sein dunkles Haar klebte ihm in nassen Locken am Kopf. „Wirklich", sagte Rhys, „das ist ein hübsches Wetter zu deiner Begrüßung, muß ich sagen. Aber es wird nicht anhalten. Wir werden ab und zu noch eine ganze Menge Sonne haben, bevor der Winter über uns hereinbricht."

Will schaute hinaus auf die Berge, die – dunkel und weit weg – auftauchten, als sie der das Tal durchkreuzenden Straße folgten. Grauweiße Wolken hingen in Fetzen über den höchsten Bergen, deren Spitzen im Dunst nicht zu sehen waren. Er sagte: „Die Wolken um die Berggipfel sind alle aufgerissen. Vielleicht klart es auf."

Rhys schaute flüchtig hinaus. „Der Atem des Grauen Königs? Nein, tut mir leid, das zu sagen, Will, aber das gilt als schlechtes Zeichen."

Will saß ganz still, ein lautes Dröhnen in den Ohren; er umklammerte den Rand seines Sitzes, bis das Metall ihm in die Finger schnitt. „Wie hast du es genannt?"

„Die Wolke? Oh, wenn sie so zerfetzt dort oben hängt, nennen wir sie den Atem des *Brenin Llwyd*. Des Grauen Königs. Er soll hoch dort oben leben. Eine der alten Geschichten." Rhys sah ihn von der Seite an, dann bremste er plötzlich; der Landrover kam fast zum Stehen. „Will! Ist alles in Ordnung? Du bist weiß wie ein Gespenst. Fühlst du dich schlecht?"

„Nein. Nein. Es war nur..." Will starrte hinaus auf die grauen, massigen Hügel. „Es war nur ... der Graue König, *der Graue König*... es gehört zu etwas, was ich einmal wußte, etwas, was ich im Gedächtnis behalten sollte, für alle Zeiten ... Ich dachte, ich hätte es vergessen. Vielleicht ... vielleicht kommt es zurück ..."

Rhys legte wieder einen Gang ein. „Oh", rief er fröhlich in den Lärm, „wir werden dich schon wieder in Ordnung bringen, wart's nur ab. In diesen alten Bergen ist alles möglich!"

Cadfans Weg

„Siehst du", sagte Tante Jen, „ich habe dir ja gesagt, daß es wieder aufklaren würde."

Will schluckte den letzten Mundvoll gebratenen Speck hinunter. „Man glaubt nicht, daß es dasselbe Land ist. Toll!"

Der Morgensonnenschein fiel in breiten Streifen durch die Fenster der langen Küche im Bauernhaus seines Onkels. Er glitzerte auf den blauen Schieferplatten des Bodens, auf dem Porzellanservice mit dem Weidenmuster, das auf der riesigen schwarzen Anrichte stand, und auf den Krügen in Form von verschiedenen grinsenden Männergesichtern auf dem Bord über dem Herd. Ein Regenbogen tanzte über die niedrige Decke, entstanden aus einem Sonnenstrahl, der sich im Henkel des gläsernen Milchkrugs brach.

„Warm ist es auch", sagte Tante Jen. „Wir werden einen wunderschönen Nachsommer für dich haben, Will. Und etwas dicker mußt du auch werden, mein lieber Junge. Iß doch noch ein Stück Brot."

„Es schmeckt herrlich. Ich habe schon seit Monaten nicht mehr so viel gegessen." Will sah der zierlichen Tante Jen voller Zuneigung zu, wie sie in der Küche herumhantierte. Genaugenommen war sie gar nicht seine Tante, sondern eine Cousine seiner Mutter; die beiden waren miteinander aufgewachsen und schrieben einander immer noch Unmengen von Briefen. Aber Tante Jen hatte Buckinghamshire schon vor langer Zeit verlassen; es gehörte zu den romantischeren Geschichten in der Familie: wie sie nach Wales gekommen war, um dort einen Urlaub zu verbringen, sich Hals über Kopf in einen jungen walisischen Bauern verliebt hatte und nie mehr nach Hause zurückgekehrt war. Inzwischen hörte sie sich an, als sei sie selbst eine Waliserin, und sah auch so aus, mit ihrer zierlichen, angenehm gerundeten Figur und den glänzenden, dunklen Augen.

„Wo ist Onkel David?" fragte Will.

„Irgendwo draußen im Hof. In dieser Jahreszeit gibt es viel Arbeit mit den Schafen; die Bergbauern bringen die einjährigen Tiere für den Winter hinunter ins Tal . . . Er muß gleich nach Tywyn fahren und wollte gern wissen, ob du Lust hast, mitzukommen. Du könntest an den Strand gehen, bei diesem sonnigen Wetter."

„Klasse."

„Natürlich nicht schwimmen", fügte Tante Jen hastig hinzu.

Will lachte. „Ich weiß, ich bin gebrechlich, ich werde vorsichtig sein . . . Ich würde gern mitfahren. Ich könnte Mum eine Karte schreiben und ihr mitteilen, daß ich heil hier angekommen bin."

Schritte stampften über den Boden, und Rhys tauchte zerzaust in der Tür auf und zog seinen Pullover aus. „Morgen, Will. Hast du uns etwas vom Frühstück übriggelassen?"

„Du bist spät dran", sagte Will herausfordernd.

„Spät, ja?" Rhys warf ihm einen scheinbar zornigen Blick zu. „Hört ihn euch an, und ich bin seit sechs Uhr früh draußen und habe nicht mehr als eine armselige Tasse Tee im Magen. Morgen früh, John, werden wir diesen kleinen Affen aus dem Bett zerren und mitnehmen."

Hinter ihm lachte jemand mit tiefer Stimme in sich hinein. Will schaute in ein Gesicht, das er bisher noch nicht gesehen hatte.

„Will, das ist John Rowlands. Hat die beste Hand für Schafe in ganz Wales."

„Und für die Harfe ebenfalls", sagte Tante Jen.

Es war ein mageres Gesicht mit vorstehenden Backenknochen und vielen Falten, besonders um die jetzt lächelnden Augen herum. Dunkle Augen, braun wie Kaffee, dünn werdendes dunkles Haar, mit grauen Strähnen an den Seiten, der wohlgeformte Mund der Kelten. Einen Augenblick lang starrte Will ihn fasziniert an; es ging eine merkwürdige, undefinierbare Stärke von diesem John Rowlands aus, obwohl er keineswegs besonders kräftig wirkte.

„*Croeso*, Will", sagte John Rowlands, „willkommen in Clwyd! Deine Schwester hat mir im letzten Frühjahr von dir erzählt."

„Großer Gott", sagte Will erstaunt und gedankenlos, und alle lachten.

„Nichts Schlimmes", sagte Rowlands lächelnd. „Wie geht es Mary?"

„Ihr geht's wunderbar", sagte Will. „Sie sagte, sie hätte es herrlich hier gehabt, letzte Ostern. Ich war zu der Zeit auch fort. In Cornwall."

Er schwieg einen Augenblick, sein Gesichtsausdruck war plötzlich geistesabwesend und leer; John Rowlands musterte ihn rasch, dann setzte er sich an den Tisch, wo Rhys sich schon über Speck und Eier beugte. Wills Onkel trat ein, einen Stoß Papiere in der Hand.

„*Cwpanaid o de, cariad?*" sagte Tante Jen, als sie ihn erblickte.

„*Diolch yn fawr*", sagte David Evans und nahm die Tasse Tee, die sie ihm reichte. „Und dann muß ich mich auf den Weg nach Tywyn machen. Möchtest du mitfahren, Will?"

„Ja, gerne."

„Es kann ein paar Stunden dauern." Seine Worte klangen immer sehr exakt. Er war klein und schlank, mit scharfen Gesichtszügen, doch manchmal trat unerwartet ein unbestimmter, nachdenklicher Ausdruck in seine dunklen Augen. „Ich muß zur Bank, mit Llew Thomas sprechen, und dann ist da noch der neue Reifen für den Landrover. Das Auto, das einen Satz in die Luft machte und sich selbst zu einem Platten verhalf."

Rhys protestierte mit vollem Mund und erstickter Stimme. „Hör mal, Dad", sagte er schluckend. „Ich weiß, wie es sich anhört, aber ich bin wirklich nicht verrückt. Es war *nichts* da, was das Auto so zur Seite und gegen den Felsen hätte schleudern können. Außer, die Lenkung ist nicht mehr in Ordnung."

„Mit der Lenkung des Autos ist alles in bester Ordnung", sagte David Evans.

„Na also!" Rhys ruderte entrüstet mit den Ellbogen. „Ich sag dir, das Auto kam ohne jeden Grund ins Schleudern. Frag Will."

„Es stimmt", sagte Will. „Das Auto machte eine Art Satz zur Seite und prallte gegen diesen Felsen. Ich weiß nicht, was es dazu brachte, einen Satz zu machen, außer vielleicht ein lockerer Stein auf der Straße – aber der hätte ganz schön groß sein müssen. Und so einen Stein haben wir nirgends gesehen."

„Ich sehe, ihr habt euch schon miteinander verbündet", sagte sein Onkel. Er leerte seine Teetasse und sah sie über den Rand hinweg an; Will war sich nicht sicher, ob er sie auslachte oder nicht. „Na ja, ich werde die Lenkung für alle Fälle überprüfen lassen. John, Rhys, was den Extrazaun für das *fridd* betrifft . . ."

Ohne es zu merken, glitten sie wieder ins Walisische. Es störte Will nicht. Er war damit beschäftigt, eine leise innere Stimme zum Schweigen zu bringen, eine absurde kleine Stimme, die einen absurden Vorschlag machte: *„Wenn sie wissen wollen, warum das Auto einen Satz gemacht hat"*, flüsterte es in seinem Kopf, *„warum fragen sie nicht Caradog Prichard?"*

David Evans setzte Will bei einem kleinen Zeitungsladen ab, wo er Ansichtskarten kaufen konnte, und tuckerte dann weiter, um den Landrover zu einer Reparaturwerkstatt zu bringen. Will kaufte eine Karte, die einen von sehr walisisch aussehenden Bergen umrandeten, unheilvoll aussehenden dunklen See zeigte, schrieb darauf: „BIN HIER ANGEKOMMEN! Viele

Grüße von allen", adressierte sie an seine Mutter und steckte sie an der Post ein, einem gewichtig aussehenden roten Backsteingebäude an einer Ecke der Hauptstraße von Tywyn. Dann sah er sich um und fragte sich, wohin er als nächstes gehen sollte.

Auf gut Glück und in der Hoffnung, zum Meer zu kommen, folgte er der engen, kurvenreichen Hauptstraße. Aber bald stellte er fest, daß er auf diesem Weg nicht ans Meer gelangen würde: nur Läden, Häuser, ein Kino mit einer eindrucksvollen viktorianischen Fassade, auf der großartig GESELLSCHAFTSRÄUME stand, und das schiefergedeckte Eingangstor einer Kirche.

Will sah sich gern Kirchen an; vor seiner Krankheit waren er und zwei Schulkameraden mit dem Fahrrad durch das ganze Themsetal gefahren, um Abdrücke von Gedenktafeln aus Messing zu machen. Er betrat den kleinen Kirchhof; vielleicht gab es auch in dieser Kirche Messingtafeln.

Der Vorbau hatte eine niedrige Decke, wie eine Höhle; drinnen war die Kirche schattig und kühl, mit dicken, weißgestrichenen Wänden und stämmigen weißen Pfeilern. Es war niemand da. Will fand keine Gedenktafeln aus Messing, sondern nur Denkmäler für Wohltäter mit unaussprechlichen Namen wie Gruffydd ap Adda aus Schloß Ynysymaengwyn. An der Rückseite der Kirche bemerkte er beim Hinausgehen einen seltsamen langen grauen Stein, der aufrecht dastand und in den Zeichen geritzt waren, die er nicht entziffern konnte. Er stand lange davor; der Stein kam ihm wie ein Omen vor, obwohl er keine Vorstellung hatte, welche Bedeutung er haben mochte. Und dann, als er beim Hinausgehen wieder durch den Vorbau kam, warf er gleichgültig einen Blick auf das schwarze Brett mit Mitteilungen aus der Gemeinde und sah den Namen: *St. Cadfans Kirche.*

Wieder wirbelte es wie Wind in seinen Ohren; stolpernd ließ er sich auf die niedrige Bank im Vorbau fallen. Alles drehte sich plötzlich in seinem Kopf, er war wieder mitten im dröhnenden Wirrwarr seiner Krankheit, als er gewußt hatte, daß irgend etwas, etwas außerordentlich Wertvolles, seinem Gedächtnis entglitten oder genommen worden war. Worte flackerten durch sein Bewußtsein, ohne Ordnung oder Sinn, und dann kam ein Ausdruck nach oben wie ein emporschnellender Fisch. *„Auf Cadfans Weg, wo der Turmfalke ruft...* Er griff in Gedanken gierig danach, wollte noch mehr. Aber es kam nicht mehr. Das Dröhnen ließ nach; er öffnete die Augen und atmete ruhiger, das Gefühl der Benommenheit verschwand langsam. Leise sprach er es aus: „Auf Cadfans Weg, wo der Turmfalke ruft... Auf Cadfans Weg..." Draußen im Sonnenschein schimmerten die Grabsteine aus grauem Schiefer und das grüne Gras, und hier und da leuchteten Regentropfen, die vom Vortag noch an den längsten Halmen hingen, wie Edelsteine auf. Will dachte: *„Am Tage der Toten... Der Graue König...* es muß irgendeine Warnung wegen des Grauen Königs gegeben haben... und was ist Cadfans Weg?"

„Oh", sagte er plötzlich laut und zornig, „wenn ich mich nur *erinnern* könnte!"

Er sprang auf und ging zum Zeitungsladen zurück. „Können Sie mir bitte sagen", fragte er, „ob es einen Führer für die Kirche oder die Stadt gibt?"

„Nichts über Tywyn", sagte das rotwangige Mädchen im Laden in ihrem zischenden walisischen Tonfall. „Dafür bist du zu spät im Jahr dran... aber Mr. Owen bietet in der Kirche ein Heftchen zum Verkauf an, glaube ich. Und dann gibt es noch dies, wenn es dir gefällt. Sind eine Menge hübsche Wanderwege drin." Sie zeigte ihm einen *Führer für Nordwales,* für fünfunddreißig Pence.

„Na ja", sagte Will und zählte sein Geld zögernd auf den Tisch, „ich kann es ja später mit nach Hause nehmen."

„Es wäre ein hübsches Geschenk", sagte das Mädchen ernsthaft. „Sind ein paar schöne Bilder drin, wirklich. Und schon der Umschlag!"

„Danke", sagte Will.

Als er draußen das kleine Heftchen durchblätterte, erfuhr er, daß die Sachsen im Jahre 516 Tywyn gegründet hatten, rund um die Kirche, die St. Cadfan aus der Bretagne gebaut hatte, und um seinen heiligen Brunnen herum, und daß die Inschrift auf einem Stein in der Kirche als die älteste noch existierende walisische Inschrift galt und so übersetzt werden konnte: „Der Körper von Cyngen ruht auf der Seite, die die Zeichen markieren werden. In der Abgeschiedenheit unter dem Erdhügel liegt Cadfan. Traurig, daß ein Hügel das Lob der Erde umschließet. Mag er ruhen ohne Befleckung." Aber über Cadfans Weg wurde kein Wort gesagt. Und auch in der kleinen Broschüre in der Kirche fand Will nichts.

Will dachte: Nicht Cadfan brauche ich, sondern seinen Weg. Ein Weg ist eine Straße. Ein Weg, wo die Turmfalken rufen, muß über Heideland oder Berge führen.

Der Gedanke daran ließ ihn sogar das Meer vergessen, während er eine Zeitlang geistesabwesend an den Wellenbrechern des windigen Strandes entlangwanderte. Als er sich mit seinem Onkel traf, fand er bei dem auch keine Hilfe.

„Cadfans Weg?" fragte David Evans. „Du sprichst es übrigens falsch aus; ein f wird im Walisischen immer wie ein w ausgesprochen... Cadfans Weg... Nein. Es hört sich kein bißchen vertraut an. Aber ich weiß nichts über diese Dinge. John Rowlands ist der Mann, an den du dich mit solchen Fragen wenden mußt. Er hat ein Gedächtnis wie ein Konversationslexikon, der gute John. Vollgestopft mit diesen alten Dingen."

John Rowlands war irgendwo draußen auf den Weiden beschäftigt; so mußte Will sich für den Augenblick mit einer vielfach gefalteten Landkarte zufriedengeben. Er nahm sie am Nachmittag mit hinaus auf seinem Weg durch das sonnenbeschienene Tal, um allein bis zu den Grenzen des Anwesens zu laufen; sein Onkel hatte sie mit Bleistift flüchtig für ihn eingezeichnet. Clwyd lag in der Niederung und erstreckte sich über den größten Teil des Dysynni-Tales. Ein Teil der Ländereien in der Nähe des Flusses war sumpfig, andere reichten bis zu den geröllbedeckten Berghängen hinauf, grün und grau und farnbraun. Aber der größte Teil war üppiges Talland, fruchtbar und freundlich, einiges vor kurzem nach dem Einbringen der diesjährigen Ernte umgepflügt, während alles übrige als Weideland für die breiten, kräftigen, schwarzen walisischen Rinder diente. Auf den Berghängen weideten nur Schafe. Einige der niedrigeren Hänge waren gepflügt worden, obwohl auch sie Will so steil erschienen, daß er sich fragte, wie ein dort pflügender Traktor es geschafft haben konnte, nicht umzukippen. Weiter oben wuchsen nur Farn, einzelne Gruppen von vom Wind verkrüppelten armseligen Bäumen und Gras. Der Berg ragte in den Himmel hinauf, und dann und wann drang das tiefe, ziellose Blöken eines Schafes hinunter in den stillen, warmen Nachmittag.

Ein anderes Geräusch führte ihn unerwartet zu John Rowlands. Als er über eines der zu Clwyd gehörenden Felder auf den Fluß zuging, eine hohe wilde Hecke zu seiner einen, die dunkle umgepflügte Erde zu seiner anderen Seite, hörte er irgendwo vor sich ein dumpfes schlagendes Geräusch. Nach einer Biegung sah er dann plötzlich eine Gestalt, die sich gleichmäßig und rhythmisch wie in einem langen, bedächtigen Tanz bewegte. Will blieb stehen und sah fasziniert zu. Rowlands, mit halboffenem Hemd und einem roten Tuch um den Hals, arbeitete an einer Verwandlung. Er bewegte sich langsam an der Hecke voran, zuerst mit einem mörderischen Werkzeug, das aussah wie eine Kreuzung zwischen einer Axt und dem Entermesser eines Piraten, sorgfältig hier und da hackend, dann legte er das Werkzeug ab und zerrte zusammen und verflocht, was von der dichten Hecke noch übriggeblieben war. Vor ihm wuchs die Hecke wild und ungebändigt; große Äste ragten unkontrolliert in alle Richtungen: Haselnuß- und Weißdornsträucher versuchten, zu ausgewachsenen Bäumen zu werden. Hinter sich ließ Rowlands auf seinem erbarmungslosen Weg einen sauberen Zaun zurück: Unzählige geköpfte Zweige standen wie Speere hüfthoch; jeder fünfte Zweig war schonungslos rechtwinklig zur Seite gebogen und mit der anderen verflochten, als sei das Ganze eine Hürde.

Will sah stumm zu, bis Rowlands seine Anwesenheit bemerkte und sich schweratmend aufrichtete. Er knotete das rote

Halstuch auf, wischte sich die Stirn damit und band es locker wieder um den Hals. In seinem zerknitterten braunen Gesicht hoben sich die Linien neben den dunklen Augen ein wenig, während er Will ansah.

„Ich weiß", sagte er, und seine samtweiche Stimme klang ernst. „Du denkst, hier steht diese wunderschöne gesunde Hecke voller Blätter und Beeren und wächst in den Himmel hinauf, und hier steht dieser Mann und hackt sie herunter wie ein Schlachter, der ein Schaf zerlegt, und macht aus ihr einen scheußlichen kleinen nackten Zaun, nur Knochen und keine Anmut."

Will grinste. „Na ja", sagte er. „So etwa, ja."

„Hm", sagte John Rowlands, hockte sich auf den Boden, nahm die Axt, Kopf nach unten, zwischen die Knie und stützte sich darauf. „*Duw*, gut, daß du vorbeikommst. Ich arbeite nicht mehr so schnell wie früher. Also, laß dir erklären, wenn wir diese wunderschöne wilde Hecke so ließen, wie sie jetzt ist und schon zu lange war, würde sie in weniger als einem Jahr das halbe Feld überwuchern. Und obwohl ich ihren Kopf und die Hälfte ihres Körpers abhacke, werden all diese traurigen gebeugten Schößlinge im nächsten Frühjahr so viele neue Arme ausstrecken, daß du kaum einen Unterschied merken wirst."

„Da Sie es jetzt sagen", erklärte Will, „fällt mir ein, natürlich, zu Hause, in Buckinghamshire, ist es das gleiche mit den Hecken. Ich habe nur noch nie wirklich zugesehen, wenn jemand sie bearbeitete."

„Hab diese Hecke schon ein ganzes Jahr im Auge", sagte John Rowlands. „Im letzten Winter wurde sie vergessen. Es ist wie im Leben, Will – manchmal mußt du scheinbar weh tun, um etwas Gutes zu tun. Aber glücklicherweise muß man nicht oft *sehr* weh tun." Er stand wieder auf. „Du siehst schon besser aus, *bachgen*. Die walisische Sonne tut dir gut."

Will schaute auf die Karte in seiner Hand. „Mr. Rowlands", sagte er, „können Sie mir etwas über Cadfans Weg sagen?"

John Rowlands prüfte gerade die Kante seiner Breithacke mit

dem Finger; es entstand eine winzige Pause in der Bewegung, dann bewegte der Finger sich weiter. John fragte ruhig: „Nun frage ich mich, wie du darauf kommst."

„Ich weiß es nicht genau. Ich muß es wohl irgendwo gelesen haben. Gibt es einen Weg, der so heißt?"

„O ja, den gibt es", sagte John Rowlands. *„Llwybr Cadfan.* Kein Geheimnis, obwohl heutzutage kaum einer noch davon weiß. Ich glaube sogar, daß es in einem der neuen Wohngebiete in Tywyn eine Cadfan-Straße gibt... St. Cadfan war eine Art Missionar aus Frankreich, in jenen Zeiten, als die Bretagne und Cornwall und Wales in enger Verbindung miteinander standen. Vor vierzehnhundert Jahren hatte er eine eigene Kirche in Tywyn und eine heilige Quelle – und man sagt auch, daß er das Kloster in *Enlli* auf Bardsey gegründet habe. Du weißt, wo das ist, die Insel Bardsey, wo die Vogelbeobachter immer hinfahren, dort draußen, vor der Spitze von Nordwales? Früher besuchten die Leute Tywyn und gingen dann weiter nach Bardsey, und es wird gesagt, daß es eine alte Pilgerstraße gibt, die über den Berg von Machynlleth nach Tywyn führt, an Abergynolwyn vorbei. Und zweifellos an diesem Tal entlang. Oder vielleicht etwas höher. Die meisten alten Straßen verlaufen weiter oben, weil es dort sicherer war. Aber niemand weiß heute noch, wo Cadfans Weg zu finden ist."

„Ich verstehe", sagte Will. Es war mehr als genug; er wußte, daß er jetzt den Weg finden könnte – wenn er genug Zeit dazu hatte. Aber er spürte immer stärker, daß er nicht mehr viel Zeit hatte, daß seine Suche, deren Ziel seinem Gedächtnis auf so merkwürdige Weise entschwunden war, so bald wie möglich abgeschlossen werden mußte. *Am Tage der Toten...* Und wonach suchte er, und wo, und warum? Wenn er sich nur erinnern könnte...

John Rowlands wandte sich wieder der Hecke zu. „Nun..."

„Bis später", sagte Will. „Vielen Dank. Ich versuche, Clwyd ganz zu umwandern."

„Mach nur langsam. Das ist ein langer Spaziergang für einen Rekonvaleszenten, um das ganze Anwesen herum." Rowlands richtete sich plötzlich auf und zeigte warnend mit dem Finger auf ihn. „Und wenn du dem Tal folgst und an das Ende vom Craig yr Aderyn kommst – in die Richtung dort –, überprüfe noch einmal die Grenzen auf deiner Karte und verlaß das Gebiet deines Onkels nicht. Dahinter kommt Caradog Prichards Anwesen, und er hat etwas gegen Leute, die sein Land unaufgefordert betreten."

Will dachte an die boshaften Augen mit den hellen Wimpern in dem höhnischen Gesicht, das er vom Landrover aus gesehen hatte. „Oh", sagte er. „Caradog Prichard. Gut. Danke. *Diolch yn fawr.* Ist das richtig?"

Lachfalten erschienen in John Rowlands Gesicht. „Nicht übel", sagte er. „Aber vielleicht solltest du einfach bei *diolch* bleiben."

Die dumpfen Axtschläge verklangen hinter Will und gingen in der Nachmittagssonne unter im Summen der Insekten und den gelegentlichen Rufen von Vögeln und Schafen. Der Weg, dem Will folgte, führte schräg durch das Tal, und er hatte den graugrünen Hang des Berges stets vor sich; er verdeckte einen immer größer werdenden Teil des Himmels, während er weiter darauf zuging. Bald mußte er klettern, und dann verdrängte der Farn in einem raschelnden kniehohen Teppich das Gras, hier und dort mit grünen Stechginstersträuchern durchsetzt, dessen gelbe Blüten zwischen den spitzigen drohenden Dornen immer noch hell leuchteten. Es führte keine Hecke den Berg hinauf, sondern eine mörtellose, mit Schiefer abgedeckte Mauer, die sich jeder Steigung anpaßte und nur hier und dort von einem Mauertritt unterbrochen wurde, niedrig genug für Menschen, doch zu hoch für Schafe.

Will stellte fest, daß er viel rascher außer Atem kam, als er normalerweise gekommen wäre. Als er an den nächsten zum Sitzen geeigneten Felsblock kam, ließ er sich dankbar und keuchend dort nieder. Während er darauf wartete, daß er wieder zu Atem kam, sah er sich noch einmal die Karte an. Das zu Clwyd gehörende Land schien etwa auf halber Höhe des Berges zu enden, aber es gab natürlich keine Garantie dafür, daß er Cadfans Weg vor der Grenzlinie finden würde. Etwas nervös hoffte er, daß der Rest des Berges über ihm nicht Caradog Prichards Land war.

Er stopfte die Karte wieder in die Tasche und ging weiter bergauf, durch die knisternden braunen Farnwedel. Der Hang wurde jetzt steiler, und er kletterte in einer diagonalen Linie. Vögel schwirrten vor ihm auf, und irgendwo hoch oben sang eine Lerche ihr schwermütig trillerndes Lied. Dann hatte Will plötzlich das unangenehme Gefühl, daß irgend jemand ihm folgte.

Abrupt blieb er stehen und drehte sich rasch um. Nichts regte sich. Der farnbraune Hang lag still im Sonnenschein; hier und dort schimmerten hervorstehende weiße Felsen auf. Ein Auto summte die Straße unten entlang, durch Bäume verborgen. Er befand sich jetzt hoch über dem Hof und hatte einen Ausblick auf das silberne Band des Flusses bis zu den Bergen, die sich grün und grau und braun hinter ihm erhoben und schließlich in der Ferne in blauem Dunst verschwanden. Weiter das Tal hinunter war die Bergseite, auf der er stand, mit Fichtenanpflanzungen in ein dunkelgrünes Gewand gehüllt, und dahinter sah er eine große grauschwarze Felsenspitze aufragen, ein einsamer Gipfel, niedriger als die Berge ringsum und doch die ganze Umgebung beherrschend. Ein paar große schwarze Vögel umkreisten seine Spitze; während Will hinschaute, formierten sie sich in Form eines langgestreckten V, wie Wildgänse es tun, und flogen ohne Eile über den Berg fort auf das Meer zu.

Dann hörte er von irgendwo aus der Nähe das kurze scharfe Bellen eines Hundes.

Will zuckte zusammen. Es war unwahrscheinlich, daß ein Hund allein auf dem Berg umherlief. Und doch gab es nirgends einen Hinweis auf einen anderen Menschen. Wenn jemand in der Nähe war, warum versteckte er sich?

Er drehte sich um, um weiter den Hang hinaufzusteigen, und dann sah er den Hund. Will blieb regungslos stehen. Der Hund stand direkt über ihm, wachsam, wartend: ein weißer

Hund, ganz weiß, außer einem kleinen schwarzen Fleck auf seinem Rücken, wie ein Sattel. Abgesehen von der ungewöhnlichen Farbe seines Fells, sah er aus wie ein ganz normaler walisischer Schäferhund, muskulös, mit spitzer Schnauze und langen Haaren an Schwanz und Beinen: eine kleinere Version des Collies. Will streckte die Hand aus. „Komm her, Junge", sagte er. Aber der Hund zeigte die Zähne und gab ein tief aus der Kehle kommendes, leises, drohendes Knurren von sich.

Will machte versuchsweise ein paar Schritte diagonal den Hang hinauf, die gleiche Richtung, die er vorher eingeschlagen hatte. Der Hund bewegte sich mit ihm, geduckt, mit glitzernden Zähnen und heraushängender Zunge. Die Haltung war seltsam und doch vertraut, und Will wurde plötzlich klar, daß er die gleiche Haltung am Abend vorher bei den beiden Hunden auf dem Hof seines Onkels beobachtet hatte, als sie Rhys halfen, die Kühe zum Melken hereinzutreiben. Es war die Haltung der Aufsicht – das wachsame Kauern, aus dem heraus ein Schäferhund springen würde, um die Tiere in eine bestimmte Richtung zu treiben.

Aber wohin versuchte dieser Hund ihn zu treiben?

Es gab nur eine Möglichkeit, das herauszufinden. Will holte tief Luft, sah den Hund an und begann dann, den Hang direkt hinaufzuklettern. Der Hund blieb stehen und knurrte wieder leise tief in der Kehle; er kauerte mit gekrümmtem Rücken da, als wären seine vier Beine mit dem Boden verwurzelt. Das Fletschen der weißen Zähne sagte sehr deutlich: *Nicht hier entlang.* Aber Will ballte die Fäuste und kletterte weiter. Er wich ein wenig von seiner Richtung ab, so daß er nahe am Hund vorbeikommen würde, ohne ihn zu berühren. Aber dann sprang wider Erwarten der Hund mit einem kurzen Bellen auf ihn zu, duckte sich wieder tief, und Will machte unwillkürlich einen Satz – und verlor das Gleichgewicht. Er fiel seitlich auf den steilen Hang. Verzweifelt streckte er die Arme weit aus, um nicht kopfüber den Hang hinunterzurollen. Er schlitterte und rutschte Hals über Kopf ein paar wilde Meter bergab, voller Entsetzen, das laut wie ein Schrei in seinem Kopf dröhnte, bis sein Fall aufgehalten wurde durch etwas, das heftig an seinem Ärmel riß. Er landete mit einem dumpfen, betäubenden Aufprall an einem Felsen.

Er öffnete die Augen. Die Linie, wo Berg und Himmel sich trafen, drehte sich vor ihm. Dicht neben ihm stand der Hund, die Zähne in den Ärmel von Wills Jacke geschlagen, und zerrte ihn zurück, ganz warmer Atem und schwarze Nase und weit geöffnete Augen. Und bei dem Anblick der Augen begann die Welt um Will herum sich zu drehen, so schnell, daß er dachte, er falle immer noch. Es dröhnte wieder in seinen Ohren, und alles Normale verwandelte sich plötzlich in ein Chaos. Denn die Augen dieses Hundes glichen keinen Augen, die er je zuvor gesehen hatte; wo sie braun hätten sein sollen, waren sie silberweiß: Augen, die die Farbe eines blinden Tieres hatten, im Kopf eines Tieres, das sehen konnte. Und während die silbernen Augen ihn anblickten und der Atem des Hundes ihm heiß über das Gesicht strich, erinnerte Will sich in einem wirbelnden Augenblick an alles, was seine Krankheit ihn hatte vergessen lassen. Er erinnerte sich an die Verse, die ihn führen sollten auf der freudlosen, einsamen Suche, auf die er sich jetzt machen mußte; wußte wieder, wer er war und was er war – und erkannte den Plan, der ihn unter der Maske des Zufalls hier nach Wales gebracht hatte.

Gleichzeitig verließ ihn eine andere Art von Naivität, und er erkannte die ungeheure Gefahr, die wie ein großer Schatten auf der Welt überall in diesem unbekannten Land der grünen Täler und der dunkel verschleierten Gipfel auf ihn lauerte. Er kam sich vor wie der Führer in einer Schlacht, der plötzlich neue Informationen erhalten hat: Plötzlich wird ihm klar, daß genau hinter dem Horizont eine große und schreckliche Armee im Hinterhalt liegt, die sich darauf vorbereitet, sich wie eine gewaltige Welle zu erheben und alle ertrinken zu lassen, die ihr im Weg stehen.

Zitternd vor Erstaunen streckte Will seinen anderen Arm aus und streichelte die Ohren des Hundes. Der Hund ließ seinen

Ärmel los und blickte auf ihn hinunter, die rosa Zunge aus einem rosa umrandeten Maul heraushängen lassend.

„Guter Hund", sagte Will. „Guter Hund." Dann fiel ein dunkler Schatten auf ihn, und er rollte sich auf die andere Seite, um sich aufzusetzen und festzustellen, wer dort seinen Schatten auf ihn warf.

Eine klare walisische Stimme sagte: „Bist du verletzt?"

Es war ein Junge. Seine ordentliche Kleidung sah nach Schuluniform aus: graue Hosen, weißes Hemd, rote Socken und Krawatte. Eine Schultasche hing über seiner Schulter, und er schien etwa so alt wie Will zu sein. Aber etwas war, wie bei dem Hund, ungewöhnlich an ihm, etwas, das Will den Hals zuschnürte und ihn bewegungslos und erstaunt starren ließ, denn der Junge war ohne jede Farbe, wie eine in der Sommersonne gebleichte Muschel. Sein Haar war weiß, ebenso seine Augenbrauen. Seine Haut war blaß. Der Eindruck war so bestürzend, daß Will sich einen verrückten Augenblick lang fragte, ob das Haar absichtlich gebleicht worden war – vorsätzlich, um Erstaunen und Unruhe zu erzeugen. Aber die Idee verschwand so schnell, wie sie gekommen war. Die Mischung aus Überheblichkeit und Feindseligkeit, die aus dem Gesicht sprach, zeigte deutlich, daß es auf keinen Fall solch ein Junge war.

„Alles in Ordnung." Will stand auf, schüttelte sich und zupfte sich Farnteilchen aus den Haaren und von der Kleidung. Er sagte: „Du könntest deinem Hund den Unterschied zwischen Schafen und Menschen beibringen."

„Oh", sagte der Junge ohne besonderes Interesse, „er wußte, was er tat. Er hätte dir nichts getan." Er sagte etwas auf walisisch zu dem Hund, und der Hund trottete zurück auf den Hügel und ließ sich neben ihm nieder, sie beide beobachtend.

„Also", fing Will an, und dann hielt er inne. Er hatte dem Jungen ins Gesicht geblickt und dort noch ein Augenpaar entdeckt, das ihn aus dem Gleichgewicht warf. Diesmal war es nicht das Unheimliche, das er bei dem Hund gesehen hatte; er fühlte mit plötzlichem Schock, daß er die Augen schon einmal gesehen hatte. Die Augen des Jungen waren von einer seltsamen, braun-goldenen Farbe, wie die Augen einer Katze oder eines Vogels. Von Wimpern umrandet, die so bleich waren, daß sie fast unsichtbar schienen, glitzerten sie auf kalte, unergründliche Weise.

„Der Raben-Junge", sagte Will sofort. „Das bist du, so wirst du in dem alten Vers genannt. Ich habe es jetzt alles wieder zusammen, ich kann mich erinnern. Aber Raben sind schwarz. Warum wirst du so genannt?"

„Ich heiße Bran", sagte der Junge, ohne zu lächeln, und blickte unverwandt auf Will hinunter. „Bran Davies. Ich lebe unten auf dem Hof deines Onkels."

Für einen Augenblick war Will verblüfft, trotz seines neuen Selbstvertrauens. „Auf dem Hof?"

„Zusammen mit meinem Vater. In einem kleinen Haus. Mein Vater arbeitet für David Evans." Er blinzelte im Sonnenlicht, zog eine Sonnenbrille aus der Tasche und setzte sie auf; die braun-goldenen Augen verschwanden im Schatten. Er sagte, in genau dem gleichen Gesprächston: „Bran ist das walisische Wort für Krähe. Aber in den alten Geschichten haben Leute, die Bran heißen, auch mit dem Raben zu tun. Es gibt hier in den Bergen eine Menge Raben. Du könntest mich also auch ‚der Raben-Junge' nennen, wenn du willst. Dichterische Freiheit, sozusagen."

Er ließ die Schultasche von seiner Schulter gleiten und setzte sich neben Will auf einen Felsen, mit dem Tragriemen aus Leder spielend.

Will fragte: „Woher wußtest du, wer ich bin? Daß David Evans mein Onkel ist?"

„Ich könnte ebensogut fragen, wie du mich erkannt hast", sagte Bran. „Woher wußtest du es, warum nanntest du mich den Raben-Jungen?"

Er fuhr mit einem Finger müßig über den Lederriemen. Dann lächelte er plötzlich, ein Lächeln, das sein blasses Gesicht aufleuchten ließ wie ein schnell entzündetes Feuer, und nahm die dunkle Brille wieder ab.

„Ich werde dir beide Fragen beantworten, Will Stanton", sagte er. „Es ist so, weil du kein normaler Mensch bist, sondern einer der Uralten des Lichts, hierhergebracht, um die schrecklichen Mächte der Finsternis zu besiegen. Du bist der letzte dieses Kreises, der auf Erden geboren wurde. Und ich habe auf dich gewartet."

Der Raben-Junge

„Siehst du", sagte Will, „es ist für mich die erste Suche ohne Hilfe – und die letzte, weil dies jetzt für das Licht die letzte Möglichkeit ist, sich zu verteidigen: bereit zu sein. Es steht uns ein großer Kampf bevor, Bran – nicht jetzt, aber es wird nicht mehr lange dauern. Denn die Finsternis erhebt sich und wird versuchen, die Welt für sich zu erobern, bis ans Ende der Zeit. Wenn das geschieht, müssen wir kämpfen, und wir müssen siegen. Aber wir können nur siegen, wenn wir die richtigen Waffen haben. Das ist es, was wir getan haben, und noch immer tun, auf solchen Suchen wie dieser – die Waffen zu sammeln, die vor langer langer Zeit für uns geschmiedet wurden. Sechs große Zeichen des Lichts: ein goldener Gral, eine wundersame Harfe, ein Kristallschwert . . . Sie sind jetzt alle gefunden, bis auf die Harfe und das Schwert, und ich weiß nicht, wie das Schwert gefunden werden soll. Aber die Suche nach der Harfe ist meine Aufgabe . . ."

Er pflückte einen Zweig Ginster und starrte darauf. „Vor sehr langer Zeit wurden drei Verse geschrieben", sagte er, „die mir sagen sollen, was ich zu tun habe. Sie sind nirgends mehr aufgezeichnet, obwohl sie das einst waren. Sie existieren nur noch in meinem Kopf. Oder zumindest taten sie das – für immer, dachte ich. Aber vor kurzem war ich sehr krank, und als ich wieder gesund wurde, waren die Verse weg. Ich hatte sie vergessen. Ich weiß nicht, ob die Finsternis etwas damit zu tun hatte. Das wäre möglich, während ich . . . nicht ich selbst war.

Sie hätten sich die Worte nicht selbst aneignen können, aber sie hätten mich daran hindern können, sie mir ins Gedächtnis zurückzurufen. Ich dachte, ich würde wahnsinnig, weil ich immer wieder versuchte, mich zu erinnern. Ich wußte nicht, was ich tun sollte. Einige Bruchstücke kamen zurück, aber nicht viel . . . nicht viel. Bis ich deinen Hund sah."

„Cafall", sagte Bran. Der Hund hob den Kopf.

„Cafall. Diese Augen, diese silbernen Augen . . . es war, als brächen sie einen Bann. Er hat mich auch auf den Alten Weg gebracht, Cadfans Weg, genau hier. Und ich erinnerte mich wieder. An alle Verse. An alles."

„Er ist ein besonderer Hund", sagte Bran. „Er ist nicht . . . wie andere Hunde. Wie lauten deine Verse?"

Will sah ihn an, öffnete den Mund, schloß ihn wieder und blickte verwirrt hinauf zu den Bergen. Der weißhaarige Junge lachte. Er sagte: „Ich weiß. Schließlich könnte ich von der Finsternis kommen – trotz Cafalls. Das ist es doch?"

Will schüttelte den Kopf. „Wenn du von der Finsternis wärest, würde ich das wissen. Es gibt ein Gefühl, das es uns spüren läßt . . . Das Problem ist, daß eben dieses Gefühl, das uns sagt, du kommst nicht von der Finsternis, nichts anderes über dich verrät. Überhaupt nichts. Nichts Schlechtes, nicht Gutes. Ich verstehe das nicht."

„Ach", sagte Bran spöttisch. „Ich habe das selbst nie verstanden. Aber eines kann ich dir sagen, ich bin wie Cafall – ich bin auch nicht ganz so wie andere." Er warf Will einen Blick zu, die hellbewimperten Augen wirkten verschlossen. Dann zitierte er langsam, und es klang sehr nach der singenden Sprechweise der Waliser:

Am Tage der Toten, wenn auch das Jahr stirbt,
Muß der Jüngste die ältesten Berge öffnen
Durch die Tür der Vögel, wo der Wind sich bricht.

Will saß da wie versteinert und starrte ihn entsetzt an. Das Land bewegte sich wellenförmig. Der Himmel stürzte ein. Er sagte mit belegter Stimme: „Das ist der Anfang. Aber du kannst es nicht kennen. Es ist nicht möglich. Es gibt nur drei Menschen auf der Welt, die ..."

Er hielt inne.

Der weißhaarige Junge sagte: „Vor einer Woche war ich mit Cafall hier oben, hier oben, wo du nie jemanden triffst, und wir trafen einen alten Mann. Es war ein sonderbarer alter Mann, mit einer weißen Haarmähne und einer großen gebogenen Nase."

Will sagte langsam: „Aha."

„Er war kein Engländer", sagte Bran, „und er kam auch nicht aus Wales, obwohl er gut Walisisch sprach, und Englisch auch, nebenbei bemerkt ... Er muß ein *dewin* gewesen sein, ein Zauberer, er wußte viel über mich ..." Er brach einen Farnwedel ab, runzelte die Stirn und begann, den Farn in Stücke zu zerpflücken. „Er wußte viel über mich ... Dann erzählte er mir von der Finsternis und dem Licht. Ich habe noch niemals etwas gehört, was mich auf der Stelle und ohne Frage so restlos überzeugte. Und er erzählte mir von dir. Er sagte, es sei meine Aufgabe, dir bei der Suche zu helfen, aber weil ..." – ein spöttischer Unterton klang wieder in der klaren Stimme mit, nur für den Bruchteil einer Sekunde vernehmbar – „aber weil du mir nicht trauen würdest, müßte ich diese drei Zeilen lernen, als Zeichen. Und darum hat er sie mir beigebracht."

Will hob den Kopf, um das Tal entlangzuschauen, auf die blaugrauen Hügel, die dunstig im Sonnenschein lagen, und ihn fröstelte. Wieder hatte er das Gefühl, ein Schatten lauere drohend, wie eine dunkle Wolke. Dann schob er das Gefühl beiseite und sagte, jetzt ohne eine Spur von Mißtrauen in der Stimme: „Es sind drei Verse. Aber im Augenblick sind es die ersten beiden, auf die es ankommt. Die Zeilen, die mein Meister Merriman dir beigebracht hat, stehen am Anfang:

„Am Tage der Toten, wenn auch das Jahr stirbt,
Muß der Jüngste die ältesten Berge öffnen
Durch die Tür der Vögel, wo der Wind sich bricht.

Dort wird Feuer flammen von dem Raben-Jungen,
Und die Silberaugen, die den Wind sehen,
Und das Licht wird finden die Harfe aus Gold.

Am freundlichen See liegen die Schläfer,
Auf Cadfans Weg, wo der Turmfalke ruft;
Wohl wirft grimmige Schatten der Graue König,
Doch singend wird sie die goldene Harfe leiten,
Sie weckt sie auf und heißt sie reiten."

Er streckte die Hand aus und streichelte Cafall die Ohren. „Die silbernen Augen", sagte er. Es entstand ein Schweigen, in dem nur das ferne Trillern der Lerche leise zu ihnen drang. Bran hatte regungslos zugehört, sein blasses Gesicht angespannt. Endlich sagte er: „Wer ist Merriman?"

„Der alte Mann, den du getroffen hast, natürlich. Wenn du meinst, was er ist – das ist schwieriger. Merriman ist mein Meister. Er ist der erste der Uralten, und der stärkste, und der weiseste ... Er wird jetzt nicht teil an dieser Suche haben, glaube ich. Nicht am eigentlichen Suchen. Es gibt zuviel für uns alle zu tun, an zu vielen Orten."

„Cadfans Weg, heißt es in dem Vers. Ich erinnere mich, daß er mir noch etwas anderes gesagt hat, er sagte, Cafall würde dich auf den Weg bringen, so daß die beiden Dinge zusammen, der Ort und Cafall selbst, wichtig seien – und dann sagte er, *und auch der Weg für später*. Später, also noch nicht jetzt, nehme ich an." Bran seufzte. „Was hat das alles zu bedeuten?" Obwohl er so anders war, war dies der Stoßseufzer eines ganz normalen Jungen.

„Ich habe mir überlegt", sagte Will, „daß der Tag der Toten der Abend vor Allerheiligen sein könnte. Meinst du nicht? Der Abend, von dem die Menschen früher glaubten, daß an ihm die Geister der Toten umgehen."

„Ich kenne ein paar, die das immer noch glauben", sagte Bran. „Solche Sachen halten sich hier oben lange. Ich kenne eine alte Dame, die am Abend vor Allerheiligen Speisen für die

Geister vor die Tür stellt. Sie sagt, daß sie auch gegessen werden, aber wenn du mich fragst – wahrscheinlich sind es eher die Katzen; sie hat vier davon ... Der Abend vor Allerheiligen ist am nächsten Samstag, weißt du das?"

„Ja", sagte Will. „Ich weiß es. Sehr knapp."

„Einige Leute sagen, wenn du am Abend vor Allerheiligen bis Mitternacht in der Vorhalle der Kirche sitzt, hörst du eine Stimme die Namen all derer ausrufen, die im nächsten Jahr sterben werden." Bran grinste. „Ich habe es noch nie versucht."

Aber Will lächelte nicht, während er zuhörte. Er sagte nachdenklich: „Du sagtest eben, *im nächsten Jahr.* Und in dem Vers heißt es: ‚Am Tage der Toten, *wenn auch das Jahr stirbt.*' Aber das gibt keinen Sinn. Allerheiligen ist nicht das Ende des Jahres."

„Vielleicht war es das früher einmal", sagte Bran. „Sowohl das Ende wie auch der Anfang, an Stelle des Dezembers. Auf walisisch heißt Allerheiligen *Calan Gaeaf,* und das bedeutet erster Wintertag. Ziemlich warm für den Winter natürlich. Wohlgemerkt, niemand wird mich dazu bringen, die Nacht im Hof der St. Cadfan Kirche zu verbringen, wie warm es auch sein mag."

„Ich war heute morgen dort, in der Kirche", sagte Will. „Das war es, was mich irgendwie an den Namen erinnerte, und darum habe ich mich aufgemacht, um nach dem Weg zu suchen. Aber da ich jetzt den Vers wieder weiß, muß ich am Anfang anfangen."

„Der schwerste Teil", sagte Bran. Er zerrte seine Schulkrawatte auf, rollte sie zusammen und stopfte sie in die Hosentasche. „Es heißt: *Der Jüngste muß die ältesten Berge öffnen, durch die Tür der Vögel.* Stimmt's? Und du bist der Jüngste der Uralten, und dies sind sicher die ältesten Berge in Britannien, die hier und die schottischen Berge. Aber die Tür der Vögel, das ist schwierig ... Die Vögel haben ihre Löcher und ihre Nester überall, die Berge sind voller Vögel. Krähen, Falken, Raben, Bussarde, Regenpfeifer, Zaunkönige, Steinschmätzer, Pieper,

Brachvögel – es ist hübsch, im Frühling die Brachvögel unten in der Marsch zu hören. Und schau mal, dort ist ein Wanderfalke." Er zeigte nach oben, auf einen dunklen Fleck am klaren blauen Himmel, der gemächlich seine Kreise zog, hoch über ihren Köpfen.

„Woher weißt du das?"

„Ein Turmfalke wäre kleiner, ebenso ein Zwergfalke. Es ist keine Krähe. Es könnte ein Bussard sein. Aber ich glaube, es ist ein Wanderfalke – du lernst sie allmählich kennen, sie sind heute so selten, daß du genauer hinschaust... und ich habe auch einen persönlichen Grund; Wanderfalken belästigen gern Raben, und wie du schon sagtest, ich bin der Raben-Junge."

Will musterte ihn: Die Augen waren wieder hinter der Sonnenbrille versteckt, und das blasse Gesicht, fast so bleich wie das Haar, war ausdruckslos. Es mußte immer schwierig sein, diesen Bran zu verstehen, wirklich zu wissen, was er dachte oder fühlte. Doch er war hier, Teil des Planes, gefunden von Merriman, Wills Meister, und nun von Will – und beschrieben in einem prophetischen Vers, der vor mehr als tausend Jahren entstanden war...

Er sagte versuchsweise: „Bran."

„Was ist?"

„Nichts. Ich habe nur geübt. Es ist ein komischer Name. Ich habe ihn noch nie gehört."

„Komisch ist er nur in deiner sonderbaren englischen Aussprache. Es heißt nicht Bran wie irgendeine Marke für Frühstücksflocken, es klingt länger, Braaan, Braaan."

„Braaaaaan", sagte Will.

„Schon besser." Er blinzelte Will über seine Sonnenbrille hinweg an. „Ist das eine Karte, die da aus deiner Tasche hervorschaut? Laß uns mal einen Blick darauf werfen."

Will reichte ihm die Karte. Bran hockte sich auf den Boden und breitete die Karte auf dem raschelnden Farn aus. „So", sagte er. „Lies die Namen, auf die ich zeige."

Will folgte gehorsam dem sich bewegenden Zeigefinger. Er sah: Tal y Llyn, Mynydd Ceiswyn, Cemmaes, Llanwrin,

Machynlleth, Afon Dyfi, Llangelynin. Er las laut und mühsam: „Tally-lin, Minid Seeswin, Semeyes, Lan-rin, Machine-leth, Affon Diffy, Lang-elly-nin."

Bran stöhnte leise. „Das habe ich befürchtet."

„Na ja", verteidigte Will sich, „genauso sehen sie aus. Oh, warte mal, ich erinnere mich, daß Onkel David sagte, du sprichst f wie w aus. Das hier ist also ‚Awon Diwwy'."

„Duwwy", sagte Bran. „Auf englisch, *Dovey*. Der Afon Dyfi ist der Fluß Dovey, und die Stadt dort heißt Aberdyfi, was bedeutet: die Mündung des Dovey, Aberdovey. Das walisische y ist meistens wie das englische u in ‚run' oder ‚hunt'."

„Meistens?" fragte Will mißtrauisch.

„Na ja, manchmal eben nicht. Aber halte dich vorläufig lieber daran. Schau mal..." Er fischte in seiner Schultasche herum und brachte ein Notizbuch und einen Bleistift zum Vorschein. Er schrieb Mynydd Ceiswyn. „Das", sagte er, „wird auf englisch *Munuth Kice-ooin* ausgesprochen. Kice wie Reis. Komm, sag es."

Will sagte es, mit einem ungläubigen Blick auf die geschriebenen Wörter.

„Auf drei Dinge mußt du achten", sagte Bran, während er schrieb. Er schien Spaß an der Sache zu finden. „Ein Doppel-d wird immer wie ‚th' ausgesprochen, aber weich, wie in ‚leather', nicht wie in ‚smith'; c wird immer hart ausgesprochen, wie in ‚cat', ebenso g – es ist immer wie in ‚go', nicht wie das g in ‚gentle'. Und das walisische w ist wie das oo in ‚pool', fast immer jedenfalls. Und darum wird Mynydd Ceiswyn Munuth Kice-oo-in ausgesprochen."

Will sagte: „Aber es müßte *un* am Ende heißen, nicht *in*, weil du gesagt hast, das walisische *y* sei wie das *u* in ‚run'."

Bran kicherte. „Das nenne ich ein gutes Gedächtnis. Tut mir leid. Das gehört zu den Ausnahmen. Du wirst dich einfach daran gewöhnen müssen, wenn du die Ortsnamen richtig aussprechen willst. Schließlich könnt ihr uns keine Inkonsequenz vorwerfen, wenn euer Englisch voller Dinge ist wie *dough* und *through* und *thorough*, wo der gleiche Doppellaut ou jedesmal anders ausgesprochen wird."

Will nahm den Bleistift und schrieb von der Karte ‚Cemmaes' und ‚Llangelynin' ab. „Also gut", sagte er. „Wenn das c hart ausgesprochen wird, muß es *Kem-eyes* heißen."

„Sehr gut", sagte Bran. „Aber das s wird hart, nicht weich ausgesprochen. Wenn es schnell gesprochen wird, hört es sich an wie *Kemmess.*"

Will seufzte und nahm sich sein nächstes Beispiel vor. „Hartes *g*, und das *y*. Also muß es heißen ... *Lan-gel-un-in.*"

„Du kommst der Sache näher", sagte Bran. „Jetzt mußt du nur noch den einen Laut lernen, den die meisten Engländer nie hinkriegen: *Ll.* Öffne den Mund ein bißchen und lege die Spitze deiner Zunge von hinten gegen deine Vorderzähne. Als ob du gerade *lan* sagen wolltest."

Will warf ihm einen zweifelnden Blick zu, tat aber, was Bran gesagt hatte. Dann zog er die Lippen nach oben und machte ein Gesicht wie ein Kaninchen.

„Hör auf", sagte Bran glucksend. „Tu etwas für deine Bildung, Mann. Und während deine Zunge jetzt da oben ist, blase an den Seiten vorbei. An beiden Seiten zugleich."

Will blies.

„So ist es richtig. Jetzt sage *lan*, aber blase ein bißchen, bevor du es aussprichst. So wie ich: *‚llan, llan'.*"

„Llan, llan", sagte Will und kam sich wie eine Dampfmaschine vor, dann hielt er erstaunt inne. „He, das klingt walisisch!"

„Schon ganz hübsch", sagte Bran kritisch. „Du mußt üben. Wenn ein Waliser den Laut ausspricht, benimmt seine Zunge sich anders, und der ganze Laut kommt an den Seiten seines Mundes heraus, aber das hat bei einem *Sais* keinen Sinn. Du wirst es schon hinbringen. Und wenn du keine Lust mehr zum Üben hast, kannst du immer den anderen englischen Ausweg wählen und *ll* wie *thl* aussprechen."

„Es reicht mir jetzt", sagte Will, „es reicht."

„Nur noch einen Versuch", sagte Bran. „Du kannst dir nicht

vorstellen, wie manche Leute das hier aussprechen. Doch, du kannst, weil du es auch so ausgesprochen hast." Er schrieb Machynlleth.

Will stöhnte und holte tief Luft. „Na ja, das ist das *y* und das *ll* ..."

„Und das *ch* wird irgendwie gehaucht, so ähnlich wie die Schotten *loch* sagen. Ganz hinten im Hals."

„Warum müßt ihr alles so kompliziert machen? Mach-un-lleth."

„Machynlleth."

„Machynlleth."

„Gar nicht übel."

„Aber bei mir klingt es anders als bei dir. Bei dir klingt es feuchter. Wie Deutsch. *Achtung! Achtung!*" Will schrie plötzlich aus vollem Halse. Cafall sprang in die Höhe und wedelte mit dem Schwanz.

„Sprichst du Deutsch?"

„Großer Gott, nein! Das habe ich in irgendeinem alten Film gehört. *Achtung!* Machynlleth!"

„*Machynlleth*", sagte Bran.

„Siehst du, bei dir klingt es feuchter. Nässer. Vermutlich sabbern alle Babys hier eine Menge."

„Fort mit dir", sagte Bran und griff nach Will, der zur Seite sprang. Sie liefen lachend in einem wilden Zickzackkurs den Berg hinunter, und Cafall sprang fröhlich neben ihnen her.

Aber auf halber Höhe stolperte Will und lief langsamer; ohne vorherige Warnung war ihm plötzlich schwindelig, seine Beine fühlten sich schwach und unsicher an. Er stolperte zu einer Mauer in der Nähe und lehnte sich keuchend dagegen. Bran schrie fröhlich etwas über seine Schulter, während er mit fliegender Schultasche voranlief; dann wurde er langsamer, blieb stehen, blickte genauer hin und kam zurück.

„Alles in Ordnung mit dir?"

„Ich glaube ja. Ich habe Kopfschmerzen. Aber eigentlich sind es meine blöden Beine; sie versagen so leicht. Vermutlich bin ich noch dabei, mich zu erholen – ich war eine Zeitlang krank ..."

„Das wußte ich, und ich hätte daran denken sollen." Bran stand nervös da, ärgerlich über sich selbst. „Dein Freund Mr. Merriman sagte, du seiest noch viel kränker gewesen, als irgend jemand ahnte."

„Aber er war gar nicht da", sagte Will. „Na ja. Nicht, daß das etwas zu sagen hätte bei ihm."

„Setz dich hin", sagte Bran. „Lehn den Kopf auf die Knie."

„Ich bin okay. Wirklich. Ich muß nur wieder zu Atem kommen."

„Wir sind nicht mehr weit von zu Hause weg. Oder sollten es jedenfalls nicht sein. Nur ein paar hundert Meter in die Richtung dort ..." Bran kletterte auf die hohe Steinmauer, um eine bessere Aussicht zu haben.

Aber während er dort stand, ertönte plötzlich ein lauter wütender Schrei von der anderen Seite der Mauer und das Bellen von Hunden. Will sah, wie Bran sich hoch aufrichtete, kerzengerade auf der Mauer stand und hochmütig hinunterblickte. Er richtete sich mühsam auf, um über die Schieferplatten zu spähen, mit denen die Mauer abgedeckt war. An Brans Füßen vorbei sah er einen Mann halb laufend näher kommen, schreiend und zornig mit einem Arm wedelnd; im anderen Arm hielt er etwas, das wie ein Gewehr aussah. Als er nahe genug herangekommen war, begann er, auf walisisch auf Bran einzureden. Will erkannte ihn nicht gleich, weil er keinen Hut trug, und die wirren, ungepflegten roten Haare kamen ihm nicht bekannt vor. Dann sah er, daß es Caradog Prichard war.

Als Prichard eine Pause machte, um Luft zu holen, sagte Bran mit klarer Stimme, bewußt die englische Sprache benutzend: „Mein Hund jagt keine Schafe, Mr. Prichard. Und außerdem ist er ohnehin nicht auf Ihrem Land, er ist auf dieser Seite der Mauer."

„Und ich sage dir, er ist bösartig, und er hat meine Schafe gejagt!" sagte Prichard wütend; sein Englisch klang zischend und hatte einen unüberhörbaren walisischen Akzent, den die

Wut noch erhöhte. „Der und der verdammte schwarze Hund von John Rowlands. Ich erschieße alle beide, wenn ich sie dabei erwische, darauf kannst du dich verlassen. Und ihr beide, du und dein kleiner englischer Freund da, tätet besser dran, mein Land nicht zu betreten, wenn ihr wißt, was gut für euch ist." Die kleinen Augen in dem geröteten, dicklichen Gesicht starrten Will gehässig an.

Will sagte nichts. Bran regte sich nicht; er stand dort und blickte auf den wütenden Prichard hinunter. Er sagte leise: „Es würde Ihnen schlecht bekommen, wenn Sie Cafall erschössen, Caradog Prichard." Er fuhr sich mit einer Hand durch das weiße Haar und strich es zurück, in einer Geste, die Will merkwürdig geziert vorkam. „Sie sollten besser auf Ihre Schafe aufpassen", sagte Bran, „bevor Sie Hunden die Schuld geben für das, was Füchse getan haben."

„Füchse!" sagte Prichard verächtlich. „Ich weiß, wie es aussieht, wenn ein Fuchs gemordet hat, und ich weiß auch, wie ein bösartiger Hund aussieht. Laßt euch nicht auf meinem Land blicken, ihr beiden." Aber er sah Bran jetzt nicht mehr in die Augen und sah auch Will nicht an; er drehte sich ohne ein weiteres Wort um und schritt über die Weide davon, seine Hunde dicht hinter ihm.

Bran kletterte von der Mauer herunter.

„Pah!" sagte er. „Schafe gejagt! Cafall kann es mit jedem Schäferhund in diesem Tal aufnehmen; um nichts in der Welt würde er Schafe jagen, und schon gar nicht auf Caradog Prichards Land." Er blickte Prichard nach und sah dann Will an und lächelte. Es war ein seltsames, verstohlenes Lächeln; Will war sich nicht sicher, ob es ihm gefiel.

„Du wirst feststellen", sagte Bran, „daß Leute wie er im tiefsten Inneren ein bißchen Angst vor mir haben. Das liegt daran, daß ich ein Albino bin. Das weiße Haar, die sonderbaren Augen, kaum Farbe in der Haut – eine Art Mißbildung, könnte man sagen."

„Würde ich nicht", sagte Will sanft.

„Vielleicht nicht", sagte Bran, nicht sehr überzeugt, mit

bitterer Stimme. „Aber es wird oft genug in der Schule gesagt ... und außerhalb der Schule auch, von netten Leuten wie Mr. Prichard. Du weißt doch, alle guten Waliser sind dunkel, dunkles Haar und dunkle Augen, und die einzigen hellhäutigen Wesen in Wales, in den alten Zeiten, waren die *Tylwyth Teg.* Die alten Geister, das kleine Volk. Jeder, der so hell ist wie ich, muß etwas mit den *Tylwyth Teg* zu tun haben ... Niemand glaubt mehr an diese Dinge, o nein, natürlich nicht, aber in einer Winternacht, wenn der Wind pfeift und das alte Fernsehgerät nicht an ist – ich wette, die Hälfte der Leute in diesem Tal würden keinen Eid ablegen, daß ich nicht den bösen Blick habe."

Will kratzte sich am Kopf. „Es war tatsächlich etwas ... Nervöses ... in der Art, wie der Mann dich ansah, als du sagtest ..." Er schüttelte die Schultern, wie ein Hund, der aus dem Wasser kommt. Er sah Bran nicht an; ihm mißfielen die Schatten listiger Überheblichkeit, die diese Unterhaltung auf Brans Gesicht geworfen hatte. Es war schade, es war nicht nötig; eines Tages würde er ihn von diesem Ausdruck befreien ... Er sagte: „Caradog Prichard ist nicht dunkel. Er hat rotes Haar. Wie Karotten."

„Seine Familie stammt aus der Gegend von Dinas Mawddwy", sagte Bran. „Jedenfalls seine Mutter. Es soll dort oben einmal einen ganzen Stamm von Gaunern gegeben haben, alle rothaarig, die reinste Schreckensherrschaft. Jedenfalls kommen auch heute noch Rothaarige aus Dinas."

„Würde er Cafall tatsächlich erschießen?"

„Ja", sagte Bran kurz. „Caradog Prichard ist sehr sonderbar. Es wird gesagt, daß jeder, der eine Nacht allein oben auf dem Cader verbringt, am nächsten Morgen entweder als Dichter zurückkommt – oder wahnsinnig. Und mein Vater sagt, daß einmal, als er noch jung war, Caradog Prichard die Nacht allein oben auf dem Cader verbracht habe, weil er ein großer Barde werden wollte."

„Es kann nicht funktioniert haben."

„Na ja. Vielleicht hat es in eine Richtung funktioniert. Er hat nicht viel von einem Dichter, aber oft führt er sich auf, als wäre er nicht nur ein bißchen verrückt."

„Was ist der Cader?"

Bran starrte ihn an. „Du hast nicht viel Ahnung von Wales, nicht wahr? Der Cader Idris, dort drüben." Er zeigte auf die Reihe blaugrauer Gipfel jenseits des Tales. „Einer der höchsten Berge in Wales. Du solltest von ihm wissen. Schließlich kommt er in einem deiner Verse vor."

Will runzelte die Stirn. „Nein, das tut er nicht."

„O doch. Nicht mit Namen, nein – aber er ist wichtig im zweiten Teil. Da lebt er nämlich, auf den Höhen des Cader. Der Brenin Llwyd. Der Graue König."

Grauer Fuchs

Niemand sonst spürte es, das wußte Will. Allem Anschein nach gab es keinen Grund, warum irgend jemand auch nur das geringste Unbehagen empfinden sollte. Der Himmel war von einem sanften Hellblau, die Sonne schien mit erstaunlicher Wärme, so daß Rhys mit nacktem Oberkörper auf dem Traktor saß, als er die letzten Stoppelfelder umpflügte und mit seinem klaren Tenor laut singend das Dröhnen des Motors übertönte. Die Erde roch sauber. Schafgarbe und Jakobskraut malten weiße und gelbe Sterne in die Hecken, in denen weiter oben die roten Beeren des Weißdorns aufleuchteten; die sanften Hänge am Anfang des Tales waren vom Farn goldbraun gefärbt, einem Farn, der in diesem seltsamen Nachsommer so trocken wie Zunder war. Rundum lagen die Berge im Dunst wie schlafende Tiere, und ihre gedämpften Farben wechselten von Stunde zu Stunde, von Braun zu Grün, zu Purpur und langsam wieder zurück.

Doch hinter all dieser herbstlichen Sanftheit spürte Will, während er über die Felder und den von Ginster leuchtenden Berg streifte, überall eine wachsende Spannung, die sich von den hohen, über dem Ende des Tales brütenden Gipfeln ausbreitete wie eine langsame, unbarmherzige Flut. Feindseligkeit drängte sich ihm entgegen. Langsam, aber unabwendbar baute sich ein Alpdruck von Bösartigkeit auf, bis zu dem Punkt, wo sie ihn brechen und überwältigen konnte. Und niemand wußte davon. Nur die verborgenen Sinne eines Uralten konnten das Wirken der Finsternis spüren.

Tante Jen war entzückt von der Veränderung in Wills Aussehen. „Nun sieh doch nur – erst ein paar Tage, aber jetzt hast du wieder Farbe, und wenn die Sonne weiter so scheint, wirst du noch braun werden. Ich habe gestern abend an Alice geschrieben. Du würdest ihn nicht wiedererkennen, habe ich gesagt, er sieht wie ein anderer Junge aus . . ."

„Wirklich eine sehr schöne Sonne", sagte Wills Onkel David. „Aber für diese Jahreszeit ein bißchen zuviel des Guten, wenn ihr mich fragt. Die Weiden vertrocknen, und der Farn auf dem Berg – wir könnten jetzt ein bißchen Regen brauchen."

„Hört ihn an", sagte Tante Jen und lachte. „Regen ist etwas, an dem es uns hier nie mangelt."

Aber die Sonne lachte weiter vom Himmel, und Will begleitete John Rowlands und seine Hunde, um eine Herde von einjährigen Schafen zu holen, die auf dem Clwyd-Hof überwintern sollten. Der Bergbauer, dem sie gehörten, hatte sie schon den halben Weg heruntergebracht, zu einem anderen Hof am Anfang des Tales. Als er das Gewühl von grauweißen wolligen Rücken sah, die sich hin und her bewegten und einander stießen, etwa achtzig lebhaft blökende und ohrenbetäubend laut schreiende Jungtiere, konnte Will sich nicht vorstellen, wie es möglich sein sollte, sie unversehrt nach Clwyd zu bringen. Als nur ein einziges von ihnen sich von den anderen entfernte und seitlich auf ihn zutänzelte, konnte er es nicht dazu bringen, zu seinen Gefährten zurückzukehren, nicht einmal, indem er schrie und schob und auf seine breiten wolligen Seiten einschlug. „Baaaa", sagte das Schaf, in einem tiefen, dümmlichen Bariton, als sei er gar nicht vorhanden, und lief weiter, um an der Hecke zu kauen. Doch im gleichen

Augenblick, als Tip, John Rowlands Schäferhund, zielbewußt in seine Richtung trabte, drehte das Schaf sich gehorsam um und kehrte zu den anderen zurück.

Will konnte nicht sehen, wie John Rowlands sich mit seinen Hunden verständigte. Es waren zwei: der gefleckte Tip, der nach den weißen Flecken auf seiner Schnauze und der äußersten Spitze seines beweglichen Schwanzes so genannt worden war (Tip = Spitze), und ein größerer, eher furchteinflößend aussehender Hund, der Pen hieß, mit einem schwarzen, langhaarigen Fell und einem verstümmelten Ohr, das er sich vor langer Zeit bei einer Auseinandersetzung geholt hatte. Rowlands brauchte sie nur anzusehen, sein mageres braunes Gesicht lächelnd in Falten zu legen, ein leises Wort auf walisisch zu sagen oder einmal kurz zu pfeifen, und weg waren sie in einem komplizierten Manöver, das ein Durchschnittsmensch erst nach zehn Minuten detaillierter Erklärungen verstanden hätte.

„Geh voran", rief er Will durch den Chor tiefer, entnervender „Baaas" zu, während er die Pforte öffnete und die Schafe sich auf die Straße ergossen wie Milch. „Ein gutes Stück vor ihnen, damit du irgendwelche Autos an die Seite winken kannst."

Will zwinkerte erschrocken mit den Augen. „Aber wie soll ich die Schafe zurückhalten? Sie werden alle an mir vorbeilaufen!"

John Rowlands lächelte, und seine Zähne blitzten weiß auf in dem dunklen walisischen Gesicht. „Keine Sorge, Pen wird sich darum kümmern."

Und das tat Pen; es sah aus, als habe er ein Seil um die vordere Reihe der Schafherde gespannt, um sie in einer ordentlichen, festen Linie zu halten. Trabend, vorschießend, auf dem Bauch rutschend, immer in Bewegung, manchmal einen Ausreißer mit einem einzigen kurzen Bellen zur Ordnung rufend, brachte er alle dazu, gehorsam auf der Straße voranzutrotten. Und Will umklammerte den Stock, den John Rowlands ihm gegeben hatte, und marschierte voran, beinahe platzend vor Selbstvertrauen und Stolz und mit dem Gefühl, schon immer und ewig ein Schäfer gewesen zu sein.

Tatsächlich kamen ihnen auf dem ganzen Weg die Talstraße entlang nur zwei Autos entgegen, aber es war ein Vergnügen, auch nur diesen beiden Anweisung zu erteilen, neben der Hecke anzuhalten. Und die Schafe drängten sich in einer sich kräuselnden grauen Flut vorbei. Seine Aufgabe machte Will so viel Spaß, daß er vielleicht, dachte er später, seine innere Wachsamkeit vernachlässigte. Denn als der Angriff kam, traf er ihn völlig unvorbereitet.

Sie befanden sich auf einem einsamen Stück der Straße, mit ödem Heidemoor auf der einen Seite und dunklen, baumbewachsenen Berghängen auf der anderen. Hier waren keine Felder angelegt. Farn und Felsblöcke säumten die Straße, als sei sie ein Weg über den nackten Berg. Plötzlich bemerkte Will eine Veränderung in dem Geräusch des Schafblökens hinter ihm: Es klang höher, beunruhigt, und die Hufe scharrten aufgeregt. Zuerst dachte er, es seien John Rowlands und Tip, die einen Ausreißer einfangen wollten, aber dann hörte er ein scharfes, durchdringendes Pfeifen, das Pen sofort dazu brachte, sich zurück zu den Schafen zu wenden und sie knurrend, bellend und drohend zum Stehenbleiben zu veranlassen. Und er hörte John Rowlands rufen: „Will! Schnell! Will!"

Er rannte zurück, einen Bogen um die erschreckten blökenden Schafe schlagend, dann blieb er ruckartig stehen. Auf halber Höhe der Herde, am Straßenrand, sah er einen großen roten Fleck an der Kehle eines einzelnen, schwankenden Tieres, das kleiner als die anderen war. Will sah eine kurze Bewegung in den Farnwedeln, als ein unsichtbares Wesen flüchtete. Es lief auf den Berg zu, und die Wedel wogten hin und her – dann herrschte wieder Stille. Will sah entsetzt, wie das verletzte Schaf zur Seite taumelte und hinfiel. Seine Gefährten drängten sich verängstigt weg von ihm; die Hunde knurrten und drohten, krampfhaft darauf bedacht, die Herde zusammenzuhalten, und Will hörte John Rowlands schreien und mit seinem Stock auf die harte Oberfläche der Straße schlagen. Will schrie auch und fuchtelte mit den Armen in Richtung der Schafherde, die in ihrer Panik versuchte, zum Moor auszubrechen. Nach und nach beruhigten sich die erregten Tiere und wurden still.

John Rowlands beugte sich über das verletzte Jungtier.

Will rief über die wogenden Rücken hinweg: „Ist es in Ordnung?"

„Keine schwere Verletzung. Hat die Vene verfehlt. Wir haben Glück."

Rowlands beugte sich hinunter, hob das regungslose Tier hoch, legte es sich über die Schultern und packte seine Vorder- und seine Hinterbeine getrennt, so daß es ihm um den Nacken lag wie ein riesiger Schal. Keuchend vor Anstrengung stand er langsam auf; sein Hals und seine Wangen waren rot verschmiert von dem blutbefleckten Fell des Schafes.

Will trat zu ihm. „War es ein Hund?"

Rowlands konnte wegen des Schafes den Kopf nicht bewegen, aber seine glänzenden Augen richteten sich rasch auf Will. „Hast du einen Hund gesehen?"

„Nein."

„Bist du sicher?"

„Ich hab' etwas durch den Farn laufen sehen, aber ich konnte nicht erkennen, was es war. Ich dachte nur, es muß ein Hund gewesen sein – ich meine, was sonst?"

Rowlands antwortete nicht, sondern winkte ihn voran und pfiff den Hunden. Die Herde strömte wieder die Straße hinunter. Er ging jetzt an der Seite der Herde und überließ das Ende ausschließlich Tip, der die Schafe mit Umsicht und Geschicklichkeit in Bewegung hielt.

Nach kurzer Zeit kamen sie an ein etwas abseits von der Straße liegendes verlassenes kleines Haus; es hatte Steinmauern, ein Schieferdach, und es sah stabil aus, aber die beiden kleinen Fenster waren eingeschlagen. John Rowlands kickte die schwere Holztür auf, stolperte hinein und kam ohne das Schaf heraus; er atmete schwer und wischte sich das Gesicht am Ärmel ab. Er schloß die Tür. „Hier wird es gut aufgehoben sein, bis wir zurückkommen", rief er Will zu. „Es ist jetzt nicht mehr weit."

Bald darauf trafen sie auf dem Clwyd-Hof ein. Will öffnete das Gatter zur großen Weide, auf der die Schafe untergebracht werden sollten, und die Hunde trieben sie stoßend und knurrend hindurch. Eine Zeitlang rannten die Schafe wild durcheinander, blökend und schreiend, dann machten sie sich gierig über das saftige Gras her.

John Rowlands holte den Landrover und nahm Will mit, um das verletzte Schaf zu holen; im letzten Augenblick sprang der schwarze Hund Pen in den Wagen und ließ sich zwischen Wills Füßen nieder. Will streichelte seine seidigen Ohren.

„Es ist doch sicher ein Hund gewesen, der das Schaf angefallen hat, nicht?" fragte er, während sie fuhren.

Rowlands seufzte. „Ich hoffe nicht. Aber ich wüßte auch nicht, welches Wesen sonst eine von Menschen und Hunden begleitete Herde angreifen sollte. Das würde höchstens ein Wolf tun, und Wölfe gibt es in Wales seit zweihundert Jahren oder länger nicht mehr."

Sie fuhren vor der Kate vor. Rowlands wendete den Wagen, so daß die Hintertür leicht zu erreichen war, und betrat das kleine, aus Steinen errichtete Haus.

Fast sofort war er wieder draußen, mit leeren Händen, und sah sich beunruhigt um. „Es ist verschwunden!"

„Verschwunden?"

„Es muß irgendeinen Hinweis geben – Pen! *Tyrd yma!*" John Rowlands ging suchend um das Häuschen herum, Gras, Farn und Ginster scharf musternd, und der schwarze Hund umkreiste ihn, die Nase auf dem Boden. Auch Will hoffte, eine Spur zu finden, und hielt Ausschau nach zerdrückten Pflanzen oder Wollbüscheln und Blutflecken. Er fand nichts. Ein zerklüfteter Felsen aus weißem Quarz glitzerte vor ihnen im Sonnenschein. Eine Heidelerche sang. Dann bellte Pen einmal kurz und kräftig auf und folgte mit gesenktem Kopf zuversichtlich einer Fährte durch das Gras.

Sie folgten ihm. Aber Will war verwirrt, und er sah die gleiche Verwirrung in John Rowlands gefurchtem Gesicht – denn die Fährte, der der Hund folgte, führte durch unberührtes Gras; kein Halm war geknickt, nicht einmal vom Hindurchlaufen eines kleinen Tieres, und schon gar nicht von einem Schaf. Irgendwo vor ihnen hörten sie Wasser rauschen, und kurz darauf kamen sie an einen kleinen Bach, der hinunter zum Fluß lief; die herausragenden Felsblöcke in seinem Bett zeigten, wieviel niedriger das Wasser jetzt in der Trokkenperiode stand.

Pen blieb stehen, suchte dann das Ufer in beide Richtungen erfolglos ab und kam winselnd zu John Rowlands.

„Er hat es verloren", sagte Rowlands, „was es auch gewesen sein mag. Kann natürlich nicht mehr als ein Kaninchen gewesen sein – obwohl ich noch nicht von vielen Kaninchen gehört habe, die soviel Verstand hatten, ihre Spur in laufendem Gewässer zu verwischen."

Will sagte: „Aber was ist mit dem Schaf geschehen? Es war verletzt, es hätte nicht davonlaufen können."

„Schon gar nicht durch eine geschlossene Tür", sagte Rowlands trocken.

„Ist ja wahr! Glauben Sie, daß das Tier, was es auch gewesen sein mag, das das Schaf angefallen hat, klug genug gewesen sein kann, um zurückzukommen und es davonzuschleppen?"

„Klug genug vielleicht", sagte Rowlands und starrte zurück zum Häuschen. „Aber nicht stark genug. Ein einjähriges Schaf wiegt etwa einhundert Pfund, und ich habe mir beinahe das Kreuz gebrochen, als ich es nur ein kleines Stück trug. Es müßte schon ein riesiger Hund sein, der das Gewicht schleppen könnte."

Will hörte sich selbst fragen: „Zwei Hunde?"

John Rowlands sah ihn mit zusammengekniffenen Augen an. „Für jemanden, der nicht auf einem Bauernhof aufgewachsen ist, hast du manchmal ungewöhnliche Ideen, Will . . . ja, zwei Hunde könnten zusammen ein Schaf wegschleppen.

Aber wie sollten sie es anstellen, ohne eine große breite Spur zu hinterlassen? Und überhaupt: Wie sollten zwei oder zwanzig Hunde die Tür dort öffnen?"

„Weiß der Himmel", sagte Will. „Na ja – vielleicht war es gar kein Tier. Vielleicht ist jemand vorbeigefahren und hat das Schaf blöken gehört und es aus dem Haus geholt und mitgenommen. Ich meine, es konnte ja keiner wissen, daß wir zurückkommen würden."

„Ja", sagte John Rowlands. Es hörte sich nicht überzeugt an. „Gut, wenn jemand das getan hat, werden wir das Schaf zu Hause vorfinden. Es hat die Markierung von Pentref am Ohr, und jeder aus der Gegend weiß, daß William Pentrefs Einjährige bei uns überwintern. Komm jetzt." Er pfiff seinem Hund.

Auf der Rückfahrt schwiegen sie, jeder in Besorgnis und Mutmaßungen verloren. John Rowlands, das wußte Will, machte sich Gedanken, wie er das Schaf schnell finden sollte, um seine Verletzung zu versorgen. Er, Will, hatte seine eigenen Sorgen. Obwohl er es Rowlands gegenüber nicht erwähnt hatte und kaum wagte, darüber nachzudenken, was es bedeuten könnte, wußte er, daß er in dem Augenblick, als das Schaf gestolpert und niedergestürzt war, etwas mehr gesehen hatte als die gestaltlose Bewegung im Farn, wo der Angreifer geflohen war. Er hatte einen silbrigen Körper aufleuchten sehen und die Schnauze von einem Tier, das sehr nach einem weißen Hund aussah.

Musik drang in einem goldenen Strom aus dem Haus, als sei die Sonne hinter den Fenstern und scheine heraus. Will blieb erstaunt stehen und hörte zu. Jemand spielte Harfe; lange dahinplätschernde Arpeggios ertönten wie Vogelgesang, dann ging die Musik ohne Pause über in etwas, das wie eine Sonate von Bach klang, jeder Ton und die ganze Melodie so klar und exakt wie die Struktur von Schneeflocken. John Rowlands blickte einen Augenblick lächelnd auf Will hinunter, dann öffnete er die Tür und ging ins Haus. Eine Seitentür war offen; sie führte in ein kleines Wohnzimmer, das Will noch nie aufgefallen war. Es sah aus wie eine knirschend-ordentliche gute Stube, versteckt hinter der großen Wohnküche, wo sich alles Leben im Haus abspielte. Die Musik kam aus diesem Zimmer; Rowlands steckte den Kopf durch die Tür, und Will tat es ihm nach. Dort saß Bran und ließ die Hände über die Saiten einer Harfe gleiten, die doppelt so groß war wie er.

Er hielt inne und brachte die Saiten mit den Handflächen zur Ruhe. „Oh, hallo."

„Viel besser", sagte John Rowlands. „Heute war es sehr viel besser."

„Gut", sagte Bran.

Will sagte: „Ich wußte nicht, daß du Harfe spielst."

„Oh", sagte Bran herablassend. „Es gibt viele Dinge, die die Engländer nicht wissen. Mr. Rowlands gibt mir Unterricht. Er hat auch deiner Tante Unterricht gegeben. Die hier gehört ihr." Er fuhr mit einem Finger über die surrenden Saiten. „Im Winter ist es in diesem Zimmer eisig, aber sie bleibt besser gestimmt als im Warmen... Oh, Will Stanton, du hast keine Ahnung, an welch einem kultivierten Ort du dich befindest. Dies ist der einzige Bauernhof in Wales, auf dem es zwei Harfen gibt. Mr. Rowlands hat in seinem Haus auch eine, mußt du wissen." Er wies mit dem Kopf in Richtung Fenster, auf die drei kleinen Häuser auf der anderen Seite des Hofes. „Meistens übe ich dort. Aber heute ist Mrs. Rowlands beim Hausputz."

„Wo ist David Evans?" fragte John Rowlands.

„Mit Rhys irgendwo draußen. Im Kuhstall, glaube ich."

„*Diolch.*" Rowlands ging geistesabwesend hinaus.

„Ich dachte, du wärest in der Schule", sagte Will.

„Heut nachmittag ist frei. Ich hab' vergessen, warum." Bran trug die dunkel getönte Schutzbrille sogar drinnen; sie verlieh ihm ein exzentrisches und unwirkliches Aussehen: Die unergründlichen dunklen Gläser raubten seinem blassen Gesicht jeden Ausdruck. Er trug auch dunkle Hosen und einen dunklen Sweater, die sein weißes Haar noch auffälliger und unnatürlicher erscheinen ließen. Will dachte plötzlich: *Er tut es absichtlich, er will anders sein.*

„Etwas Schreckliches ist passiert", sagte er und erzählte Bran von dem Schaf. Aber wieder überging er den flüchtigen Blick, den er auf den Angreifer hatte werfen können und der ihn vermuten ließ, daß es ein weißer Hund gewesen war.

„Bist du sicher, daß das Schaf noch lebte, als John es zurückließ?" fragte Bran.

„Oh, ja, ich glaube schon. Es besteht natürlich die Möglichkeit, daß jemand einfach gehalten und es mitgenommen hat. Ich denke, John kümmert sich darum."

„Was für eine unheimliche Geschichte", sagte Bran. Er stand auf und streckte sich. „Ich hab' für heute genug geübt. Kommst du mit nach draußen?"

„Ich sage nur eben Tante Jen Bescheid."

Auf dem Weg nach draußen nahm Bran seine flache lederne Schultasche von einem Stuhl neben der Tür auf. „Die muß ich nach Hause bringen. Und den Kessel für Dad aufsetzen. Er kommt um diese Zeit für eine Tasse Tee rein, wenn er in der Nähe arbeitet."

Will fragte neugierig: „Arbeitet deine Mutter auch?"

„Oh, meine Mutter ist tot. Sie starb, als ich noch ein Baby war, ich kann mich nicht mehr an sie erinnern." Bran warf ihm einen merkwürdigen Blick von der Seite zu. „Dann hat dir also niemand von mir erzählt? Mein Dad und ich, wir haben einen Junggesellenhaushalt. Mrs. Evans ist immer sehr nett. Am Wochenende essen wir immer bei ihr zu Abend. Natürlich – du hast ja noch kein Wochenende hier erlebt."

„Ich habe das Gefühl, ich sei schon Wochen hier", sagte Will und hielt das Gesicht in die Sonne. Etwas an der Art, wie Bran sprach, ließ ihn sich sonderbar unbehaglich fühlen, und er wollte nicht zu genau darüber nachdenken. Er schob den Gedanken von sich, zusammen mit dem Bild von einem flüchtigen Blick durch den Farn auf eine weiße Schnauze.

„Wo ist Cafall?" fragte er.

„Oh, er wird mit Dad draußen sein und denken, ich sei noch

in der Schule." Bran lachte. „Das Theater, das wir hatten, als Cafall noch klein war und wir ihn davon überzeugen mußten, daß Schule für Jungen ist, nicht aber für junge Hunde. Als ich zur Grundschule ins Dorf ging, saß er immer den ganzen Tag vor der Pforte und wartete."

„Wohin gehst du jetzt?"

„Aufs Gymnasium in Tywyn. Mit dem Bus."

Sie schoben die Füße durch den Staub auf dem Pfad zu den Häuschen, ein Pfad, der von Wagenrädern gemacht worden war, zwei Furchen mit Grasbüscheln dazwischen. Nur zwei der drei kleinen Häuser waren bewohnt; als sie jetzt näher herangekommen waren, sah Will, daß das dritte zu einer Garage umgebaut worden war. Er blickte das Tal hinauf, wo die Berge in den klaren Himmel aufragten, von blauem Dunst umhüllt und wunderschön, und ihn fröstelte. Obwohl das Geheimnis um das verletzte Schaf eine Zeitlang im Vordergrund seiner Gedanken gestanden hatte, kehrte jetzt das Gefühl eines tieferen Unbehagens zurück. Rundherum, in der ganzen Umgebung, spürte er die Feindseligkeit der Finsternis wachsen, auf ihn eindringen. Sie konnte sich nicht auf ihn konzentrieren, ihm folgen wie der Blick eines großen zornigen Auges; die Uralten hatten die Fähigkeit, sich zu verbergen, so daß sie nicht sofort genau erspürt werden konnten. Aber offensichtlich wußte der Graue König, daß er kommen mußte, bald, von irgendwoher. Sie hatten ihre Prophezeiungen, wie das Licht auch. Die Schranken waren errichtet und wurden jeden Tag stärker. Will dachte plötzlich, wie seltsam es war, daß er der Angreifer sein sollte, daß das Licht gegen die Finsternis vordringen sollte. Immer zuvor, durch all die Jahrhunderte hindurch, war es umgekehrt gewesen, waren die Mächte der Finsternis in furchtbaren wiederkehrenden Angriffen über das in Güte vom Licht beschützte Land der Menschen gefegt. Immer hatte das Licht die Menschen verteidigt, Kämpfer für alles, was die Finsternis umstürzen wollte. Jetzt mußte ein Uralter vorsätzlich das Gegenteil von dem lange Gewohnten tun, mußte die Kraft zum Angriff finden, an Stelle der entschlossenen standhaften Verteidigung, die die Finsternis so lange unter Kontrolle gehalten hatte.

Aber natürlich, dachte er, ist dieser Angriff selbst ein kleiner Teil einer Verteidigung, um Widerstand aufzubauen gegen jenen letzten und schrecklichsten Augenblick, wenn die Finsternis sich wieder erheben würde. Es ist eine Suche, um die letzten Verbündeten des Lichts zu wecken. Und es ist nur noch sehr wenig Zeit.

Bran sagte plötzlich, auf unheimliche Weise seinen letzten Gedankengang aufnehmend: „Heute ist der Abend vor Allerheiligen."

„Ja", sagte Will.

Bevor er mehr sagen konnte, waren sie an der Tür des Häuschens angekommen; sie stand halb auf, eine niedrige schwere Tür, die in die Steinmauer gefügt war. Als er Brans Schritte hörte, kam Cafall herausgesprungen, ein kleiner weißer Wirbelwind, der vor Freude hochsprang und winselte und Brans Hand leckte. Es war bemerkenswert, daß er nicht bellte. Von drinnen ertönte die Stimme eines Mannes: „Bran?" und begann, etwas auf walisisch zu sagen. Als Will Bran durch die Tür folgte, drehte der Mann, der in Hemdsärmeln an einem Tisch stand, sich mitten im Satz um und erblickte Will. Er hielt sofort inne und sagte dann steif: „Entschuldigung."

„Das ist Will", sagte Bran und warf seine Schultasche auf den Tisch. „Mr. Evans' Neffe."

„Ja. Das habe ich mir fast gedacht. Guten Tag, junger Mann."

Brans Vater trat vor und streckte die Hand aus; sein Blick war direkt und sein Händedruck fest, aber dennoch hatte Will sofort den sonderbaren Eindruck, daß hinter den Augen der wirkliche Mann nicht da war. „Ich bin Owen Davies. Ich habe schon von dir gehört."

„Guten Tag, Mr. Davies", sagte Will. Er versuchte, nicht so erstaunt auszusehen. Was er auch von Brans Vater erwartet haben mochte, dies war es nicht: ein so völlig normaler und unauffälliger Mann, den man auf der Straße sehen könnte, ohne seine Anwesenheit zu bemerken. Ein so ungewöhnlicher Junge wie Bran sollte auch einen ungewöhnlichen Vater haben. Aber Owen Davies war in allem Mittelmaß und Durchschnitt: Durchschnittsgröße, mittelbraunes Haar, weder sehr viel noch sehr wenig, ein freundliches, normales Gesicht mit einer etwas spitzen Nase und schmalen Lippen, eine Durchschnittsstimme, weder tief noch hoch, und die gleiche exakte Aussprache, die, das hatte Will inzwischen festgestellt, allen Nordwalisern eigen war. Seine Kleidung war normal, Hemd und Hose und Stiefel, wie jeder auf einem Bauernhof sie trug. Sogar der Hund, der neben ihm stand und sie alle ruhig beobachtete, war der übliche walisische Schäferhund mit schwarzem Rücken, weißer Brust und schwarzem Schwanz – nicht bemerkenswert. Nicht wie Cafall, ebensowenig wie Brans Vater so wie Bran war.

„In der Teekanne ist Tee, Bran, falls ihr eine Tasse wollt. Ich habe meinen schon getrunken und gehe jetzt hinüber zu der großen Weide. Und heute abend gehe ich zu einer Versammlung in der Kirche. Mrs. Evans wird sich um dein Abendessen kümmern."

„Wunderbar", sagte Will fröhlich. „Er kann mir bei meinen Hausaufgaben helfen."

„Hausaufgaben?" fragte Bran.

„O ja. Dies sind nicht bloß Ferien für mich. Sie haben mir in der Schule alle möglichen Aufgaben mitgegeben, damit ich nicht zurückfalle. Heute ist Algebra dran. Und Geschichte."

„Das ist eine gute Idee", sagte Mr. Davies ernsthaft, während er seine Weste anzog, „solange Bran sich auch um seine eigenen Aufgaben kümmert. Ich weiß natürlich, daß er das tun wird. Nett, daß wir uns kennengelernt haben, Will. Bis später, Bran. Cafall kann hierbleiben."

Er ging, ihnen beiden freundlich, aber vollkommen ernst zunickend, was Will zu der Überlegung veranlaßte, daß etwas ganz und gar nicht Durchschnitt war an Owen Davies: Es war nicht eine Spur von Lachen in ihm.

Brans Gesicht war ausdruckslos, als er gleichmütig sagte: „Mein Vater ist ein großer Anhänger der Kirche. Er ist Diakon, und er hat zwei oder drei Versammlungen in der Woche. Und sonntags gehen wir zweimal zur Kirche."

„Oh", sagte Will.

„Ja. Oh ist richtig. Eine Tasse Tee?"

„Nein, danke. Wirklich nicht."

„Dann laß uns nach draußen gehen." Mit geistesabwesender Gewissenhaftigkeit spülte Bran die Teekanne aus und ließ sie umgekehrt auf dem Abtropfbord stehen. *„Tyrd yma,* Cafall."

Der weiße Hund sprang fröhlich um sie herum, als sie den Hof verließen und quer über die Felder gingen, das Tal hinauf und in Richtung auf die Berge und den einsamen nahen Gipfel. Er stand im rechten Winkel zum Berg hinter ihm und ragte in das flache Tal hinein.

„Komisch, wie der Felsen da vorspringt", sagte Will.

„Craig yr Aderyn? Das ist etwas Besonderes, es ist der einzige Ort in Britannien, wo Kormorane im Binnenland nisten. Natürlich nicht sehr weit vom Meer entfernt; vier Meilen sind es von hier bis an die Küste. Bist du noch nicht dort gewesen? Komm, wir haben genug Zeit." Bran schlug eine etwas andere Richtung ein. „Du kannst die Vögel von der Straße aus gut sehen."

„Ich dachte, die Straße führt dort entlang", sagte Will und zeigte in die Richtung.

„Tut sie auch. Wir können so aber ein Stück abschneiden." Bran öffnete eine Pforte zu einem Fußweg, überquerte den Weg und kletterte an der anderen Seite über eine Mauer. „Die Sache hat nur einen Haken", sagte er und grinste. „Wir dürfen keinen Lärm machen. Dies Land gehört Caradog Prichard."

„Pst, Cafall", flüsterte Will weithin hörbar und drehte sich um. Aber Cafall war verschwunden. Will blieb verdutzt stehen. „Bran? Wo ist Cafall geblieben?"

Bran pfiff. Sie standen beide wartend da und blickten auf die lange schiefergedeckte Steinmauer, die das Stoppelfeld begrenzte. Nichts rührte sich. Die Sonne schien. In der Ferne blökten Schafe. Bran pfiff noch einmal – ohne Erfolg. Dann kehrte er um, und Will folgte ihm dicht auf den Fersen. Sie kletterten wieder über die Mauer, hinunter zu dem Fußweg, den sie überquert hatten.

Bran pfiff zum drittenmal und rief etwas auf walisisch. Seine Stimme klang beunruhigt.

Will sagte: „Wohin kann er nur gelaufen sein? Als ich über die Mauer kletterte, war er direkt hinter mir."

„So etwas tut er nie. Nie. Er verläßt mich nie ohne Erlaubnis, und er kommt immer, wenn ich ihn rufe." Bran blickte besorgt den Fußweg hinauf und hinunter. „Es gefällt mir nicht. Ich hätte ihn nicht so nahe an Mr. Prichards Land herankommen lassen sollen. Du und ich, das ist eine Sache, aber Cafall . . ." Er pfiff wieder, laut und verzweifelt.

„Du glaubst doch nicht . . ." Will hielt inne.

„Daß Prichard ihn erschießen würde, wie er es gesagt hat?"

„Nein, ich wollte sagen, du glaubst doch nicht, daß Cafall nicht mitkommen wollte, weil er wußte, daß er Mr. Prichards Land nicht betreten sollte. Aber das ist dumm; kein Hund könnte sich so etwas ausdenken."

„Oh", sagte Bran unglücklich, „Hunde können sich viel kompliziertere Dinge als das ausdenken. Ich weiß es nicht. Laß es uns hier versuchen. Der Weg führt zum Fluß."

Sie folgten dem Pfad, fort von der drohenden Felsmasse des Craig yr Aderyn. Vor ihnen, weit weg, bellte ein Hund.

„Ist er das?" fragte Will erwartungsvoll.

Bran hatte den weißen Kopf zur Seite geneigt. Der Hund bellte wieder, näher. „Nein. Das ist John Rowlands großer Hund, Pen. Aber vielleicht ist Cafall in die Richtung gelaufen, als er ihn hörte . . ."

Sie begannen beide zu laufen, entlang dem steinigen, mit Grasbüscheln bewachsenen Pfad. Will war sehr bald außer Atem und blieb hinter Bran zurück. Bran verschwand um eine Biegung des Pfades. Als Will selbst an die Biegung kam, kamen ihm zwei Dinge gleichzeitig zum Bewußtsein: der Anblick von Bran – ohne Cafall –, der mit seinem Vater und John Rowlands sprach, und die erschreckende Gewißheit, daß etwas Böses die Herrschaft übernommen hatte über alles, was jetzt auf dem Clwyd-Hof geschah. Es war eine Erkenntnis, wie das plötzliche Erkennen eines lauten Geräusches oder eines überwältigenden Geruches.

Als er keuchend zu ihnen kam, sagte Bran gerade: „. . . hörten Pen bellen und dachten, vielleicht ist er hierher gelaufen, darum haben wir uns beeilt."

„Und ihr habt überhaupt nichts gesehen?" fragte Owen Davies. Sein angespanntes Gesicht zeigte, daß er aus irgendeinem Grund tief betroffen war.

Will blickte ihn an, und düstere Ahnungen zogen ihm den Magen zusammen.

John Rowlands sagte, die tiefe Stimme verzerrt: „Und du, Will? Hast du jetzt irgend jemanden, irgend etwas auf dem Pfad gesehen?"

Will starrte ihn an. „Nein. Nur Cafall, vorhin, und jetzt ist er verschwunden."

„Kein Lebewesen ist an dir vorbeigekommen?"

„Kein einziges. Warum? Was stimmt hier nicht?"

Owen Davies sagte finster: „Auf der großen Weide weiter dort hinauf liegen vier tote Schafe mit herausgerissener Kehle, und kein Gatter ist offen, noch gibt es sonst einen Hinweis darauf, was sie angegriffen haben kann."

Will sah John Rowlands entsetzt an. „Ist es das gleiche . . . ?"

„Wer kann das wissen?" sagte Rowlands bitter. Wie Davies schien er zwischen Besorgnis und Wut zu schwanken. „Aber es sind keine Hunde, ich weiß nicht, wie es Hunde sein könnten. Es sieht eher nach Füchsen aus, obwohl ich nicht weiß, wie das möglich ist. Ich weiß es nicht."

„Die *milgwn,* aus den Bergen", sagte Bran.

„Unsinn", sagte sein Vater.

„Die was?" fragte Will.

„Die *milgwn*", sagte Bran. Seine Blicke schossen immer noch auf der Suche nach Cafall in alle Richtungen, und er antwortete automatisch. „Graue Füchse. Einige der Bauern sagen, es gibt große graue Füchse oben in den Bergen, größer und schneller als unsere roten Füchse hier unten."

Owen Davies sagte: „Das ist Unsinn. Solche Füchse gibt es nicht. Ich habe dir schon öfter gesagt, ich dulde es nicht, daß du solchen Ammenmärchen glaubst."

Er sprach in scharfem Ton. Bran zuckte mit den Schultern.

Aber Will sah in Gedanken plötzlich ein leuchtendes Bild vor sich, deutlich wie ein Film auf der Leinwand: Er sah drei große Füchse hintereinander herlaufen, riesige grauweiße Tiere mit dickem Fell, das zum Hals breit wie eine Halskrause wurde, und buschigen Schwänzen. Sie bewegten sich über einen Berghang, zwischen Felsen, und für einen Moment wandte einer von ihnen den Kopf und sah ihn direkt an, mit glänzenden starren Augen. Einen Augenblick lang sah er sie so deutlich, wie er Bran sah. Dann war das Bild verschwunden, sie waren nicht mehr da, und er stand wieder im Sonnenschein, stumm, benommen, und wußte, daß in einer der kurzen Mitteilungen, die selten, nur sehr selten, unbewacht von einem Uralten zum anderen gelangen können, seine Meister ihm ein warnendes Bild von den Kreaturen des Grauen Königs übermittelt hatten, Werkzeuge der Finsternis.

Er sagte abrupt: „Das sind keine Märchen. Bran hat recht."

Bran starrte ihn an, erstaunt über die klare Gewißheit in seiner Stimme. Aber Owen Davies sah in kühlem Tadel zu ihm hinüber, die Winkel seines schmallippigen Mundes nach unten gezogen. „Sei nicht töricht, Junge", sagte er kalt. „Was kannst du schon über unsere Füchse wissen?"

Will erfuhr nie, was er hätte entgegnen können, denn die angespannte Stille des sonnenbeschienenen Nachmittags wurde durchbrochen von einem Ruf John Rowlands, drängend und laut:

„*Tân!* Seht nur dort drüben! Auf dem Berg brennt es! Es brennt!"

Für ein so großes Feuer gab es nicht viel Rauch. In einer Linie entlang dem unteren Berghang, den sie gerade eben über die Hecke hinweg sehen konnten, stand der Farn in Flammen. Es sah aus wie eine lange Wunde, die in dem friedlichen braunen Hang klaffte, bebend vor todbringendem, unheilvollem Leben. Doch war wenig Farbe in den Flammen, und sie waren zu weit weg, um irgendwelche Geräusche zu hören. Einen Augenblick lang war Will nur darüber erstaunt, daß John Rowlands den Brand überhaupt wahrgenommen hatte.

Dann gab es eine Menge Instruktionen, und Rowlands' weiche Stimme drängte: „Schnell zum Hof mit euch beiden. Ruft die Feuerwehr und die Polizei in Tywyn an, und dann kommt zurück mit allen, die ihr finden könnt. Und bringt Feuerpatschen mit, Bran, du weißt, wo sie sind. Komm, Owen."

Die beiden Männer liefen den Pfad quer durch das Tal entlang, und die Jungen stürzten sich auf die Pforte, von der aus man über die Felder zum Clwyd-Hof kam. Bran drehte sich um, und seine weißen Haare wehten hoch. „Jetzt nur nicht so *schnell*", sagte er ernsthaft, „oder du wirst noch kränker . . .", und dann rannte er los wie ein Sprinter und überließ es Will, die Pforte zu schließen und ergeben hinter ihm her zu trotten.

Als er am Hof wieder auf Bran stieß, war das Telefonieren schon erledigt. David Evans nahm sie im Landrover mit, zusammen mit Thys und einem großen mageren Bauern, der Tom Ellis hieß und gerade bei Evans gewesen war, als sie eintrafen. Hinten hatte man hastig Feuerpatschen und Sandsäcke in den Landrover gestopft und mehrere Eimer, wenn Wills Onkel auch wenig Hoffnung zu haben schien, daß sie sie würden benutzen können. Die Hunde wurden ausnahmsweise zurückgelassen.

„Bei Feuer wären sie nur im Weg", sagte Rhys, als er sah, wie Will ihrem kläglichen Winseln mit geneigtem Kopf lauschte. „Und die Schafe können dem Feuer allein aus dem Weg gehen – das werden sie inzwischen schon längst getan haben."

„Ich möchte nur wissen, wo Cafall ist", sagte Will, und dann sah er Brans Gesicht und wünschte, er hätte es nicht gesagt.

Aus der Nähe sah das Feuer auf dem Berg viel beunruhigender aus, als es ihnen aus der Ferne erschienen war. Sie konnten es jetzt riechen und hören – den Rauch riechen, der bitterer roch als ein herbstliches Kartoffelfeuer, und das leise schreckliche Knistern hören von Flammen, die den Farn verzehrten, das klang, wie wenn man Papier in der Hand zerknittert, und das plötzliche laute Prasseln, wenn ein Busch oder ein Ginsterstrauch in Flammen aufging. Und sie sahen die Flammen selbst, wie sie hochschossen, leuchtend rot und gelb an den Rändern, aber grausam und fast unsichtbar im Zentrum des Feuers.

Als sie aus dem Auto stolperten, schrie David Evans nach den Feuerpatschen. Will und Bran zogen sie hervor: Reisigbesen, wie man sie früher zum Fegen benutzte, aber mit längeren und weiter auseinanderstehenden Reisern. John Rowlands und Brans Vater schlugen schon auf die Stelle ein, wo das Feuer am heftigsten wütete, und versuchten, es einzudämmen, aber der Wind kam in stärkeren Böen, und die Flammen, manchmal hoch emporlodernd, manchmal am Boden entlangkriechend, waren bald an ihnen vorbeigezogen und drangen am unteren Bergrand weiter vor. Als sie durch den zundertrockenen Farn den Berghang hinaufschossen, konnte Owen Davies ihnen gerade noch rechtzeitig ausweichen.

Das Knistern wurde stärker; die Luft war voll von beißenden Gerüchen und Rauch und wirbelnden schwarzen Holzkohle- und Ascheteilchen. Große Hitze strahlte ihnen entgegen. Sie standen alle in einer Reihe und schlugen auf die Flammen ein, droschen mit aller Kraft, aber nur gelegentlich gelang es ihnen, einen Funken zum Erlöschen zu bringen. John Rowlands brüllte verzweifelt etwas auf walisisch; als er Wills verständnisloses Gesicht sah, keuchte er: „Wir müssen es höher hinauftreiben, bevor es Prichards Hof erreicht! Haltet es vom Felsen fern!"

Als er in Richtung des mächtigen, hervorspringenden Felsenhangs des Craig yr Aderyn blickte, sah Will zum erstenmal die Ecke eines grauen, aus Steinen errichteten Gebäudes, das an der anderen Seite des Felsens hervorschaute. Das Licht glitzerte auf einem Sprühregen von Wasser, das neben dem Haus versprengt wurde: Jemand sprengte das umliegende Land, in der Absicht, das Feuer zum Erlöschen zu bringen, wenn es sich so weit ausbreiten sollte. Aber Will, der verzweifelt mit seinem langen Reisigbesen auf die Flammen einschlug, hatte das Gefühl, daß nichts das Inferno vor ihnen aufhalten oder eindämmen konnte. Das Feuer zischte jetzt hoch über ihren Köpfen, als es ein Gestrüpp von Brombeersträuchern erreichte. Es war wie eine riesige Bestie, die über den Berg hinwegtobte und alles, was ihr in den Weg kam, mit unersättlicher Gier verschlang. Und sie waren so winzig, daß schon der Versuch, den Weg dieses Ungeheuers unter Kontrolle zu bekommen, lächerlich erschien. Er dachte: *Es ist wie die Finsternis* – und fragte sich zum erstenmal, wie das Feuer ausgebrochen sein mochte.

Unter ihnen, von der Straße, die am Fuß des großen Craig vorbeiführte, ertönte die Sirene eines Feuerwehrautos, und Will sah durch die Bäume hindurch leuchtendrote Flecke und einen Schlauch, der sich durch die Luft schlängelte. Die Stimmen von Männern drangen leise zu ihnen und das Geräusch von Motoren. Aber hier oben am Hang dehnte das Feuer sich unter dem Einfluß von immer neuen Windböen aus, und nach und nach wurden sie nach unten gedrängt, zwischen die Bäume am Rand der Straße. Triumphierend toste das Feuer hinter ihnen her.

„Hinunter auf die Straße!" rief der magere Mann, der Tom Ellis hieß. „Diese Bäume können jeden Augenblick Feuer fangen!"

Will keuchte neben John Rowlands her. „Was wird geschehen?"

„Irgendwann von selbst erlöschen." Aber Rowlands gefurchtes Gesicht war grimmig.

Bran tauchte auf seiner anderen Seite auf, verschmiert und dreckig. „Das Problem ist dieser Wind – er trägt das Feuer durch das ganze Tal. Ist Prichards Hof wirklich in Gefahr, Mr. Rowlands?"

John Rowlands schritt etwas langsamer aus und warf einen prüfenden Blick auf den blauen Himmel über ihnen. Wolken hatten sich jetzt gebildet, seltsame schmutzig-weiße Wolken mit zerfetzten Rändern, die aus keiner bestimmten Richtung zu kommen schienen. „Ich weiß es nicht ... der Wind sieht nach Wetterumschlag aus, und er wechselt die Richtung, aber es ist schwer zu sagen, wohin ... früher oder später wird es Regen geben."

„Na ja", sagte Will hoffnungsvoll, „der Regen wird doch das Feuer löschen?" Aber während er sprach, hörte er das Feuer hinter seinem Rücken knistern und prasseln, als lache es ihn aus, und es überraschte ihn nicht, als John Rowlands den Kopf schüttelte.

„Nur wenn es sehr viel Regen ist ... der Boden ist so trocken, trocken, wie er nie zu dieser Jahreszeit ist – nur ein Wolkenbruch würde überhaupt eine Wirkung haben." Er blickte sich wieder um und betrachtete die Berge und den Himmel mit gerunzelter Stirn. „Irgend etwas ist seltsam an diesem Feuer, und überhaupt ... irgend etwas stimmt nicht ..." Er zuckte mit den Schultern, gab die Suche auf und ging mit langen Schritten weiter. Als sie um eine Biegung kamen, stießen sie auf das Feuerwehrauto mit seinem laut dröhnenden Motor.

Will dachte: *Oh, John Rowlands, du siehst mehr, als du denkst, aber nicht deutlich genug. Der Herr der Finsternis hat in diesen Bergen mit seiner Arbeit begonnen, der Graue König errichtet eine Mauer, um die goldene Harfe zu umschließen und die Schläfer, die geweckt werden müssen, so daß ich nicht zu ihnen kommen kann, um die Suche zu einem Ende zu bringen. Denn wenn er sie von dem Licht fernhalten kann, werden die Uralten nicht in den vollen Besitz ihrer Macht kommen, und niemand wird die Finsternis davon abhalten können, sich zu erheben...*

Er sagte, ohne zu merken, daß er laut sprach: „Aber es wird nicht funktionieren!"

Eine Stimme sprach ihm leise ins Ohr: „Was wird nicht funktionieren?" Brans dunkle, von Rauch verschmutzte Brille, die die Augen dahinter verhüllte, starrte ihm ins Gesicht.

Will blickte ihn an und sagte mit plötzlicher nackter Aufrichtigkeit: „Ich weiß nicht, was ich von dir halten soll."

„Das weiß ich", sagte Bran, und die Andeutung eines Lächelns ließ sein seltsames blasses Gesicht zucken. „Aber trotzdem wirst du mich brauchen!" Er drehte sich rasch um, als Rauch von dem Feuer über ihnen sich um sie zusammenballte. „Mach dir keine Gedanken", sagte er grinsend. „Es hat noch nie jemand gewußt, was er von mir halten soll." Und fort war er, sich drehend, laufend, fast tanzend in Richtung des Feuerwehrautos.

Will lief hinter ihm her. Und dann blieben beide abrupt stehen angesichts einer Szene, die erstaunlicher war als alles andere bisher. Unter der lauernden Masse des Craig yr Aderyn arbeiteten die Feuerwehrmänner mit zwei Schläuchen und sprengten sowohl den Berghang als auch den Straßenrand, um das Feuer daran zu hindern, über den Craig hinweg auf Prichards Hof überzugreifen. Andere liefen mit Eimern, Feuerpatschen und anderen Geräten herum, mit allem, was geeignet erschien, einzelne Funken zu löschen, bevor sie Nahrung fanden. Die ganze Straße befand sich in besorgter Emsigkeit. Doch inmitten all des Durcheinanders stand Caradog Prichard, starr und vor Wut blind für alles um ihn herum, mit wirrem rotem Haar, Blut auf dem Hemd und einem Gewehr in der einen Hand, während die andere Hand in starrer Anklage ausgestreckt war und er vor Zorn kreischend John Rowlands anschrie:

„Bring mir den Hund! Bring ihn! Ich werde dir beweisen, daß er es war, er und dieser verrückte weiße Hund von dem verrückten jungen Davies! Ich werde es dir zeigen! Sechs Schafe auf meinem Land, sechs sind es, mit aufgeschlitzter Kehle, verdammt, ihre Köpfe halb abgerissen – alles aus Mordlust, das ist es, was diese verfluchten Hunde davon hatten, und das ist es, wofür ich sie erschießen werde! Bringt sie her! Bringt sie! Ich werde es euch beweisen!"

Die Jungen standen wie erstarrt und sahen ihn entsetzt an; in diesem Augenblick war er kein menschliches Wesen mehr, sondern ein vor Raserei wahnsinnig gewordenes Geschöpf, das nur noch einen Drang kannte: zu töten. Es war der scheußlichste Anblick, den man sich vorstellen konnte.

Während er Prichard mit den Augen eines Menschen und der Vision eines Uralten sah, war Will von überwältigendem Mitleid erfüllt: ein Bewußtsein dessen, was unvermeidlich mit Caradog Prichard geschehen würde, wenn er in seiner Besessenheit nicht zur Vernunft gebracht wurde, jetzt, ein für alle Male, bevor es zu spät war. Hör auf, hätte er ihm gern zugerufen, hör auf, bevor der Graue König dich sieht und dir die Hände in Freundschaft entgegenstreckt, du sie ahnungslos ergreifst und ... zerstört wirst ...

Bevor er sich klar wurde, was er tat, trat er vor, und die Bewegung veranlaßte Prichard, sich ruckartig ihm zuzuwenden. Der ausgestreckte Finger fuhr bösartig herum und stieß durch die Luft nach Will.

„Du da auch, *Sais bach*, du gehörst auch dazu, du und der Hof deines Onkels. Es sind Hunde von Clwyd, diese mordenden Bestien, die Schuld trifft euch alle, und ich werde mir nehmen, was ihr mir schuldet, von euch allen ..."

Speichel stand in seinen Mundwinkeln. Es war nicht möglich, mit ihm zu sprechen. Will trat zurück. Prichards zorniges Gekreisch ließ sogar die Feuerwehrmänner verblüfft innehalten. Einen Augenblick lang war außer dem Dröhnen der Pumpe und dem Knistern der näher kommenden Flammen kein Geräusch zu hören, keine Bewegung zu sehen. Dann schob David Evans sich vor, eine kleine energische Gestalt mit einem Reisigbesen in der Hand und Rußflecken auf Gesicht und Hemd, packte Prichard furchtlos an der Schulter und schüttelte ihn kräftig.

„Das Feuer wird in wenigen Minuten hier sein, Caradog Prichard, willst du deinen Hof abbrennen lassen? Wir alle hier arbeiten uns die Hände wund, um dein Dach vor den Flammen zu schützen, deine Frau tut im Haus das gleiche, und du stehst hier albern rum und brüllst dir die Kehle aus dem Hals und hast nichts anderes im Kopf als ein paar tote Schafe! Du wirst einen Haufen mehr tote Schafe haben, Mann, und einen toten Hof dazu, wenn du dich jetzt nicht zusammenreißt. Jetzt!"

Prichard sah ihn ausdruckslos an, die kleinen glänzenden Augen in dem dicklichen Gesicht waren voller Mißtrauen, dann schien er allmählich aufzuwachen und sich klarzumachen, wo er war und was geschah. Benommen starrte er auf die Flammen, die jenseits der Hecke heranzüngelten. Die Pumpe des Feuerwehrwagens klang schriller, als die Arbeiter die Schläuche herumschwangen und auf die näher kommenden Flammen richteten. Funken sprühten in alle Richtungen, und die Männer mit ihren Reisigbesen schlugen wie wild auf den Farn ein. Caradog Prichard stieß einen kurzen Schreckensschrei aus und lief zurück zu seinem Haus.

Wortlos nahmen Will und Bran wieder ihre Plätze zwischen den Männern ein, die sich diagonal über den Hang verteilten, um zu verhindern, daß das Feuer über den Craig hinweg und weiterfegte. Der Himmel wurde jetzt dunkler, die Wolken verdichteten sich, und der Abend kam näher, aber es gab immer noch keine Spur von Regen. Wieder frischte der Wind in Böen auf, verlor sich und kam in einer plötzlichen neuen Böe zurück; man konnte nicht voraussagen, was er als nächstes machen würde. Immer stärker spürte Will, wie ihm die Feindseligkeit des Grauen Königs von den hohen Gipfeln am Ende des Tales entgegenschlug; sie bildete eine Wand, die so bösartig war wie die Wand aus Flammen, die ihnen aus der anderen Richtung entgegenschlug, wenn auch der einzige, der die Stärke von beiden spürte, der einzige, der zwischen beiden gefangen war, der Uralte war, Will Stanton, durch seine Geburt dazu bestimmt, diese Suche weiterzuführen, wohin sie ihn auch führen mochte . . .

Er wurde plötzlich von wilder Heiterkeit gepackt, die ihm neue Energien aus dem Nichts brachte, seine schlappen Arme und Beine kräftigte. In plötzlicher Fröhlichkeit schrie er laut auf, grinste Bran in wildem Übermut an und schlug auf die nach dem Farn vor seinen Füßen züngelnden Flammen ein, als könnte er sie im Nu in den Boden stampfen.

Dann lenkte das Aufblitzen einer Bewegung höher oben auf dem Berg seine Aufmerksamkeit von den Flammen ab, und zwischen den nackten Felsen über ihnen sah er die mit erstaunlicher Geschwindigkeit voranstürzende Gestalt eines grauweißen Fuchses. Mit fliegendem Schwanz und angelegten Ohren schoß er den steilen Hang des Craig yr Aderyn hinauf. Mit dem steigenden Wind türmten sich Rauchwolken auf, und der Fuchs war verschwunden. Will hatte ihn nur einen kurzen Augenblick gesehen.

Er hörte Bran mit hoher Stimme klagend rufen: „Cafall!"

Dann kletterte Bran den Hang hinauf, die besorgten Stimmen von unten, den Rauch und alles andere ignorierend und nur den flüchtigen Blick auf ein weißes Tier im Sinn, das er für seinen Hund gehalten hatte.

„Bran, komm zurück! Es war nicht Cafall!"

Will kletterte verzweifelt hinter ihm her; sein Herz klopfte, als wollte es aus der Brust springen. „Bran! Komm zurück!"

Der Hang wurde immer steiler, bis sie auf dem Craig selbst waren, durch den Farn krochen, über rutschiges Gras hinweg und um vorspringende graue Felssimse herum. Auf einem dieser Felsen machte Bran endlich keuchend halt und sah sich wild nach allen Seiten um. Will stolperte neben ihn, kaum fähig zu sprechen.

„Cafall!" schrie Bran ins Nichts.

„Es war nicht Cafall, Bran."

„Natürlich war er es. Ich habe ihn gesehen."

„Es war ein Fuchs, Bran. Einer von den *milgwn*. Es ist ein Trick, Bran, merkst du das nicht?"

Will hustete und rang nach Atem in der schwarzen Rauchwolke, die den Hang hinter und unter ihnen einhüllte. Sie konnten nichts anderes als Rauch und den steilen Felsen sehen und Fetzen des grauen Himmels über ihnen. Weder der Hof noch die Männer oder das Tal unterhalb von ihnen waren zu erkennen, und kein anderes Geräusch als das Singen des Windes ertönte in ihren Ohren und von irgendwo in der Ferne die rauhen, gedämpften Stimmen von Vögeln.

Bran sah Will unsicher an.

„Bran, ich bin überzeugt davon."

„In Ordnung. Ich war mir so sicher ... Es tut mir leid."

„Das braucht es nicht. Es war nicht das, was du selbst gesehen hast. Es war das, was der Graue König dich hat sehen lassen. Aber das Problem ist, wir können nicht den gleichen Weg zurückgehen. Das Feuer folgt uns nach hier oben ..."

„An der anderen Seite führt ein Weg nach unten", sagte Bran und wischte sich den Schweiß aus den Augen. „Dort gibt es keinen Farn als Nahrung für das Feuer, nur Felsen. Aber der Abstieg ist schwierig." Er musterte Wills blasses, verschmutztes Gesicht zweifelnd.

„Ich bin okay. Komm, laß uns weitermachen."

Sie kletterten weiter die groben Stufen aus Gras und Felsen hinauf und klammerten sich jetzt mit Händen und Füßen fest.

„Hier ist ein Vogelnest!" Will hatte eine Fußlänge von seinem Kopf entfernt einen unordentlichen Stapel aus Zweigen und Farn entdeckt.

„Es wären auch Vögel hier – wenn das Feuer nicht wäre. Im Frühling ist es ein Nistgebiet, habe ich dir ja erzählt. Nicht nur Kormorane – auch Raben. Eine Menge Vögel ... das ist natürlich auch der Grund, warum es Vogelfelsen genannt wird. Hier ..." Bran blieb aufgerichtet auf einem breiten, mit Farn gesäumten Felssims stehen. „Dies ist die Kammlinie. Auf der anderen Seite geht es hinunter zu Prichards Hof."

Aber Will rührte sich nicht; er sah Bran an. „Vogelfelsen?"

„Ja, so wird er genannt", sagte Bran erstaunt. „Vogelfelsen. Craig yr Aderyn, Felsen der Vögel. Ich dachte, das weißt du."

Will sagte leise, nachdenklich:

Am Tage der Toten, wenn auch das Jahr stirbt,
Muß der Jüngste die ältesten Berge öffnen,
Durch die Tür der Vögel, wo der Wind sich bricht...

Bran starrte ihn an. „Du meinst... die Tür der Vögel... hier?"

„Vogelfelsen. Das muß es sein. Ich weiß es. Und heute ist der Tag der Toten..." Will lehnte den Kopf zurück und sah zum Himmel hinauf, wo Wolken wie graue Rauchbälle dahinflogen. „Und der Wind schlägt um, fühl doch... Nein... Doch, jetzt wieder... Ein schlechter Wind, ein Wind aus der Finsternis. Das gefällt mir nicht, Bran, dahinter steckt der Graue König." Er betrachtete Bran jetzt nur noch als Verbündeten, für immer.

Der weißhaarige Junge sagte düster: „Er dreht nach Norden. Das ist der schlimmste Wind von allen, der Nordwind. *Gwynt Traed yr Meirw* nennen sie ihn, der Wind, der um die Füße der Toten bläst. Er bringt Stürme mit sich. Und manchmal Schlimmeres."

Das ferne Knistern des Feuers schien jetzt lauter zu werden. Will blickte über die Schulter den Hügel hinunter; der Rauch war dichter dort, und die Luft war heißer geworden. Der Wind kam in Stößen herangewirbelt und trug Asche und Ruß von unten in unheimlichen dunklen Strudeln um ihre Köpfe herum. Plötzlich spürte Will mit erschreckender Gewißheit, daß der Graue König von seiner Anwesenheit wußte, genau wußte, und seine Kräfte für einen Angriff sammelte – und daß in jenem ersten Augenblick, da er von seiner Anwesenheit gewußt hatte, das Feuer auf dem Berg ausgebrochen war. Ein Gefühl schrecklicher Einsamkeit ergriff ihn. Ein Uralter, allein, ohne andere aus dem Licht, war so verletzbar gegenüber der Finsternis. Obwohl er nicht für immer vernichtet werden konnte, konnte er unschädlich gemacht werden; die ganze Kraft eines der Herren der Finsternis konnte ihn, wenn sie ihn schutzlos traf, aus der Zeit hinausstoßen, für so lange, daß seine Hilfe für seine Gefährten zu spät käme. Und so griff der Graue König jetzt mit Feuer nach Will, und mit allem, was ihm sonst noch zur Verfügung stehen mochte.

Und Bran war noch verletzbarer, Will drehte sich rasch zu ihm um. „Bran, komm weiter, das Sims entlang zum Gipfel. Bevor das Feuer ..."

Die Worte blieben ihm im Hals stecken. Aus Löchern und Felsspalten, um Ecken und Klippen herum kamen stumm die gespenstischen grauweißen Gestalten der *milgwn* auf den Kamm des Berges geschlichen, mehr als zwanzig von ihnen, mit gesenkten Köpfen, entblößten Zähnen und einer weißen Spitze am Ende ihrer buschigen grauen Schwänze. Ihr Fuchsgeruch hing durchdringender als der Rauch in der Luft. An ihrer Spitze stand der Königsfuchs, ihr Anführer, dem die rote Zunge aus einem breit und schrecklich grinsenden Maul hing, einem Maul mit weißen Zähnen, die so lang wie Finger und spitz wie Nägel waren, Eiszapfen aus Knochen. Seine Augen glänzten, die Halskrause stand weiß ab von den gewaltigen Schultern und dem Nacken.

Will ballte die Hände zu Fäusten und schrie zornig machtvolle Worte in der Alten Sprache, aber der große graue Fuchs zuckte nicht zurück. Statt dessen machte er unvermittelt einen Satz in die Luft, an der Stelle, wo er stand, wie Will es einmal einen Fuchs in einem Feld in Buckinghamshire hatte tun sehen, weit weg von diesem Tal, weil er sehen wollte, welche Gefahren in diesem Weizenfeld, das über ihn hinausragte, auf ihn lauerten. Während er sprang, stieß der Königsfuchs ein kurzes, scharfes Bellen aus, tief und klar. Die *milgwn* knurrten leise. Und dann schoß mit einem Geräusch wie zerreißender Stoff eine Flamme neben Will empor – das Feuer hatte endlich die Kammlinie des Craig yr Aderyn erreicht und toste prasselnd im Farn um sie herum.

Will schreckte zurück. Der einzige Fluchtweg führte am Königsfuchs vorbei. Und der große Fuchs kauerte bewegungslos flach auf dem Bauch, zum Sprung bereit.

Plötzlich ertönte ein durchdringender Schrei neben Wills Schulter. Bran sprang vor, in der Hand den Ast einer Krüppeleiche, der brannte wie Zunder, eine Feuergarbe. Er stieß ihn mitten in das Gesicht des grauen Fuchses. Aufjaulend zog der Königsfuchs sich zwischen seine Gefährten zurück, und alle *milgwn* rannten verwirrt umher. Bevor der Ast bis zu seiner Hand herunterbrennen konnte, warf Bran ihn fort, aber eine Windböe erfaßte ihn überraschend und trug ihn auf die andere Seite der Kammlinie, hinunter auf den noch nicht brennenden Hang, wo das Feuer sonst vielleicht gar nicht hingekommen wäre. Flammen schossen in die Höhe, als das Feuer sich über seine neue Beute hermachte. Bran schrie entsetzt auf.

„Will! Ich habe es fertiggebracht das Feuer hinunter zu Prichards Hof zu schicken – wir sind in beide Richtungen abgeschnitten!"

„Der Gipfel!" rief Will beschwörend. „Wir müssen hinauf zum Gipfel!" Mit der ganzen Gewißheit uralter Instinkte wußte er, wohin sie sich wenden mußten; der Ort hatte begonnen, ihn unwiderstehlich anzuziehen, unsichtbar, sich der Suche Wills bewußt werdend. Will wußte, wie der Ort aussehen würde, er wußte, was er zu tun hatte, wenn sie dort hinkamen. Aber das Hinkommen war eine andere Sache. Flammen umgaben sie prasselnd von beiden Seiten und versengten ihre trockene Haut, und vor ihnen hatten die *milgwn* sich jetzt in einem dichten Halbkreis versammelt, wartend, wartend . . .

Verzweifelt baute Will einen Schutzwall um sich selbst und Bran auf: Er wandte sich, fest auf dem Boden stehend, nach Norden und rief ein paar Worte in der Alten Sprache. Es war Helledds Zauberbann, der einen Reisenden gegen jene schützen sollte, denen das Land, über das er wanderte, gehörte. Aber Will machte sich keine großen Hoffnungen; er wußte, daß die Wirkung des Zauberbannes nicht lange anhalten würde. Neben sich hörte er Bran einen lauten flehenden Schrei ausstoßen, wie ein kleines Kind, das nach Hilfe ruft, ohne zu wissen, daß es ruft.

„Cafall! Cafall!"

Und aus dem Nichts kam entlang der Kammlinie ein weißer Blitz auf sie zugeschossen, stürzte sich auf den nächsten Fuchs und griff ihn von der Seite an, so daß der Fuchs sich mit einem Aufjaulen überschlug und immer weiter rollte. Der dichte Halbkreis geriet zögernd in Bewegung. Cafall stürzte sich knurrend auf den nächsten Fuchs und schlug ihm die Zähne tief in die Schulter. Die Füchse winselten und schoben sich zur Seite. In dem Loch, das er in die Reihe der *milgwn* gerissen hatte, stand der weiße Hund, angriffslustig wie ein Bulle, die Beine fest auf den Boden gestemmt, und die Botschaft, die in seinen seltsamen silbernen Augen glitzerte, war eindeutig. Will packte Bran am Arm und drückte sich mit ihm an Cafall vorbei, ungehindert, während die keuchenden Füchse zögerten.

„Hier herauf, Bran, schnell! Es ist die einzige Möglichkeit."

Brans Augen glitten über schwarzen Boden und weißes Fell, dunkle Hügel und grauen Himmel, er sah, wie der große Königsfuchs der *milgwn* sie beobachtete, wieder beherrscht und bereit zur Verfolgung. Dann drehte Cafall sich um, sah dem Fuchs in die Augen und begann ein langes, immer lauter werdendes Knurren, grauenhafter als irgendein Geräusch, das Bran je gehört hatte. In Erfüllung einer Bestimmung, deren Ursprünge lang zurücklagen, ermöglichte der Hund ihnen die Flucht. Es gab keine Entschuldigung für eine Verweigerung. Plötzlich von Vertrauen und Demut erfüllt, drehte Bran sich um und kletterte hinter Will nach oben.

Will kroch auf Händen und Füßen über den felsigen Kamm auf die Stelle zu, zu der sie gehen mußten; sie sang ihm zu, rief ihn. Unter den Felsen, an die sie sich klammerten, wirbelte Rauch wie ein dunkles Meer, hoch über ihnen schrien und krächzten vor Zorn und Furcht Vögel, die sie nicht sehen konnten. Als er nicht weiterkam, sah Will in dem Felsen vor ihm einen engen überdachten Spalt, einen schmalen Schlitz, den Frost, Wind und Regen ausgewaschen und verbreitert hatten. Die grauen Granitwände waren mit grünen Flechten übersät. Unwiderstehlich rief der Spalt ihn zu sich.

Er rief Bran zu: „Hier hinein!“ Dann wurde seine Stimme lauter, gebieterisch: „Cafall!“

Die Granitwände des Felsspaltes waren dreimal so hoch wie er. Als er in die Öffnung trat, warf er über die Schulter einen Blick hinter sich. Er sah Bran, der ihm nachdenklich folgte, und eine weiße Gestalt, die rasch hinter Bran herglitt. Dann schoß Cafall vor und rieb seine Schnauze im Vorbeilaufen kurz in Brans Hand. Draußen auf dem Felsen brach unter den wutentbrannten *milgwn* ein kreischender Tumult aus, als sie nicht in den Spalt folgen konnten. Die Macht ihres Herren, erkannte Will jetzt, erstreckte sich über die Felsen und die Berge und alle hochgelegenen Stellen in Gwynedd, doch nur über diese. Innerhalb der Felsen und der Berge herrschte jemand anders.

Will lief weiter. An seinem äußersten Ende wurde der Felsspalt etwas breiter. Das Licht war trübe. Die Dinge kamen einem undeutlich vor, wie in einem Traum. Draußen bellten und kreischten die Füchse. Und dann war nur noch nackter grauer Fels vor Will: eine gewaltige leere Wand, die das Ende des Spalts bildete. Will starrte auf den Fels, und ein erregtes Gefühl der Entdeckung und der Erleichterung erfüllte ihn, vergleichbar mit einer großen Freude. Neben ihm stand Cafall, aufrecht und stolz wie ein junges Pferd. Will legte eine Hand auf den weißen Kopf des Hundes. Den anderen Arm streckte er aus, die Finger starr ausgerichtet in einer Geste des Befehlens, und er rief drei Worte in der Alten Sprache.

Und der Felsen vor ihm öffnete sich wie ein großes Tor, zu den leisen, sehr leisen Tönen zarter Musik, die schmerzlich vertraut und doch fremd war, verklungen, kaum daß man sie vernommen hatte. Will schritt voran durch das Felsentor, und Cafall blieb vertrauensvoll an seiner Seite, mit erhobenem Kopf und wedelndem Schwanz. Bran folgte ihnen etwas zögernd.

Sie hatten keine Ahnung, ob sie sich tief innerhalb des Craig yr Aderyn befanden oder ob sie durch die grauen Felstüren an einen anderen Ort und in eine andere Zeit geraten waren. Es war unwichtig für Will. Heiterkeit erfüllte ihn bei diesem eigentlichen Anfang seiner ersten selbständigen Suche als einer der Uralten. Als er zurückblickte, überraschte es ihn nicht, daß die Türen, durch die sie gekommen waren, nicht mehr da waren. Die Felsenwand am Ende der Kammer, wo sie jetzt standen, war glatt und ohne Risse, und an ihr, hoch oben, hing ein runder goldener Schild, auf den ein Licht irgendwo aus den Tiefen des Raumes einen trüben Glanz warf.

Will warf einen prüfenden Blick auf Bran, aber Bran wirkte völlig gelassen. Sein blasses Gesicht sah merkwürdig verletzbar aus ohne Schutzbrille, aber in den Augen, die denen von Katzen glichen, konnte Will kein Gefühl erkennen, und erneut spürte Will heftige Neugier in bezug auf diesen seltsamen Jungen, der so ganz ohne Farbe war, geboren in dem von der Finsternis heimgesuchten Tal – sterblich und doch ein Mensch, den die Uralten schon vor Jahrhunderten vorausgesehen hatten. Wie kam es, daß er, Will, selbst ein Uralter, Brans Wesen so wenig erspüren konnte?

„Alles okay bei dir?" fragte er.

„Alles in Ordnung", entgegnete Bran. Er musterte die Wände hinter Will. „*Duw*", sagte er leise. „Wunderschön. Sieh dir die an."

Es war ein langgestreckter, leerer Raum. An seinen Wänden hingen vier Wandteppiche, zwei an jeder Seite, deren kräftige Farben so tief leuchteten, daß sie in dem Dämmerlicht zu schimmern schienen, wie der goldene Schild. Will zwinkerte mit den Augen, als er die gestickten Bilder erkannte, farbenprächtig wie buntes Glas: ein silbernes Einhorn, ein Feld voller roter Rosen, eine glühende goldene Sonne . . .

Alles Licht in diesem Raum schien, wie er jetzt sah, von einer einzigen Flamme zu kommen. In einem eisernen Halter, der aus der Steinwand in der Nähe des Raumendes herausragte, stand eine einzige gewaltige Kerze. Sie war mehrere Fuß hoch und brannte mit einer weißen ruhigen Flamme von intensiver Helligkeit. Der lange Schatten der Kerze fiel über Wand und Boden, bewegungslos und ohne zu beben. Ihre Stille, so wurde Will klar, war die Stille der Hohen Magie, einer Macht, die weit über Licht oder Finsternis oder irgendwelchen Verbündeten stand – die stärkste und fernste Kraft im Universum, der er und Bran an diesem Ort bald gegenübertreten mußten.

Neben ihm ertönte ein schwaches pfeifendes Winseln, kaum hörbar. Er blickte nach unten und sah Cafall, der seine Blicke nach hinten, auf Bran, richtete.

Will sagte leise: „Lauf zu ihm."

Die kalte Nase des Hundes stupste an seine Hand, dann drehte Cafall sich um und lief mit wedelndem Schwanz zurück zu seinem Herrn. Bran fuhr in rascher, heftiger Zuneigung mit den Fingern durch das Fell des Hundes, und Will wußte, daß trotz seines gelassenen Aussehens in Brans Vorstellung eine Ungewißheit bestand, die sich einer Panik näherte. Cafall hatte das gespürt und versuchte, Bran zu beruhigen. Will überkam plötzliches Mitgefühl für Bran, aber sie hatten keine Zeit für Erklärungen.

Er wußte, er mußte sich auf sein Gefühl verlassen, daß am Ende die seltsame Distanz zu den Dingen, die bei Bran immer wahrzunehmen war, sich als große Stärke erweisen würde.

Er sagte laut und ohne sich umzudrehen: „Hier entlang." Dann durchschritt er mit festen Schritten den langgestreckten hohen Raum. Bran folgte ihm mit Cafall; Will hörte die Schritte zusammen mit seinen eigenen auf dem steinernen Boden. Er kam zu der großen Kerze. Ihr eiserner Halter war auf der Höhe seiner Schulter im Fels verankert; die glatte weiße Kerze reichte viel höher, weit über seinen Kopf hinaus, so daß die weiße Flamme dort oben leuchtete wie ein heller Vollmond.

Will blieb stehen. „Zuerst der Mond", sagte er. „Dann Sterne und, wenn alles gut ist, ein Komet, und dann der Sternennebel. Und als letztes die Sonne."

„Was?" sagte Bran.

Will blickte hinüber, ohne wirklich etwas zu sehen. Hinter seinen Augen blickte er in sich selbst und in sein Gedächtnis, nicht auf Bran. An diesem Ort war er einer der Uralten, beschäftigt mit den Angelegenheiten des Lichts; nichts sonst hatte große Bedeutung. Er sagte: „Das ist die Ordnung der Dinge, an der die Hohe Magie zu erkennen sein wird. So daß keiner in ihre Nähe kommt außer durch Geburtsrecht."

Bran sagte: „Ich weiß immer noch nicht, wovon du redest." Dann schüttelte er rasch und entschuldigend den Kopf. „Es tut mir leid, ich wollte nicht den Eindruck erwecken . . ."

„Es spielt keine Rolle", sagte Will. „Komm einfach hinter mir her. Du wirst sehen."

Ihre Schritte hallten wider, und dann hatten sie das Ende des langgestreckten Raumes erreicht, und vor ihnen befand sich nichts außer einem Loch im Boden. Bran musterte es zweifelnd.

Will sagte: „Tu, was ich tu." Er setzte sich an den Rand der rechteckigen Öffnung und sah unter sich eine Treppe, die steil hinabführte. Er ließ sich vorsichtig hinunter und stellte fest, daß es im Treppenhaus eng und dunkel war; es kam ihm vor, als klettere er einen Brunnenschacht hinunter. Wenn er die Hände ausstreckte, berührte er an beiden Seiten Felsen, und dicht über seinem Kopf war auch Felsen. Er stieg langsam hinunter. Hinter sich hörte er Brans vorsichtige Schritte und das leise Kratzen von Cafalls Pfoten. Eine Zeitlang drang noch Licht von dem Raum über ihnen herunter und warf schwankende Schattenmuster auf die nahen Wände, aber bald verlosch auch das, und es wurde völlig dunkel. An den Wänden zu seinen Seiten fanden Wills Finger zwei glatte Rinnen, die wie Geländer geformt waren, ein fester Halt für jeden, der hier hinunterstieg. Er sagte leise – und seine Stimme hallte gespenstisch wider: „Bran, wenn du die Hände ausstreckst . . ."

„Ich hab sie schon gefunden", sagte Bran. „Wie Treppengeländer, findest du nicht? Da hat jemand eine schlaue Idee gehabt." Seine Worte klangen kühl, aber es lag Spannung hinter ihnen. Ihre Stimmen dröhnten leise durch den Treppenschacht, gedämpft wie durch einen Nebel.

Will sagte: „Sei vorsichtig. Vielleicht bleibe ich plötzlich stehen." Er versuchte angestrengt, die Stimme seiner Instinkte zu hören; zufällige Bilder und Eindrücke kamen ihm in den Sinn und verschwanden wieder. Irgend etwas rief ihn, etwas, das nahe war, sehr nahe ...

Er streckte eine Hand vor sich aus, gerade noch rechtzeitig, um zu verhindern, daß er gegen eine leere Felswand rannte. Es gab keine weitere Treppe vor ihnen, nur eine steinerne Sackgasse.

„Was ist?" fragte Bran hinter ihm.

„Warte einen Moment." Eine Anweisung kehrte langsam in Wills Erinnerung zurück, wie ein Echo aus einer anderen Welt. Mit beiden Füßen fest auf der letzten Stufe stehend, legte er beide Handflächen flach auf die rauhe, unsichtbare Felswand, die ihnen den Weg versperrte, und schob. Gleichzeitig sagte er bestimmte Worte in der Alten Sprache, die ihm wieder in den Sinn kamen.

Und der Fels teilte sich, stumm, wie es auch geschehen war, als die großen Türen am Vogelfelsen sich stumm geöffnet hatten, wenn hier auch keine Musik ertönte. Mit Bran und Cafall dicht hinter ihm trat Will vor in einen matten Lichtschimmer, der ihn so mit Erstaunen erfüllte, daß er nur stehen und schauen konnte.

Sie waren nicht mehr dort, wo sie eben noch gewesen waren. Sie befanden sich irgendwo in einer anderen Zeit, auf dem Dach der Welt. Von allen Seiten umgab sie der offene Nachthimmel wie eine riesige umgekehrte schwarze Schüssel, und an ihm funkelten die Sterne, Tausende und Abertausende feurige Stacheln. Will hörte Bran tief Luft holen. Sie standen da und schauten hinauf. Die Sterne funkelten um sie herum. Es war kein Laut zu hören in der Unermeßlichkeit des Raums. Will spürte einen leichten Schwindel; ihm war, als stünden sie am äußersten Rand des Universums, und wenn sie fielen, würden sie aus der Zeit hinausfallen ... Während er sich umblickte, kam ihm allmählich die seltsame Umkehrung der Wirklichkeit zum Bewußtsein, die sie in ihren Bann geschlagen hatte. Er und Bran standen nicht in einer zeitlosen dunklen Nacht, die Sterne am Himmel betrachtend. Es war umgekehrt. Sie selbst wurden beobachtet. Jeder einzelne funkelnde Punkt in der großen unergründlichen Halbkugel von Sternen und Sonnen war auf sie gerichtet, nachdenklich, erwägend, einschätzend. Denn indem sie sich auf die Suche nach der goldenen Harfe begeben hatten, forderten er und Bran die grenzenlose Macht der Hohen Magie des Universums heraus. Ungeschützt mußten sie vor sie hintreten auf ihrem Weg, und sie würden nur die Erlaubnis bekommen weiterzuziehen, wenn sie durch ihre Geburt das Recht dazu hatten. Unter diesem erbarmungslosen Sternenlicht der Unendlichkeit würde jeder widerrechtliche Herausforderer so mühelos ins Nichts gewischt werden, wie ein Mann eine Ameise von seinem Ärmel wischen mochte.

Will stand wartend da. Es gab nichts sonst, was er hätte tun können. Er sah sich am Himmel nach Freunden um. Er fand den Adler und den Stier mit dem rot glühenden Aldebaran, das schimmernde Siebengestirn. Er sah Orion seine Keule ermutigend schwingen, während Beteigeuze und Rigel von seiner Schulter und seinem Fuß herunterzwinkerten. Er sah den Schwan und den Adler auf der breiten Milchstraße aufeinander zufliegen, er sah eine dunstige Andeutung der fernen Andromeda, die Nachbarn der Erde, Tau Ceti und Prokyon, und Sirius, den Hundsstern. Voller Verlangen und Hoffnung sah Will zu ihnen hinauf, voller Hoffnung grüßte er sie, denn während der Zeit, da er gelernt hatte, was es bedeutet, einer der Uralten zu sein, war er zwischen ihnen allen herumgeflogen.

Dann drehte der Himmel sich, und die Sterne glitten zur Seite und machten anderen Platz; jetzt galoppierte der Zentaur über den Himmel, und der blaue Doppelstern Acrux unterstützte das Kreuz des Südens. Die Hydra räkelte sich träge über den Himmel, neben sich den Löwen, und das große Schiff folgte gemächlich seinem ewigen Weg. Und zuletzt tauchte über der halben umgekehrten Suppenschüssel des Himmels ein helles Licht mit einem langen gebogenen Schwanz flammend auf und bewegte sich langsam und würdevoll voran. Jetzt wußte Will, daß er und Bran die erste Prüfung überstanden hatten.

Er drückte Bran kurz den Arm und sah reflektiertes Licht aufleuchten, als der weiße Kopf sich ihm zuwandte.

„Es ist ein Komet!" flüsterte Bran.

Will flüsterte zurück: „Warte ab. Wenn alles gutgeht, kommt noch mehr."

Der lange leuchtende Schwanz des Kometen verschwand allmählich hinter dem Horizont ihrer namenlosen Welt und Zeit. In der schwarzen Hemisphäre strahlten die Sterne immer noch und drehten sich langsam; unter ihnen fühlte Will sich so unendlich klein, daß ihm sogar seine bloße Existenz unmöglich erschien. Die Unermeßlichkeit bedrückte ihn, erschreckend, drohend – und dann, in einer blitzschnellen Bewegung, wie Tanz, wie das Aufblitzen eines springenden Fisches, ließ eine Sternschnuppe den Himmel aufleuchten. Und noch eine, und noch eine, hier, dort und rundherum. Er hörte Bran einen kleinen Laut des Entzückens ausstoßen, ein Funke von der gleichen plötzlichen strahlenden Freude, die ihn selbst erfüllte. *Wünsch dir etwas,* sagte eine winzige Stimme in seinem Kopf, eine Erinnerung an seine lange zurückliegende frühe Kindheit: *Wünsch dir etwas* – ein freudiger und vertrauensvoller Ruf, so alt wie die Menschheit.

„Wünsch dir etwas, wenn du eine Sternschnuppe siehst", flüsterte Bran ihm ins Ohr. Rund um sie tauchten die Meteore rasch unter und verschwanden, wie winzige Teilchen von Sternennebel auf ihrem langen Weg die Lufthülle der Erde berührten, hell aufleuchteten und verschwunden waren.

Ich wünsche, sagte Will in Gedanken heftig: *Ich wünsche ... Oh, ich wünsche ...*

Und der ganze sternenhelle Himmel war erloschen, in einem Aufflackern von Zeit, die sie nicht festhalten konnten, und Dunkelheit umgab sie, so schnell, daß sie ungläubig in das dichte Nichts blinzelten. Sie befanden sich wieder in dem

Treppenschacht unter dem Vogelfelsen, spürten die steinernen Stufen unter ihren Füßen und das geschwungene Steingeländer glatt unter der blinden Berührung ihrer Hände. Und als Will eine Hand tastend vorstreckte, stieß er nicht mehr auf eine nackte Wand, die ihm den Weg versperrte, sondern auf freien offenen Raum.

Langsam, zögernd ging er die dunkle Treppe weiter hinunter, und Bran und Cafall folgten ihm.

Dann drang von unten ganz allmählich schwaches Licht zu ihnen. Will erhaschte einen Blick auf die Wände, die sie umgaben, dann sah er die Stufen unter seinen Füßen, und dann erschien nach einer Biegung im langen tunnelartigen Treppenschacht der helle Kreis, der sein Ende markierte. Das Licht wurde heller, der Kreis größer. Will fühlte seine Schritte schneller, eifriger werden und verspottete sich selbst, konnte aber nichts dagegen tun.

Sein Instinkt riet ihm zur Vorsicht, und er blieb auf den letzten Stufen der Treppe stehen, außerhalb des Lichts. Er hörte, wie Bran und der Hund ebenfalls sofort stehenblieben. Will versuchte, auf seine Sinne zu hören, die Ursache der Warnung zu ergründen. Er sah, ohne es richtig zu sehen, daß die Stufen, auf denen sie standen, mit unendlicher Mühe symmetrisch aus dem Fels geschnitten waren, vollkommen in den Proportionen, glatt wie Glas und jede Einzelheit so deutlich, als seien die Felsen erst gestern bearbeitet worden. Und doch befand sich eine erkennbare Vertiefung inmitten einer jeden Stufe, die nur durch jahrhundertelange Benutzung der Treppe entstanden sein konnte. Dann hörte er auf, diese Dinge zu beachten, denn aus dem tiefsten Inneren heraus sagte ihm eine Stimme, was er zu tun hatte.

Sorgfältig schob er den linken Ärmel seines Sweaters bis zum Ellbogen zurück, so daß der Unterarm unbedeckt war. Auf der Innenseite seines Armes wurde deutlich wie ein Brandmal die bläuliche Narbe sichtbar, die einst unbeabsichtigt dort eingebrannt worden war: das Zeichen des Lichts, ein durch ein Kreuz geviertelter Kreis. In einer bewußt langsamen Geste, halb abwehrend, halb herausfordernd hielt er den Arm gebeugt vor sein Gesicht, als wolle er die Augen vor einem grellen Licht schützen oder einen Schlag abwehren. Dann ging er die letzten Stufen hinunter und trat vor ins Licht. Als er den Boden berührte, traf ihn wie ein Schock eine Empfindung, wie er sie noch nie erlebt hatte. Ein strahlend weißes Gleißen blendete ihn und verging; ein kurzer gewaltiger Donnerschlag betäubte seine Ohren und verging; eine gewaltige Kraft wie von einer Explosionswelle zerrte heftig an seinem Körper und verging. Will stand ganz still, schwer atmend. Er wußte, daß er sie mit Hilfe seines außergewöhnlichen Schutzes durch die letzte Tür der Hohen Magie gebracht hatte: eine lebende Barriere, die jeden unerwünschten Eindringling zerstören würde in einem einzigen Energiestrom, der so unvorstellbar war wie die Vernichtung der Sonne. Dann sah er in den Raum vor sich, und in einem Moment der Sinnestäuschung glaubte er, die Sonne selbst zu sehen.

Es war ein gewaltiger, höhlenartiger Raum mit hoher Decke, von flackernden Fackeln beleuchtet, die in Haltern an den steinernen Wänden steckten, und von Rauchwolken durchzogen. Der Rauch kam von den Fackeln. Doch im Mittelpunkt des Raumes brannte ein großes glühendes Feuer auf dem Boden, für sich, ohne Abzug oder Feuerstelle. Es rauchte überhaupt nicht, sondern brannte mit einem weißen Licht von solcher Helligkeit, daß Will nicht direkt hinsehen konnte. Es ging keine große Hitze von diesem Feuer aus, aber der aromatische Duft brennenden Holzes hing in der Luft, und das knackende, prasselnde Geräusch eines Holzfeuers war zu hören.

Will ging weiter, an dem Feuer vorbei, und winkte Bran, ihm zu folgen. Als er sah, was ihn erwartete, blieb er abrupt stehen.

Undeutlich durch den Rauch zu erkennen, saßen drei Gestalten am Ende des Raumes, auf drei großen Thronen, die aus glattem walisischem Schiefer angefertigt zu sein schienen. Sie bewegten sich nicht. Es schienen Männer zu sein, sie trugen lange, mit Kapuzen versehene Roben in verschiedenen Blautönen. Eine Robe war dunkel, die andere hell, und die in der Mitte von dem wechselnden Grünblau des Meeres im Sommer. Zwischen den drei Thronen standen zwei kunstvoll geschnitzte Holztruhen. Zuerst schien sich nichts sonst in dem riesigen Raum zu befinden, aber nachdem Will sich einen Moment umgesehen hatte, wußte er, daß sich etwas bewegte in den tiefen Schatten hinter dem Feuer, in der Dunkelheit überall um die drei im Licht sitzenden Herren herum. Sie waren die hellen Gestalten auf einer dunklen Leinwand, im Licht, um das Auge zu fesseln; hinter ihnen im Dunkeln lauerten andere Wesen unbekannter Art.

Über das Wesen der drei Gestalten konnte er nichts sagen, außer daß er große Kraft spürte. Und obwohl er ein Uralter war, konnten seine Sinne die sie umgebende Dunkelheit nicht durchdringen. Es war, als stünde eine unsichtbare Barriere um sie herum, durch die kein Zauber zu reichen vermochte.

Will stand ein kleines Stück von den Thronen entfernt und sah hinauf. Die Gesichter der drei Herren lagen verborgen in den Schatten ihrer Kapuzen. Einen Augenblick lang herrschte Stille, nur unterbrochen von dem leisen Prasseln des brennenden Feuers, dann sagte eine tiefe Stimme aus den Schatten heraus:

„Wir begrüßen dich, Will Stanton. Und wir nennen dich nach dem Zeichen: Will Stanton, Zeichen-Sucher."

„Ich grüße Euch", sagte Will und versuchte, so laut und klar wie möglich zu sprechen. Dann zog er den Ärmel wieder über seinen vernarbten Arm. „Ihr Herren", sagte er, „dies ist der Tag der Toten."

„Ja", sagte die Gestalt in der hellen Robe. Ihr Gesicht im Schatten der Kapuze schien hager, ihre Augen glänzten, und ihre Stimme klang leise, zischend und pfeifend. „Jaaa..." Echos flüsterten wie Schlangen aus dem Dunkel, als kämen hundert andere kleine zischende Stimmen von den namenlosen Wesen hinter ihm, und Will spürte, wie sich die kurzen Haare in seinem Nacken sträubten. Hinter ihm hörte er Bran gedämpft aufstöhnen und wußte, daß Grauen ihn wie ein weißer Nebel erfassen mußte. Als einer der Uralten rebellierte Will mit der ihm verliehenen Stärke. Er sagte rasch und in kaltem Vorwurf: „Mein Herr?"

Das Grauen verschwand wie eine Wolke, die der Wind vertrieben hat, und der Herr in der hellblauen Robe lachte leise. Will stand unbewegt und mit gerunzelter Stirn vor ihm: ein kleiner stämmiger Junge in Jeans und Sweater, der dennoch wußte, daß er die Macht besaß, diesen drei Herren gegenüberzutreten. Er sagte, voller Selbstvertrauen jetzt: „Dies ist der Tag der Toten, und der Jüngste hat die ältesten Berge geöffnet, durch die Tür der Vögel. Und das Auge der Hohen Magie hat ihm Durchgang gewährt. Ich bin gekommen, um die goldene Harfe zu holen, ihr Herren."

Die zweite Gestalt in der meerblauen Robe sagte: „Und der Raben-Junge ist mit dir gekommen."

„Ja."

Will drehte sich um zu Bran, der unschlüssig näher am Feuer stand, und winkte ihn heran. Bran kam sehr langsam näher. Er bewegte die Füße so widerwillig, als schwämmen sie durch Sirup, und blieb dann neben Will stehen. Das Licht von den Fackeln an den Wänden schimmerte auf seinem weißen Haar.

Der Herr in der meerblauen Robe beugte sich von seinem Thron ein wenig vor; sie erhaschten einen Blick auf ein scharf geschnittenes, kraftvolles Gesicht und auf einen grauen Spitzbart. Er sagte, erstaunlicherweise: „Cafall?"

Der weiße Hund stand aufrecht und bebend neben Bran. Er bewegte sich keinen Zoll vor, als gehorche er einer inneren Anweisung, die ihm sagte, wo sein Platz war, aber er wedelte so heftig mit dem Schwanz, wie er es sonst nur bei Bran tat. Er gab ein kleines, leises Winseln von sich.

Weiße Zähne glänzten in dem von der Kapuze verhüllten Gesicht auf. „Sein Name ist gut gewählt. Gut gewählt."

Bran sagte eifersüchtig, plötzlich zutiefst besorgt: „Es ist mein Hund!" Dann fügte er gedämpfter hinzu: „Mein Herr." Will spürte, wie seine eigene Kühnheit Bran erschreckte.

Aber das Lachen aus den Schatten klang freundlich. „Keine Angst, Junge. Die Hohe Magie würde dir nie deinen Hund wegnehmen. Gewiß würden auch die Uralten es nicht tun, und die Finsternis könnte es versuchen, würde aber keinen Erfolg haben." Er beugte sich plötzlich vor, so daß für einen Augenblick das kraftvolle bärtige Gesicht deutlich zu sehen war; seine Stimme wurde leiser, und eine tiefe Traurigkeit klang aus ihr. „Nur die Geschöpfe der Erde nehmen einander etwas weg, Junge. Alle Geschöpfe, aber die Menschen mehr als alle anderen. Leben nehmen sie, und Freiheit, und alles, was ein anderer besitzen mag – manchmal aus Habgier, manchmal aus Dummheit, aber immer aus eigenem Entschluß. Hüte dich vor den Menschen, Bran Davies – sie sind die einzigen, die dir je ein Leid zufügen werden."

Furcht regte sich in Will, als er die tiefe Traurigkeit in der Stimme spürte, denn es sprach ein Mitgefühl aus ihr, das allein Bran galt, als stünde Bran am Anfang eines langen kummervollen Weges. Er fühlte, daß eine geheimnisvolle Nähe zwischen diesen beiden bestand, und er wußte, daß der Herr in der meerblauen Robe versuchte, Bran Stärke und Hilfe zu geben, ohne die Gründe dafür erklären zu können. Dann lehnte die verhüllte Gestalt sich plötzlich zurück, und die Stimmung war verschwunden.

Will sagte heiser: „Trotzdem, Herr, sind die Rechte dieser Menschen immer das Anliegen der Mächte des Lichts gewesen. Und auf der Suche nach ihnen erhebe ich Anspruch auf die goldene Harfe."

Der Herr mit der leisen Stimme, der die helle Robe trug und als erster gesprochen hatte, erhob sich rasch. Sein Umhang wirbelte um ihn herum wie ein blauer Nebel. Aus dem mageren blassen Gesicht in der Kapuze glitzerten leuchtende Augen.

„Löse die drei Rätsel, wie das Gesetz es fordert, Uralter, und die Harfe wird dein sein. Doch wenn du falsch antwortest, wird die Felsentür sich schließen, du wirst schutzlos auf dem kalten Berg zurückbleiben, und die Harfe ist dem Licht für immer verloren."

„Wir werden antworten", sagte Will.

„Du, Junge, als erster." Der blaue Nebel wirbelte wieder. Ein knochiger Finger zeigte auf Bran, und die Kapuze wandte sich zur Seite. Auch Will wandte sich besorgt zur Seite; dies hatte er fast erwartet.

Bran holte tief Luft. „Ich? Aber . . . aber ich . . ."

Will streckte die Hand aus und berührte ihn am Arm. Er sagte sanft: „Versuch es. Versuch es einfach. Wir sind hier, um es nur zu versuchen. Wenn die Antwort in dir ruht, wird sie erwachen. Wenn sie es nicht tut – egal. Aber versuch es."

Bran blickte ihn an, ohne zu lächeln, und Will sah, wie seine Kehle sich bewegte, als er schluckte. Dann wandte der weiße Kopf sich wieder von ihm ab. „Also gut."

Die leise, zischende Stimme sagte: „Wer sind die Drei Weltältesten?"

Will spürte, wie in Brans Kopf alles in panischem Schrecken durcheinanderwirbelte, während er versuchte, einen Sinn in den Worten zu finden. An diesem Ort verhinderte das Gesetz der Hohen Magie es, daß ein Uralter auch nur den kleinsten Gedanken oder das kleinste Bild in die Vorstellung eines anderen übertrug: Es war Will nur gestattet zuzuhören. So hörte er angespannt auf den Aufruhr in den Gedanken seines Freundes, die verzweifelt durcheinandersprangen auf der Suche nach einer Ordnung.

Bran mühte sich ab. Die Drei Weltältesten . . . er wußte, irgendwo . . . es war fremd und doch vertraut . . . als hätte er irgendwo gesehen oder gelesen . . . die drei ältesten Geschöpfe, die drei ältesten Dinge . . . er hatte es in der Schule gelesen, und er hatte es auf walisisch gelesen . . . die ältesten Dinge . . .

Er nahm seine Brille aus der Tasche seines Hemdes, als könne das Herumspielen mit ihr Klarheit in seine Gedanken bringen, und er sah, wie ihm aus den Gläsern das Spiegelbild seiner eigenen Augen entgegenstarrte. Seltsame Augen . . . gruselige Augen nannten sie sie in der Schule. In der Schule. In der Schule . . . Seltsame runde gelbbraune Augen, wie die Augen einer Eule. Er steckte die Brille langsam zurück in die Tasche, suchte im Geist nach einem Echo. Neben ihm veränderte Cafall ein wenig seine Lage, so daß sein Kopf Brans Hand berührte. Das Fell fuhr leicht, ganz leicht über seine Finger, wie die Berührung einer Feder. Federn. Federn. *Federn.*

Er hatte es.

Neben ihm spürte Will in seinem Inneren das Echo einer Flut von Erleichterung und gab sich Mühe, sein Entzücken zu verbergen.

Bran stand aufrecht da und räusperte sich. „Die Drei Weltältesten“, sagte er, „sind die Eule von Cwm Cawlwyd, der Adler von Gwernabwy und die Amsel von Celli Gadarn.“

Will sagte leise: „Oh, gut gemacht! Gut gemacht!“

„Das stimmt“, sagte die dünne Stimme vor ihnen nüchtern. Die hellblaue Robe wirbelte vor ihnen wie ein Himmel am frühen Morgen, dann sank die Gestalt zurück in den Thron.

Vom mittleren Thron erhob sich der Herr in der meerblauen Robe, trat vor und blickte auf Will hinab. Hinter dem grauen Bart sah sein Gesicht merkwürdig jung aus, obwohl seine Haut braun und verwittert wie die eines alten Seemannes war.

„Will Stanton“, sagte er, „wer waren die drei großzügigen Männer der britischen Insel?“

Will starrte ihn an. Das Rätsel war nicht unlösbar; er wußte, daß die Antwort irgendwo in seinem Gedächtnis vorhanden war, gespeichert aus dem großen Buch von Gramarye, Schatzbuch vom Zauber des Lichts, das man vernichtet hatte, sobald ihm, dem letzten der Uralten, gezeigt worden war, was in ihm stand. Will durchforschte sein Gedächtnis. Aber gleichzeitig machte er sich Sorgen wegen eines tieferen Rätsels. Wer war dieser Herr in der meerblauen Robe, der sich so sehr für Bran interessierte? Er wußte von Cafall ... eindeutig war er einer der Herren der Hohen Magie, und doch war etwas an ihm ... etwas ...

Will schob das Grübeln beiseite. Die Lösung des Rätsels war aus seinem Gedächtnis an die Oberfläche gedrungen.

Er sagte mit klarer Stimme: „Die drei großzügigen Männer der britischen Insel: Nudd der Großzügige, Sohn des Senllyt. Mordaf der Großzügige, Sohn des Serwan. Rhydderch der Großzügige, Sohn des Tydwal Tudglyd. *Und König Arthur selbst war großzügiger als alle drei.*“

Absichtlich hob er die Stimme bei dem letzten Satz, so daß sie wie eine Glocke durch die große Halle tönte.

„Das stimmt", sagte der bärtige Herr. Er sah Will nachdenklich an und schien im Begriff zu sein, mehr zu sagen, aber statt dessen nickte er nur langsam. Dann raffte er seine Robe um sich wie eine meerblaue Welle und trat zurück zu seinem Thron.

Die große Halle schien dunkler, voller Schatten, die das tanzende Licht des Feuers hervorbrachte. Plötzlich blitzte es hinter den Jungen auf und prasselte, als ein Holzscheit umfiel und die Flammen emporschossen; unwillkürlich drehte Will sich um. Als er wieder nach vorne sah, stand der dritte der drei hohen Herren, der bis jetzt weder gesprochen noch sich bewegt hatte, groß und schweigend vor seinem Thron. Seine Robe war von einem tiefen Dunkelblau, die dunkelste von allen, und seine Kapuze war so weit vorgezogen, daß keine Andeutung seines Gesichtes wahrnehmbar war, nur Schatten.

Seine Stimme war tief und volltönend, wie die Stimme eines Cellos, und sie brachte Musik in die Halle.

„Will Stanton", fragte die Stimme, „welche Küste fürchtet das Meer?"

Will trat impulsiv vor, mit zu Fäusten geballten Händen, denn diese Stimme berührte etwas in seinem tiefsten Inneren. Sicher, sicher . . . aber das Gesicht war unter der Kapuze verborgen, und jede Möglichkeit eines Erkennens war ihm versagt. Welcher Teil seiner Sinne auch immer versucht hatte, nach den großen Thronen zu greifen, war auf eine leere Wand der Ablehnung gestoßen. Wieder einmal gab Will auf und wendete seine Gedanken dem letzten Rätsel zu.

Er sagte langsam: „Die Küste, die das Meer fürchtet . . ."

Bilder standen ihm vor Augen und verschwanden wieder: große Wellen, die auf eine felsige Küste donnern . . . das grüne Licht im Ozean, das Reich der Tethis, wo seltsame Wesen leben sollen . . . dann ein sanfteres Meer, das in langen Wellen langsam einen endlosen goldenen Strand überspült . . . die Küste . . . der Strand . . . der Strand . . .

Das Bild wurde verschwommen und änderte sich. Es verwandelte sich in einen grüngefleckten Wald aus knorrigen alten Bäumen, deren dicke Stämme eine glatte, seltsam hellgraue Rinde trugen. Oben tanzten ihre Blätter, neu, weich, leuchtend in einem zarten Grün, das den ganzen Frühling in sich barg. In Wills Kopf begann es triumphierend zu wispern.

»Die Küste«, sagte er. »Der Strand, den das Meer überspült. Aber es ist auch ein Holz*, von schöner, feiner Struktur, das wir im Griff eines Meißels finden und in den Beinen eines Stuhls, dem Oberteil eines Besens und im Sattelgestell eines Arbeitspferdes. Und ich möchte schwören, daß die beiden Truhen dort zwischen ihren Thronen daraus geschnitzt sind. Nur unter freiem Himmel und auf dem offenen Meer sollte man es nicht verwenden, denn dieses Holz verliert seine Vorzüge, wenn es sich voll Wasser saugt. Die Antwort auf Ihr Rätsel, Herr, ist das Holz der Buche."

Die Flammen des Feuers hinter ihnen züngelten hoch, und plötzlich war es strahlend hell in der großen Halle. Freude und Erleichterung schienen durch den Raum zu branden. Die beiden ersten blaugewandeten Herren erhoben sich von ihren Thronen, um sich neben den dritten zu stellen; wie drei Türme überragten sie die Jungen. Dann warf der dritte Herr die Kapuze seiner tiefblauen Robe zurück und enthüllte unter einer dichten Mähne weißen Haares ein strenges Gesicht mit einer kühnen Adlernase und tiefliegenden Augen. Und die Barriere der Hohen Magie, die ein Erkennen verhinderte, bestand nicht mehr.

Will rief freudig: „Merriman!"

Er sprang auf die hochgewachsene Gestalt zu, wie ein kleines Kind zu seinem Vater springt, und ergriff die ausgestreckten Hände. Merriman lächelte auf ihn hinunter.

Will lachte laut auf vor Entzücken. „Ich wußte es", sagte er. „Ich wußte es. Und doch . . ."

„Sei gegrüßt, Uralter", sagte Merriman. „Jetzt bist du

* Die Wörter 'beach' (Strand) und 'beech' (Buche) haben im Englischen die gleiche Aussprache.

hierdurch ganz in den Kreis hineingewachsen. Wenn du in diesem Teil der Suche versagt hättest, wäre alles andere verloren gewesen." Zuneigung machte die harten Züge seines Gesichts weicher; seine dunklen Augen leuchteten wie schwarze Fackeln. Dann wandte er sich Bran zu und faßte ihn an den Schultern. Bran sah zu ihm auf, blaß und ausdruckslos.

„Und der Raben-Junge", sagte die tiefe Stimme freundlich. „So sehen wir uns wieder. Du hast deine Sache gut gemacht, wie man vorher schon wußte. Halte deinen Kopf stolz aufgerichtet, Bran Davies. Du trägst ein großes Erbe in dir. Viel ist von dir gefordert worden, und es wird noch mehr gefordert werden. Viel mehr."

Bran sah Merriman mit seinen Katzenaugen an, ohne mit der Wimper zu zucken, und sagte nichts. Will spürte in Brans Stimmung eine unsichere, verwirrte Freude.

Merriman trat zurück. Er sagte: „Drei Herren der Hohen Magie haben viele Jahrhunderte lang über die goldene Harfe gewacht. Es gibt an diesem Ort keine Namen noch Untertanengehorsam in dieser Aufgabe. Hier, wie an anderen Orten, die ihr noch nicht kennt, ist alles dem Gesetz untertan, dem Hohen Gesetz. Es ist ohne Bedeutung, daß ich ein Herr des Lichts bin, während mein Kollege dort ein Herr der Finsternis ist."

Er deutete eine leicht ironische Verbeugung in Richtung der hohen Gestalt in der hellblauen Robe an. Will verstand plötzlich. Er hielt den Atem an und versuchte das hagere Gesicht in der Kapuze zu erkennen. Aber es war von ihm abgewandt, auf die Schatten in der Halle gerichtet.

Die Gestalt in der Mitte mit der meerblauen Robe trat einen Schritt vor. Es ging eine große, ruhige Autorität von dem Mann aus, als wäre er ohne große Prachtentfaltung seiner sicher in dem Wissen, daß er der Gebieter in dieser Halle war. Er schob seine Kapuze zurück, und sie sahen das von einem dichten Bart umgebene Gesicht in seiner ganzen Stärke und Güte. Obwohl sein Bart grau war, hatte sein braunes Haar nur ein paar graue Strähnen. Er schien ein Mann mittleren Alters zu sein, im vollen Besitz seiner Kräfte, doch schon weise geworden durch Lebenserfahrung. *Aber*, dachte Will, *er ist ja gar kein Mann ...*

Merriman verneigte sich ehrerbietig und trat zur Seite. „Mein Gebieter", sagte er.

Will starrte sie an; er begann endlich zu verstehen.

Neben Bran gab Cafall wieder die gleichen leisen Ergebenheitslaute von sich wie vorher. Klare blaue Augen blickten auf Bran hinunter, und der bärtige Herr sagte leise: „Möge das Glück in meinem Land über dich wachen, mein Sohn."

Als Bran ihn verblüfft ansah, richtete der Herr sich auf, und seine Stimme wurde lauter. „Will Stanton", sagte er. „Zwei Truhen stehen zwischen unseren Thronen. Du mußt die Truhe zu meiner Rechten öffnen und herausnehmen, was du dort finden wirst. Die andere Truhe bleibt versiegelt, für den Notfall, bis zu einer anderen Zeit, die, hoffe ich, nie kommen wird. Beginne jetzt."

Er drehte sich um und wies mit dem Finger die Richtung. Will ging zu der großen geschnitzten Truhe, drehte an dem kunstvoll geschmiedeten Verschluß und versuchte, den Deckel zu bewegen. Er war so breit und die geschnitzte Holzplatte so schwer, daß er niederknien und sie mit der ganzen Kraft beider Arme nach oben drücken mußte, aber er schüttelte warnend den Kopf, als Bran vortrat, um ihm zu helfen.

Langsam hob sich der schwere Deckel und fiel zurück, und für einen Augenblick war ein feines Klingen zu hören. Dann langte Will in die Truhe hinein, und als er sich wieder aufrichtete, trug er auf beiden Armen eine kleine, glänzende goldene Harfe.

Die Andeutung von Musik in der Halle erstarb und machte einem langsam anwachsenden Grollen Platz, das wie ferner Donner klang. Es kam näher und wurde lauter. Der Herr in der hellsten, der himmelblauen Robe wandte sich mit immer noch bedecktem Gesicht von ihnen ab. Er wickelte sich mit weit ausholender Armbewegung fester in die Robe.

Das Feuer zischte und erlosch. Rauch füllte die Halle, dunkel und beißend. Es donnerte und krachte von allen Seiten. Und der Herr in der himmelblauen Robe stieß einen lauten Wutschrei aus und war verschwunden.

Augen, die den Wind sehen

Sie standen schweigend in der trübe beleuchteten Halle. Irgendwo außerhalb der Felsen rumpelte und grollte immer noch das Unwetter. An den Wänden brannten flackernd und rußend die Fackeln.

Bran fragte heiser: „War er der... der...?"

„Nein", sagte Merriman. „Er ist nicht der Graue König. Aber er steht ihm sehr nahe und ist jetzt zu ihm zurückgekehrt. Und ihr Zorn wird um so größer sein, weil Furcht ihn vertieft, Furcht davor, was das Licht mit diesem neuen Gegenstand der Macht zu tun fähig sein wird." Er sah Will an, das Gesicht angespannt vor Besorgnis. „Der erste gefahrenvolle Teil der Suche ist vollbracht, Uralter, aber noch größere Gefahren werden kommen."

„Die Schläfer müssen geweckt werden", sagte Will.

„Das stimmt. Und obwohl wir noch nicht wissen, wo sie schlafen, und es auch nicht wissen werden, bis du sie gefunden hast, ist es beinahe gewiß, daß sie dem Grauen König schrecklich gefährlich nahestehen. Seit langem wissen wir, daß es einen Grund gab für den harten, kalten Griff, mit dem er diesen Teil des Landes gepackt hielt, obwohl wir es nicht verstanden. Dies war immer ein zufriedenes Tal, und ein schönes dazu; doch er beschloß, hier sein Reich aufzubauen, anstatt in irgendeiner rauhen abgelegenen Gegend, wie sie die meisten seiner Art wählen. Jetzt ist klar, daß es dafür nur einen Grund geben kann: Er möchte dem Ort nahe sein, wo die Schläfer liegen, und ihren Ruheplatz in seinem Einflußbereich behalten. Ebenso wie dieser riesige Felsen, Craig yr Aderyn, noch in seinem Einflußbereich liegt..."

Wills rundes Gesicht wurde ernst, als er sagte: „Der schützende Zauberbann, der uns unversehrt hierherkommen ließ, ist jetzt erloschen. Und er kann nur einmal in Anspruch genommen werden.“ Er blickte Bran kläglich an. „Wenn wir diesen Ort verlassen, wird man uns draußen wahrscheinlich mit großem Interesse empfangen.“

„Mach dir keine Sorgen, Uralter. Ihr habt jetzt einen anderen Schutz.“

Die Worte ertönten tief und ruhig von der anderen Seite der Halle. Will drehte sich um und sah, daß der bärtige hohe Herr in der meerblauen Robe wieder auf dem Thron saß, von Schatten umgeben. Während er sprach, schien es in der Halle langsam heller zu werden; die Fackeln brannten höher, und jetzt sah Will zwischen ihnen schimmernde lange Schwerter an der steinernen Wand hängen.

„Die Musik der goldenen Harfe“, sagte der hohe Herr, „verfügt über eine Kraft, die weder von der Finsternis noch vom Licht gebrochen werden kann. Die Hohe Magie ist in ihr, und während die Harfe gespielt wird, sind all jene, die sich unter ihrem Schutz befinden, sicher vor jeder Art von Schaden oder Zauberbann. Spiel die Harfe aus Gold, Uralter, ihre Musik wird euch in Sicherheit hüllen.“

Will sagte langsam: „Mit Hilfe von einem Zauber könnte ich sie spielen, aber ich glaube, sie sollte lieber mit der Kunstfertigkeit geschickter Finger gespielt werden. Ich kann nicht Harfe spielen, hoher Herr.“ Er machte eine Pause. „Aber Bran kann es.“

Bran blickte hinunter auf das Instrument, das Will ihm entgegenhielt.

„Aber ich habe noch nie eine Harfe wie diese in den Händen gehalten.“

Er nahm die Harfe. Ihr Rahmen war schlank, aber reich verziert in Form einer goldenen Rebe mit goldenem Blattwerk und Blumen, die sich um ihn zu winden schien, zwischen den Saiten hindurch. Selbst die Saiten sahen aus, als wären sie aus Gold.

„Spiele, Bran“, sagte der bärtige hohe Herr leise.

Bran hielt die Harfe versuchsweise in der Beuge des linken Arms und ließ die Finger vorsichtig zupfend über die Saiten gleiten. Die Töne, die er dem Instrument entlockte, waren so lieblich, daß Will den Atem anhielt; noch nie zuvor hatte er so zarte und gleichzeitig so volltönende Musik gehört; sie erfüllte die Halle wie der Vogelgesang eines Sommertages. Entzückt und fasziniert begann Bran, die traurigen Klänge eines alten walisischen Schlafliedes anzustimmen, es kunstvoller zu gestalten und zu variieren, während sein Vertrauen in das Gefühl der Saiten unter seiner Hand zunahm. Will sah in seinem Gesicht den hingebungsvollen Ausdruck eines Musikers. Als er einen kurzen Blick auf den hohen Herrn auf dem Thron und auf Merriman warf, wußte er, daß auch sie in diesen Augenblick versunken, aus der Zeit hinausgetragen waren von einer Musik, die nicht von dieser Erde kam, hervorströmte wie Hohe Magie, die von den Klängen selbst verzaubert war.

Cafall gab keinen Laut von sich, sondern lehnte den Kopf an Brans Knie.

Merriman sagte mit seiner tiefen Stimme, die die Musik leise übertönte: „Geh jetzt, Uralter." Aus seinen umschatteten, tiefliegenden Augen warf er Will einen kurzen Blick zu, eine intensive Übermittlung von Vertrauen und Hoffnung. Will sah sich für einen letzten Augenblick in der hohen, fackelbeleuchteten Halle um, sah auf die hochgewachsene Gestalt in der dunklen Robe und auf den unbekannten bärtigen hohen Herrn, der regungslos auf seinem Thron saß. Dann wandte er sich um und führte Bran, dessen Finger immer noch leise eine Melodie auf der Harfe zupften, auf das schmale Treppenhaus zu, durch das sie gekommen waren. Als Bran hinaufzuklettern begann, wandte Will sich noch einmal um, um grüßend einen Arm zu heben, dann folgte er Bran.

Bran stand in der steinernen Kammer oben und spielte immer noch, während Cafall und Will nach ihm die Treppe hinaufkletterten. Und während er spielte, nahmen an der leeren Wand am Ende der Kammer, wo der einsame goldene

Schild hing, die beiden großen Türen, durch die sie ins Herz des Vogelfelsens vorgedrungen waren, Gestalt an.

Die Melodie der Harfe kletterte höher hinauf, und langsam öffneten sich die Türen nach innen. Draußen sahen sie den grauen, wolkenbedeckten Himmel zwischen den steilen Wänden der Felsspalte. Obwohl das Feuer auf dem Berg nicht mehr brannte, hing der durchdringende, tote Geruch nach Verbranntem noch in der Luft. Als sie hinaustraten, sprang Cafall an ihnen vorbei durch den Spalt und verschwand.

Von der plötzlichen Furcht ergriffen, ihn wieder zu verlieren, hörte Bran auf zu spielen und rief: „Cafall! Cafall!"

„Sieh nur!" sagte Will leise.

Er hatte sich halb zurückgewandt. Hinter ihnen schlugen die großen Steinplatten stumm zusammen und schienen nicht mehr zu existieren. Zurück blieb nur eine verwitterte Felswand, die genauso aussah wie seit Tausenden von Jahren. Und ein schwaches Nachklingen zarter Musik hing in der Luft. Aber Bran dachte nur an Cafall. Nach einem hastigen Blick auf den Felsen schob er die Harfe unter den Arm und lief auf die Öffnung zu, durch die der Hund verschwunden war ...

Bevor er die Öffnung erreichte, warf sich ihnen durch eine Wolke feiner Asche ein weißer Wirbelwind entgegen: Knurrend und springend stieß er Bran so heftig zur Seite, daß er fast die Harfe hätte fallen lassen. Es war Cafall, aber ein wahnsinniger, tobender, verwandelter Cafall, der die Zähne fletschte, sie aus wilden Augen anfunkelte und immer tiefer in den Spalt zurücktrieb, als seien sie Feinde. Nach kurzer Zeit hatte er sie gegen die Felswand gedrängt und kauerte vor ihnen, die langen Eckzähne knurrend entblößt.

„Was ist denn los?" sagte Bran ratlos, als er wieder genug Atem geschöpft hatte, um sprechen zu können. „Cafall? Was um alles in der Welt ..."

Einen Moment später wußten sie es – oder hätten es gewußt, wenn sie noch Zeit zum Nachdenken gehabt hätten. Denn plötzlich bestand die ganze Welt um sie herum aus einem tobenden Wirbel krachender Zerstörung. Abgebrochene, verkohlte Äste schossen oben über den Felsspalt hinweg, Steine polterten aus dem Nichts herunter, so daß sie sich instinktiv duckten und die Köpfe bedeckten. Sie ließen sich flach auf den Boden fallen und quetschten sich in den Winkel zwischen Erde und Felsen, Cafall nahe bei ihnen. Rundherum heulte der Wind und riß mit einem Geräusch wie das hohe, wahnsinnige, hundertfach verstärkte Kreischen eines Menschen an den Felsen. Es war, als habe sich die Luft aus ganz Wales in einem Trichter gesammelt zu einem gewaltigen Tornado alles vernichtender Zerstörung und trommelte in einer Raserei enttäuschter Wut gegen die schmale Öffnung, hinter der sie verzweifelt kauerten.

Will richtete sich taumelnd auf Hände und Knie auf. Er tastete mit einer Hand, bis er Brans Arm faßte. „Die Harfe!" krächzte er. „Spiel die Harfe!"

Bran blinzelte ihn an, betäubt von dem Krach über ihnen, und dann verstand er. Er kämpfte sich hoch gegen den schrecklichen Wind, der sich zwischen die Felswände drückte, preßte die goldene Harfe an sich und ließ die rechte Hand zitternd über die Saiten fahren.

Sofort ließ der Aufruhr nach. Bran begann zu spielen, und als die lieblichen Laute wie der Gesang einer Lerche erklangen, legte sich der gewaltige Wind, bis nichts mehr von ihm übrig war. Draußen waren nur noch vereinzelte Kieselsteine zu hören, die nach und nach über die Felsen hinunterrollten. Für einen Augenblick drang ein einsamer Sonnenstrahl zu ihnen und ließ das Gold der Harfe aufleuchten. Dann war er verschwunden, und der Himmel schien trüber, die Welt grauer. Cafall krabbelte auf die Füße, leckte Bran die Hand und lief ihnen voran fügsam hinaus auf den Hang vor dem schmalen Spalt, der sie vor der Raserei des Sturmes geschützt hatte. Sie merkten, daß ein leichter Regen zu fallen begann.

Bran ließ die Finger gemächlich, aber beharrlich über die Saiten der Harfe wandern. Er hatte nicht die Absicht, noch einmal aufzuhören. Er sah Will an und schüttelte stumm den Kopf, gleichzeitig erstaunt und reumütig und fragend.

Will hockte sich auf den Boden und nahm Cafalls Schnauze zwischen die Hände. Er bewegte den Kopf des Hundes sanft von einer Seite zur anderen. „Cafall, Cafall", sagte er verwundert, und über die Schulter zu Bran: *„Gwynt Traed y Meirw,* heißt es so? Der Graue König hat uns den Nordwind in all seiner uralten Kraft geschickt, den Wind, der um die Füße der Toten weht, und bei den Toten wären wir jetzt, wenn Cafall nicht gewesen wäre – hinweggeblasen in eine Zeit, die in der Zukunft liegt. Bevor wir nur einen einzigen Baum sich hätten beugen sehen, hätte er uns erwischt, denn er kam von hoch oben herunter, und kein menschliches Auge hätte ihn sehen können. Aber dein Hund ist der Hund mit den silbernen Augen, und solche Hunde können den Wind sehen . . . Er hat ihn gesehen und wußte, was er anrichten würde und hat uns zurück in den Schutz des Spalts getrieben."

Bran sagte schuldbewußt: „Wenn ich nicht aufgehört hätte zu spielen, hätte der Brenin Llwyd vielleicht den Wind gar nicht auf uns jagen können. Die Zauberkraft der Harfe hätte es verhindert."

„Vielleicht", sagte Will. „Vielleicht auch nicht." Er fuhr noch einmal über Cafalls Kopf, dann richtete er sich auf. Der weiße Schäferhund blickte zu Bran auf, mit heraushängender Zunge, als grinse er, und Bran sagte liebevoll zu ihm: *„Rwyt ti'n gi da.* Braver Junge." Aber seine Finger hörten nicht auf, über die Harfe zu gleiten.

Langsam kletterten sie über die Felsen nach unten. Obwohl es inzwischen mitten am Vormittag war, war der Himmel nicht heller, sondern grau und wolkenbedeckt; es regnete nur leicht, doch es war klar, daß es sich allmählich einregnen würde. Dem Tal drohte jetzt keine Feuergefahr mehr. Der Berghang in der Nähe, der Vogelfelsen und der Rand des Tales waren schwarz und verkohlt, und hier und da stiegen immer noch Rauchfetzen empor. Aber alle Funken waren jetzt erloschen, die Asche erkaltet und feucht, und das grüne Weideland würde in diesem Jahr nicht noch einmal Gefahr laufen zu verbrennen.

Bran fragte: „Hat die Harfe den Regen gebracht?"

„Ich glaube schon", sagte Will. „Ich hoffe nur, daß sie sonst nichts bringt. Das ist das Problem mit der Hohen Magie – wie etwa beim Benutzen der Alten Sprache. Sie beschützt dich, aber sie macht dich auch zur Zielscheibe, macht es leicht, dich zu finden."

„Bald werden wir im Tal sein." Aber während er sprach, glitt Bran auf dem nassen Felsen aus, stolperte zur Seite und griff nach einem Busch, um nicht hinzustürzen. Dabei ließ er die Harfe fallen. Im gleichen Augenblick, da die Musik abbrach, reckte Cafall den Kopf hoch und begann wie wild zu bellen, in einer Mischung aus Wut und Herausforderung. Er sprang auf einen hervorspringenden Felsen, stand hochaufgerichtet da und sah sich nach allen Seiten um. Dann verwandelte sein Bellen sich plötzlich in ein wütendes dumpfes Heulen, wie das Gebell eines Jagdhundes, und er sprang.

Der große graue Fuchs, der König der *milgwn*, machte mitten in der Luft einen Bogen und kreischte gellend. Er war Hals über Kopf vom Vogelfelsen hinter ihnen hergeschossen und von oben auf sie zugesprungen, sich Brans Kopf und Nacken zum Ziel nehmend. Aber Cafalls heftiger Sprung hatte ihn aus der Bahn geworfen, und sich überschlagend stürzte er den Felsen hinunter. Er kreischte wieder, ein unnatürlicher Laut, der die Jungen entsetzt zusammenzucken ließ, und blieb nicht stehen, um sich zur Wehr zu setzen, sondern jagte wie rasend den Berghang hinunter. Cafall nahm triumphierend die Verfolgung auf.

Und Will, auf dem kahlen Fels im grauen Nieselregen, ergriff im gleichen Augenblick so übermächtig die Vorahnung eines drohenden Unheils, daß er ohne nachzudenken die goldene Harfe ergriff und Bran zurief: „Halte Cafall auf! Halte ihn auf! Halte ihn auf!"

Bran warf ihm einen kurzen erschrockenen Blick zu. Dann stürzte er hinter Cafall her, rennend, stolpernd und immer wieder verzweifelt rufend. Will kletterte mit der Harfe unter dem Arm vom Felsen herunter und sah, wie Brans weißer Kopf sich rasch über das nächste Feld bewegte, und vor ihm eine voranschießende graue Wolke: Cafall, der den Fuchs verfolgte. Voll böser Vorahnungen begann auch er zu laufen. Noch immer auf dem Berghang, sah er zwei Felder weiter unter sich die Dächer von Caradog Prichards Hof und in der Nähe einen grauweißen Haufen von Schafen und Gestalten von Männern. Plötzlich blieb er rutschend stehen. Die Harfe! Er konnte nicht erklären, woher sie kam, falls jemand sie sehen sollte. In wenigen Augenblicken würde er unter den Männern sein. Er mußte die Harfe verstecken. Aber wo?

Er sah sich gehetzt um. Dieses Feld war vom Feuer verschont geblieben. Am Ende des Feldes sah er einen kleinen Schuppen, nicht mehr als drei Wände aus Steinen und ein Schieferdach, ein offener Unterstand für Schafe im Winter oder ein Lagerplatz für Winterfutter. Er war schon mit frischen Heuballen gefüllt. Will lief hin und schob die glänzende kleine Harfe zwischen zwei Heuballen, so daß sie von außen nicht sichtbar war. Dann trat er zurück, streckte eine Hand aus und belegte in der Alten Sprache die Harfe mit dem Bann von Caer Garadawg, dessen Macht bewirkte, daß nur das Lied eines Uralten es ermöglichen würde, die Harfe hervorzuholen oder auch nur sichtbar zu machen.

Dann rannte er quer über das Feld auf Prichards Hof zu, wo ferne Rufe auf das Ende der Verfolgungsjagd hinwiesen. Er sah auf einer Weide jenseits des Gehöfts den riesigen grauen Fuchs immer wieder ausweichen und Sprünge machen, um Cafall abzuschütteln, während Cafall ihm verbissen auf den Fersen blieb. Der Fuchs schien wie vom Wahnsinn besessen; weißer Schaum tropfte ihm von den Lefzen. Will stolperte außer Atem auf den Hofplatz, wo Bran sich durch eine Gruppe von Männern und Schafen am Hoftor hindurchzuquetschen versuchte. John Rowlands war dort und Owen Davies mit Wills Onkel. Ihre Kleidung und ihre müden Gesichter waren immer noch rußgeschwärzt, und Caradog Prichard stand mit finsterem Gesicht dabei, das Gewehr mit gespanntem Hahn unter dem Arm.

„Der verdammte Hund ist wahnsinnig geworden!" knurrte Prichard.

„Cafall! Cafall! Bran drängte sich durch bis zum Feld und jagte dabei die Schafe auseinander. Er kümmerte sich um niemanden. Prichard knurrte ihn wütend an, und Owen Davies sagte scharf: „Bran! Wo bist du gewesen? Was hast du vor?"

Der graue Fuchs sprang hoch in die Luft, wie sie ihn es schon einmal zuvor hatten tun sehen, am Vogelfelsen. Cafall sprang hinterher und schnappte mitten in der Luft nach ihm.

„Der Hund *ist* wahnsinnig", sagte David Evans unglücklich. „Er wird sich über die Schafe hermachen . . ."

„Er will nur diesen Fuchs erwischen!" Brans Stimme klang schrill vor Angst. „Cafall! Tyrd yma! Laß ihn!"

Wills Onkel sah Bran an, als traue er seinen Ohren nicht. Dann blickte er auf Will hinunter. Er fragte verwirrt: „Welchen *Fuchs?*"

Entsetzen durchfuhr Will, als er plötzlich verstand, was da geschah, und er stieß einen lauten Schrei aus. Aber es war zu spät. Der graue Fuchs drehte sich um die eigene Achse und kam in großen Sätzen direkt auf sie zu. Cafall folgte ihm dicht auf den Fersen. Im letzten Augenblick änderte der Fuchs seine Richtung ein wenig, stürzte sich auf eines der Schafe, das jetzt angstvoll vor dem Tor umherlief, und schlug die Zähne in seinen wolligen Hals. Das Schaf blökte durchdringend. Cafall stürzte sich auf den Fuchs. Zwanzig Meter weiter stieß Caradog Prichard einen lauten wutentbrannten Schrei aus, riß sein Gewehr hoch und schoß Cafall mitten in die Brust.

„Cafall!" Brans liebevoller, entsetzter Schrei traf Will so sehr, daß er einen Augenblick lang die Augen schloß; er wußte, daß der Kummer, der aus diesem Schrei sprach, ihm für immer in den Ohren klingen würde.

Der graue Fuchs stand da und wartete darauf, daß Will ihn ansah, und die rote Zunge hing ihm aus einem Maul heraus, das von noch röterem Blut tropfte. Er starrte Will mitten ins Gesicht, mit einem unmißverständlichen höhnischen Zähnefletschen. Dann trottete er in pfeilgerader Richtung über die

Wiese davon und verschwand hinter der Hecke am anderen Ende.

Bran kniete schluchzend neben Cafall und wiegte den weißen Kopf des Hundes auf seinen Knien. Er rief verzweifelt seinen Namen und streichelte seine Ohren. Ein letztes Mal senkte er den Kopf, um seine Wange liebevoll gegen den seidigen Hals zu drücken. Aber er konnte nichts mehr tun. Die Brust des Hundes war zerschmettert. Die silbernen Augen waren glasig und blicklos. Cafall war tot.

„Mörderischer verdammter Köter!" Prichard stammelte noch vor Wut, in einer Art primitiver Befriedigung. „Der wird meine Schafe nicht mehr töten! Den wären wir los!"

„Er war nur hinter dem Fuchs her. Er hat versucht, Ihre blöden Schafe zu retten!" Bran erstickte die Stimme, und er begann zu weinen.

„Wovon sprichst du? Ein Fuchs? Verflixt noch mal, Junge, du bist ebenso verrückt wie der Hund." Prichard entfernte die Patronenhülse aus seinem Gewehr; sein dickes Gesicht war voller Verachtung.

Owen Davies kniete neben Bran nieder. „Komm, *bachgen*", sagte er sanft. „Es war weit und breit kein Fuchs zu sehen. Cafall ist auf die Schafe losgegangen, da gibt es keinen Zweifel. Wir haben es alle gesehen. Er war ein wunderschöner Hund, ein gutes Tier" – seine Stimme bebte, und er räusperte sich –, „aber er muß durchgedreht sein. Ich möchte nicht behaupten, daß ich ihn an Caradogs Stelle nicht auch erschossen hätte. Er war im Recht. Wenn ein Hund zu einem Killer wird, gibt es keine andere Wahl."

Er hatte den Arm fest um Brans Schulter gelegt. Bran blickte zu den anderen auf, nahm tränenblind ungeschickt die Brille ab und rieb sich die Augen. Er fragte mit hoher, ungläubiger Stimme: „Aber hat keiner von euch den Fuchs gesehen? Den großen grauen Fuchs, auf den Cafall zusprang, als er das Schaf töten wollte?"

John Rowlands sagte mit seiner tiefen Stimme voller Mitleid: „Nein, Bran."

„Es war kein Fuchs da, Bran", sagte David Evans. „Es tut mir leid, alter *bach*. Beruhige dich jetzt. Geh mit deinem Vater nach Clwyd. Wir werden Cafall später bringen."

„Ach ja", sagte Prichard und verzog das Gesicht. „Ihr könnt den Kadaver aus meinem Hof entfernen, so bald ihr wollt, ja. Und die Rechnung des Tierarztes zahlen, wenn er nach meinem Schaf gesehen hat.

„*Cae dy geg,* Caradog Prichard", sagte Wills Onkel scharf. „Wir werden uns später um all dies Gerede von angegriffenen Schafen kümmern. Sicher könnte man von dir etwas Verständnis für die Gefühle des Jungen erwarten."

Caradog sah ihn aus seinen kleinen, glänzenden Augen ausdruckslos an. Er bedeutete einem seiner Männer, das verwundete Schaf fortzubringen. Dann spuckte er gleichmütig auf den Boden und schlenderte auf sein Haus zu. Eine Frau stand dort in der Tür. Sie hatte sich während der ganzen Ereignisse nicht gerührt.

Brans Vater half ihm auf die Füße und führte ihn davon. Bran sah wie betäubt aus. Er blickte Will aus leeren Augen an, als wäre er gar nicht vorhanden.

David Evans sagte trübsinnig: „Einen Augenblick noch. In dem Wagen müssen ein paar Säcke sein. Ich komme mit und hole sie mir."

John Rowlands stand neben Will in dem feinen Sprühregen, saugte an einer leeren Pfeife, blickte nachdenklich hinunter auf den stillen weißen Körper mit der schrecklich klaffenden Wunde in der Brust. Er fragte: „Und hast du diesen Fuchs gesehen, Will Stanton?"

„Ja", sagte Will. „Natürlich. Er war so deutlich vor uns zu sehen, wie Sie es jetzt sind. Er hat versucht, uns auf dem Vogelfelsen anzugreifen, und Cafall hat ihn nach hier unten verfolgt. Aber keiner von Ihnen konnte ihn sehen. So wird uns also niemand je glauben, oder?"

John Rowlands schwieg einen Moment, sein zerfurchtes braunes Gesicht war unergründlich. Dann sagte er: „Manchmal gibt es in diesen Bergen Dinge, die schwer zu glauben sind, auch wenn du sie mit eigenen Augen gesehen hast. Zum Beispiel ist da Cafall, und mit unseren eigenen Augen sahen wir ihn allein das Schaf anspringen. Und tatsächlich hat irgendein Tier seine Zähne in den Hals des Schafes geschlagen und muß sich dabei ein blutiges Maul geholt haben, denn das Fell des Schafes war voller Blut; es ist ein Wunder, daß es noch lebt. Aber da ist etwas Seltsames, und das will mir nicht aus dem Kopf gehen – obwohl der arme Cafall dort liegt und seine zerschmetterte Brust von seinem eigenen Blut verschmiert ist, *befindet sich kein Tropfen Blut an seiner Schnauze.*"

II Die Schläfer

Das Mädchen aus den Bergen

Will sagte: „Entschuldigen Sie, Mr. Davies, ist Bran schon von der Schule zurück?"

Owen Davies fuhr hoch. Er hatte in einer der Scheunen gestanden, über den Motor eines Traktors gebeugt; sein dünnes Haar war zerzaust und sein Gesicht ölverschmiert.

„Es tut mir leid", sagte Will. „Ich habe Sie erschreckt."

„Nein, Junge, das ist schon in Ordnung. Ich war mit meinen Gedanken nur etwas weiter weg, als dieser Motor es ist, glaube ich . . ." Er verzog das Gesicht zu dem kläglichen Grinsen, das bei ihm das Äußerste als Ersatz für ein Lächeln zu sein schien. All die Falten in seinem mageren Gesicht schienen im Nichts zu enden, dachte Will: Nie sah er einen Ausdruck in Mr. Davies' Zügen. „Bran ist zu Hause, ja. Ich denke, du wirst ihn im Haus finden. Oder oben bei . . ." Seine leise, besorgte Stimme verstummte.

Will sagte sanft: „Bei Cafall." Sie hatten den Hund am Abend zuvor auf dem unteren Hang des Berges begraben und einen schweren Stein auf das Grab gelegt, um Raubtiere fernzuhalten.

„Ja, wahrscheinlich. Dort oben", sagte Owen Davies.

Will hatte plötzlich das Bedürfnis, etwas zu sagen, aber es war schwierig. „Mr. Davies, es tut mir leid. Alles. Gestern. Es war schrecklich."

„Nun, ja, vielen Dank." Owen Davies war verlegen, scheute zurück vor der Berührung mit Gefühlen. Er richtete die Augen auf den Motor des Traktors und sagte: „Da war nichts zu machen. Man kann nie wissen, wann ein Hund plötzlich auf die Idee kommt, Schafe zu reißen. Es geschieht einmal unter Tausenden von Malen, aber es kann passieren. Auch bei dem besten Hund der Welt..." Er blickte plötzlich auf, und ausnahmsweise sah er Will in die Augen, obwohl er nicht Will anzusehen schien, sondern über ihn hinaus, in die Zukunft oder in die Vergangenheit. Seine Stimme klang fester, wie die eines jüngeren Mannes. „Ich bin überzeugt, wohlgemerkt, daß Caradog Prichard nur auf eine Gelegenheit gewartet hat, den Hund zu erschießen. Was er getan hat, war sehr drastisch und nicht das, was man normalerweise dem Tier eines anderen zufügt, zumindest nicht vor den Augen des Besitzers. Wir waren alle da, und wir hätten Cafall mühelos festhalten können. Und manchmal kann man einen Hund, der Schafe reißt, woanders unterbringen, wo es keine Schafe gibt, und braucht ihn nicht zu töten... Aber das kann ich Bran nicht sagen, und du darfst es auch nicht tun. Es wäre ihm keine Hilfe."

Er wandte die Augen wieder ab, und Will beobachtete fasziniert und beunruhigt, wie der helle Widerklang einer anderen Zeit von Owen Davies abfiel wie ein Mantel und die vertraute farblose Gestalt mit der humorlosen, immer etwas schuldbewußten Art zurückblieb.

„Ja", sagte Will. „Ich glaube, daß Sie recht haben, aber ich werde es Bran gegenüber natürlich nicht erwähnen. Ich mach' mich jetzt mal auf die Suche nach ihm."

„Ja", sagte Owen Davies eifrig und wandte sein besorgtes, hilfloses Gesicht den Bergen zu. „Ja, du könntest ihm helfen, glaube ich."

Aber Will wußte, während er den matschigen Weg entlangtrottete, daß für ihn oder sonst jemanden vom Licht nur wenig Hoffnung bestand, Bran trösten zu können.

Als er an den Rand des Tales kam, wo es allmählich bergauf ging, sah er sehr klein und fern, auf halber Höhe des Berges, die Gestalt John Rowlands', der wie ein Spielzeugmann aussah.

Seine beiden Hunde, schwarzweiße Punkte, sprangen um ihn herum. Will blickte unentschlossen an eine Stelle weiter unten, wo Bran zu finden sein würde, allein mit seinem Kummer. Dann folgte er einer plötzlichen Eingebung und begann, durch Farn und Stechginster hindurch direkt nach oben zu klettern. Es wäre vielleicht gut, zuerst mit John Rowlands zu sprechen.

Trotzdem sah er zuerst Bran.

Er traf plötzlich auf ihn, ohne damit gerechnet zu haben. Er hatte die Hälfte des Hanges hinter sich und keuchte, wie er es immer noch tat, wenn er irgendwo hinaufstieg, und als er eine Atempause machte und den Kopf hob, sah er vor sich, auf einem Felsblock sitzend, die vertraute Gestalt: dunkle Jeans und dunkler Sweater, weißes Haar wie ein Leuchtsignal, dunkle Brille über hellen Augen. Aber weder die Brille noch die Augen waren im Augenblick sichtbar, weil Bran mit gesenktem Kopf regungslos dasaß, obwohl er Wills keuchendes Atmen gehört haben mußte.

Will sagte: „Hallo, Bran."

Bran hob langsam den Kopf, sagte aber nichts.

Will sagte: „Einen Hund wie ihn hat es nie zuvor gegeben, nirgends."

„Nein, hat es nicht", sagte Bran. Seine Stimme klang klein und heiser; er hörte sich müde an.

Will suchte nach Worten des Trostes, aber er konnte nicht anders als mit der Weisheit eines Uralten denken, und so konnte er Bran nicht erreichen. Er sagte: „Es war ein Mann, der ihn getötet hat, Bran, aber das ist der Preis, den wir zu zahlen haben für die Freiheit des Menschen auf der Erde. Daß er die bösen Dinge ebenso wie die guten tun kann. Es sind Schatten in dem Muster, ebenso wie Sonnenschein. Wie du mir einmal gesagt hast, Cafall war kein gewöhnlicher Hund. Er war ein Teil des großen Musters, wie die Sterne und das Meer. Und niemand hätte seine Sache besser machen können, niemand auf der ganzen Welt."

Das Tal war still unter dem gewittrigen grauen Himmel.

Will hörte nur das Trillern einer Singdrossel aus einem nahen Baum, das vereinzelte Blöken von Schafen von den Hängen und das leise Summen von Autos auf der fernen Straße.

Bran hob den Kopf und nahm seine Brille ab; seine gelbbraunen Augen in dem blassen Gesicht hatten geschwollene Lider mit roten Rändern. Er saß zusammengekrümmt da, mit hochgezogenen Knien und schlaff herunterhängenden Armen.

„Geh", sagte er. „Geh. Ich wollte, du wärest nie hierhergekommen. Ich wollte, ich hätte nie von dem Licht und der Finsternis gehört und von deinem verdammten alten Merriman und seinen Versen. Wenn ich jetzt deine goldene Harfe hätte, würde ich sie ins Meer werfen. Ich nehme nicht mehr teil an deiner blöden Suche, mir ist egal, was dabei herauskommt. Und Cafall hat auch nie teilgenommen und gehörte auch nicht zu deinem hübschen Muster. Er war mein Hund, und ich habe ihn mehr geliebt als irgend etwas auf der Welt, und jetzt ist er tot. *Geh.*"

Die rotumrandeten Augen sahen Will einen langen Augenblick kalt und unverwandt an, dann setzte Bran seine dunkle Brille wieder auf und wandte den Kopf ab, um auf das Tal hinunterzublicken. Bran wies ihn ab. Wortlos richtete Will sich auf und stapfte weiter bergauf.

Eine lange Zeit schien vergangen zu sein, bevor er John Rowlands einholte. Der magere, sehnige Schafzüchter kauerte halb kniend über einem schadhaften Zaun und reparierte ihn mit einem Stück Stacheldraht. Er hockte sich auf die Fersen zurück, als Will angekeucht kam, und blickte ihn aus zusammengezogenen Augen an, das hagere braune Gesicht voller Falten wegen des strahlend hellen Himmels. Ohne ein Grußwort sagte er: „Dies sind die höchsten Clwyd-Weiden. Das Land dahinter gehört den Bergbauern – und der Zaun soll unsere Schafe von ihrem Land fernhalten. Aber sie sind sehr schlau beim Zerreißen von Zäunen, besonders jetzt, wo die Widder draußen sind."

Will nickte unglücklich.

John Rowlands sah ihn einen Moment lang an, dann stand er auf und wies auf einige hervorstehende Felsen etwas höher am Berg. Sie setzten sich an die windgeschützte Seite, aber selbst da war die Stelle wie ein Ausguck, von dem man das ganze Tal überblicken konnte. Will sah sich kurz um, alle Sinne wach, aber der Graue König hielt sich noch zurück; das Tal war so ruhig wie seit dem Augenblick, da Cafall starb.

John Rowlands sagte: „Ich muß den Rest des Zauns noch überprüfen, aber ich könnte eine Pause gebrauchen. Ich habe eine Thermosflasche dabei. Hättest du gern einen Schluck Tee, Will?"

Er reichte Will den mit bitterem starkem Tee gefüllten Verschlußbecher der Thermosflasche. Will war selbst erstaunt über seinen Durst. Als er fertig war, fragte John Rowlands leise: „Wußtest du, daß du hier in der Nähe von Cadfans Weg sitzt?"

Will sah ihn scharf an, und es war nicht der Blick eines Elfjährigen, und er gab sich nicht die Mühe, das zu verheimlichen. „Ja", sagte er. „Natürlich wußte ich das. Und Sie wußten, daß ich es weiß, darum haben Sie es erwähnt."

John Rowlands seufzte und goß sich Tee ein. „Ich vermute", sagte er mit sonderbarer Stimme, in der Neid mitschwang, „daß du jetzt mit verbundenen Augen den ganzen Weg von Tywyn nach Machynlleth auf Cadfans Weg über die Berge marschieren könntest, obwohl du noch nie in diesem Land gewesen bist."

Will schob sich das glatte braune Haar aus der vom Klettern feuchten Stirn. „Die Alten Wege gibt es in ganz Britannien", sagte er, „und wir können jedem folgen, wenn wir ihn erst gefunden haben. Ja." Er blickte über das Tal. „Es war Brans Hund, der ihn anfangs hier oben für mich gefunden hat", sagte er traurig.

John Rowlands schob seine Mütze zurück, kratzte sich am Kopf und zog sie wieder nach vorn. „Ich habe von euch gehört", sagte er. „Mein ganzes Leben, hin und wieder, wenn auch in der letzten Zeit nicht so oft. Öfter, als ich noch ein

Junge war. Ich glaubte sogar, ich hätte einmal einen von euch kennengelernt, als ich noch sehr jung war, aber vermutlich war es nur ein Traum . . . Und jetzt habe ich darüber nachgedacht, wie der Hund gestorben ist, und ich habe mich ein wenig mit Bran unterhalten."

Er hielt inne, und Will wartete besorgt auf seine nächsten Worte, benutzte aber nicht seine Fähigkeiten, um es herauszufinden.

„Und ich glaube, Will Stanton", sagte der Schafzüchter, „daß ich dir in jeder Weise helfen sollte, wann immer es nötig ist. Aber ich möchte nicht wissen, was du tust, ich möchte keine Erklärungen von dir."

Will hatte plötzlich das Gefühl, die Sonne sei durch die Wolken gebrochen. „Danke", sagte er. Der kleinere von John Rowlands' Hunden, Tip, kam leise zu ihm und ließ sich vor seinen Füßen nieder, und er spielte mit den seidigen Ohren.

John Rowlands schaute hinunter über den farnbraunen Hang, und Will folgte seinen Blicken. Gerade über dem verkohlten Land, wo das Feuer gewütet hatte, sahen sie die winzige Gestalt, die Bran war, zusammengekauert, mit dem Rücken zu ihnen sitzen, den weißen Kopf auf die Knie gestützt.

„Dies ist eine sehr schwere Zeit für Bran Davies", sagte John Rowlands.

„Ich bin froh, daß er mit Ihnen gesprochen hat", sagte Will trübe. „Mit mir wollte er nicht reden. Nicht daß ich es ihm übelnehme. Er wird so einsam sein, ohne Cafall. Ich meine, Mr. Davies ist nett, aber nicht genau . . . und auch, daß er keine Mutter hat, das macht es noch schlimmer."

„Bran hat seine Mutter nie gekannt", sagte John Rowlands. „Er war noch zu klein."

Will fragte neugierig: „Wie war sie?"

Rowlands trank seinen Tee, schüttelte den Becher trocken und schraubte ihn wieder auf die Flasche. „Sie hieß Gwen", sagte er. Er hielt die Flasche geistesabwesend in den Händen und blickte an ihr vorbei in seine Erinnerungen. „Sie war eins der hübschesten Wesen, das man sich vorstellen kann. Klein, mit klarer heller Haut und schwarzem Haar und Augen so blau wie Ehrenpreis. Sie hatte ein strahlendes Lächeln, das wie Musik war. Aber sie war auch ein merkwürdiges wildes Ding. Sie kam von den Bergen, und nie wollte sie sagen, woher oder wie ..."

Er wandte sich abrupt zur Seite und sah Will scharf an aus seinen dunklen Augen, die immer zusammengezogen zu sein schienen zum Schutz gegen die Witterung. „Eigentlich sollte man annehmen", sagte er, plötzlich streitlustig, „daß du, da du der bist, der du bist, alles über Bran weißt."

Will sagte sanft: „Ich weiß nichts über Bran außer dem, was er mir erzählt hat. Wir sind gar nicht soviel anders als Sie, Mr. Rowlands, die meisten von uns. Nur unsere Meister sind anders. Wir wissen viele Dinge, schon, aber es sind nicht Dinge, die sich in das Leben von Menschen einmischen. In diesem Punkt sind wir wie jeder andere auch – wir wissen nur, was wir am eigenen Leibe erfahren haben oder was jemand anders uns erzählt hat."

John Rowlands nickte versöhnlich. Er öffnete den Mund, um etwas zu sagen, hielt inne, zog seine Pfeife aus der Tasche und stopfte mit einem Finger den Tabak nach. „Nun gut", sagte er langsam, „vielleicht sollte ich dir die Geschichte von Anfang an erzählen. Es wird dir helfen, Bran besser zu verstehen. Einiges weiß er selbst ziemlich genau – und denkt soviel alleine darüber nach, daß ich wollte, man hätte es ihm nie erzählt."

Will schwieg. Er setzte sich näher zu Tip und legte ihm einen Arm um den Hals.

John Rowlands steckte seine Pfeife an. Er sagte, durch die erste Rauchwolke hindurch: „Es geschah, als Owen Davies noch ein junger Mann war und auf Prichards Hof arbeitete. Damals lebte der alte Mr. Prichard noch. Caradog arbeitete ebenfalls bei seinem Vater und wartete darauf, das Anwesen zu übernehmen, obwohl er nicht annähernd so gut bei der Arbeit war wie Owen ... Owen kümmerte sich um Prichards Schafe. Er war schon damals ein Einzelgänger. Er hatte ein eigenes kleines Häuschen, draußen auf dem Heideland, den Schafen näher als dem Gehöft." Er stieß wieder eine Rauchwolke aus und sah Will an. „Du kennst das Häuschen. Es ist jetzt verlassen. Seit Jahren hat niemand dort gelebt."

„Die verlassene Kate? Wo Sie das Schaf zurückließen, nachdem ..." Bestürzt sah Will in Gedanken wieder John Rowlands vor sich, wie er in das kleine, leere, aus Steinen errichtete Haus inmitten des Farns stolperte, das verletzte Schaf über den Schultern und Blut von dem wolligen Fell am Hals. Das kleine Haus, aus dem das verletzte Schaf spurlos verschwunden war, als sie eine halbe Stunde später wiederkamen.

„Die verlassene Kate, ja. Und in einer stürmischen Winternacht, als es regnete und ein kräftiger Nordwind blies, klopfte jemand an Owens Tür. Es war ein Mädchen, aus dem Nichts aufgetaucht und halb erfroren vom Sturm. Und total erschöpft, weil sie ihr Baby mit sich trug."

„Ihr Baby?"

John Rowlands blickte den Berghang hinunter auf Brans zusammengesunkene Gestalt auf dem einsamen Felsen. „Es war ein kräftiger kleiner Bursche, gerade ein paar Monate alt. Sie trug ihn in einer Art Schlinge auf dem Rücken. Das einzige Ungewöhnliche an ihm, stellte Owen fest, war das Fehlen von jeglicher Farbe. Der Kleine hatte weiße Haut, weißes Haar, weiße Augenbrauen und sehr seltsame Augen, gelbbraun, wie die Augen einer Eule ..."

Will sagte langsam: „Ich verstehe."

„Owen nahm das Mädchen auf", sagte John Rowlands. „Er erweckte nach und nach wieder die Lebensgeister in ihr, mit großer Fürsorge, in jener Nacht und am folgenden Tag, und er kümmerte sich auch um das Baby, obwohl Babys zähe kleine Geschöpfe sind und der Kleine in ganz guter Verfassung war. Und bevor auch nur vierundzwanzig Stunden vergangen waren, hatte Owen Davies sich mehr in das fremde schöne Mädchen verliebt, als ich es je bei einem Mann gesehen habe. Er war bisher kaum verliebt gewesen, war immer sehr schüchtern. Es war wie ein Damm, der plötzlich brach ... Bei einem solchen Mann ist es gefährlich: Wenn er einmal liebt, gibt er sein ganzes Herz, ohne Rückhalt und ohne nachzudenken, und vielleicht hat er es für den Rest seines Lebens verloren." Rowlands machte eine kurze Pause und saß schweigend da, und Mitgefühl machte sein vom Wetter gegerbtes Gesicht weicher. Dann fuhr er fort: „Na ja, da waren sie also. Am nächsten Tag ging Owen zu den Schafen und ließ das Mädchen zurück, damit sie sich ausruhen konnte. Auf dem Heimweg kam er zu meinem Haus, dort auf Clwyd, um etwas Milch für das Baby zu holen. Wir waren befreundet, seit er ein Junge war, obwohl ich älter bin. Ich war nicht da, aber meine Frau war zu Hause, und er erzählte ihr von Gwen und dem Baby. Meine Blodwen hat ein warmes Herz und versteht es, zuzuhören. Sie sagte, es war, als brenne er lichterloh, als glühe er geradezu, er mußte es irgend jemand erzählen . . ."

Weiter unten am Hang erhob Bran sich von seinem Felsblock und begann, ziellos durch den Farn zu streifen und sich dabei umzuschauen, als suche er irgend etwas.

„Als Owen zu seinem Haus zurückkam", sagte John Rowlands, „hörte er Schreie. Er hatte noch nie eine Frau schreien gehört. Draußen vor der Tür wartete ein fremder Hund. Caradog Prichards Hund. Owen schoß in das Haus wie der Blitz und fand dort das Mädchen im Handgemenge mit Caradog. Caradog war vorbeigekommen, um festzustellen, warum Owen am Tag zuvor nicht zur Arbeit gekommen war, und hatte statt dessen Gwen gefunden und in seiner schmutzigen Art beschlossen, daß sie ein leichtes Mädchen sein müsse und daß es ihm mit Leichtigkeit gelingen würde, sie zu nehmen, wenn ihm der Sinn danach stand . . ." John Rowlands lehnte sich zur Seite und spuckte ins Gras. „Entschuldige, Will", sagte er, „aber so ist mir zumute, wenn ich Caradog Prichards Namen in den Mund genommen habe."

„Was geschah dann? Was hat er getan?" Will konnte es nicht fassen, daß diese romantische Liebesgeschichte etwas mit dem farblosen Durchschnittsmenschen Owen Davies zu tun haben sollte.

„Owen? Er drehte durch. Er war nie ein Kämpfer, aber er warf Caradog aus dem Haus, lief hinter ihm her, brach ihm das Nasenbein und schlug ihm zwei Zähne aus. Dann kam ich dazu, und das war ein Glück, denn sonst hätte er den Mann umgebracht. Blodwen hatte mich gebeten, ein paar Sachen für das Baby hinüberzubringen. Ich habe Caradog nach Hause gebracht. Er wollte nicht, daß der Arzt gerufen wurde. Fürchtete sich vor dem Skandal. Ich kann nicht behaupten, daß ich viel Mitgefühl für ihn empfand. Seine Nase hat seitdem nie wieder ganz so wie früher ausgesehen."

Er blickte wieder den Hang hinunter. Brans weißer Kopf war immer noch über den Boden gebeugt, während er langsam und sinnlos umherlief.

„Bran wird vielleicht bald froh über deine Gesellschaft sein, Will. – Eigentlich gibt es nicht mehr viel zu erzählen. Das Mädchen Gwen blieb noch einen Tag und eine Nacht bei Owen in seinem kleinen Haus, und er bat sie, ihn zu heiraten. Er war so glücklich, er strahlte vor Glück. Wir haben sie an dem Tag beide gesehen, und sie schien genauso glücklich zu sein. Aber dann, am vierten Tag, etwa um die Morgendämmerung, wurde Owen vom Weinen des Babys geweckt, und Gwen war nicht da. Sie war verschwunden. Niemand wußte, wohin sie gegangen war. Und sie ist nie zurückgekehrt."

Will sagte: „Bran hat zu mir gesagt, daß sie gestorben sei."

„Bran weiß, daß sie fortgegangen ist", sagte John Rowlands. „Aber vielleicht ist es angenehmer zu glauben, daß deine Mutter gestorben ist, als dir vorzustellen, daß sie weggelaufen ist und dich verlassen hat, ohne sich allzuviel Gedanken zu machen."

„Das hat sie getan? Sie ist einfach verschwunden und hat das Baby zurückgelassen?"

John Rowlands nickte. „Und einen Zettel, auf dem stand: *Er heißt Bran. Danke, Owen Davies.* Und das war alles. Wohin sie auch gegangen sein mag, man hat sie nie wieder gesehen oder von ihr gehört, und das wird man auch in Zukunft nicht. Owen kam an jenem Morgen mit dem Baby zu uns. Er war wie von

Sinnen, völlig durchgedreht, weil er Gwen verloren hatte. Er ging in die Berge und kam drei Tage nicht zurück. Hat nach ihr gesucht. Leute haben ihn rufen hören *Gwennie, Gwennie*... Blodwen und Mrs. Evans, deine Tante, haben sich gemeinsam um Bran gekümmert. Er war ein liebes Baby... Der alte Prichard hat Owen natürlich entlassen. Um die gleiche Zeit verlor dein Onkel David einen seiner Männer, und so stellte er Owen ein, und Owen zog in das Häuschen auf Clwyd, wo er jetzt wohnt."

„Und er zog Bran als seinen Sohn auf", sagte Will.

„Ja, das stimmt. Alle halfen ihm dabei. Es gab ziemlich viel Wirbel, aber schließlich wurde ihm gestattet, den Jungen zu adoptieren. Die meisten Leute kamen am Ende zu der Überzeugung, daß Bran wirklich Owens Sohn war. Und das einzige, was man Bran nie gesagt hat, ist, daß er nicht Owens Sohn ist – er hält Owen für seinen Vater, und du mußt darauf achten, daß du nie etwas anderes andeutest."

„Das werde ich", sagte Will.

„Ja. Deinetwegen mache ich mir keine Sorgen... Manchmal denke ich, daß auch Owen Bran für seinen wirklichen Sohn hält. Er ist immer sehr gläubig gewesen, mußt du wissen, und nach der ganzen Geschichte wandte er sich seiner Religion noch mehr zu. Vielleicht verstehst du das nicht ganz, Will *bach*, aber weil Owen wußte, daß es nach den Geboten seines Glaubens nicht richtig war für ihn, diese wenigen Tage allein mit Gwen im selben Haus zu leben, kam er allmählich zu der Überzeugung, daß es genauso unrecht war, wie wenn er und Gwennie ein Baby in die Welt gesetzt hätten, ohne miteinander verheiratet zu sein. Als ob sie Bran wirklich gezeugt hätten. Wenn er also an Bran denkt – auch heute noch –, denkt er hauptsächlich mit Liebe an ihn, aber er fühlt sich auch ein wenig schuldig. Aus keinem Grund, verstehst du, außer vor seinem Gewissen. Es ist zu ausgeprägt, Owens Gewissen. Es ist den Leuten gleichgültig, sogar denen seiner eigenen Kirche – sie halten Bran für seinen unehelichen Sohn, aber das Gerede hat schon vor langer Zeit aufgehört. Sie haben Verstand genug, einen

Mann nach dem zu beurteilen, als das er sich erwiesen hat, und nicht nach irgendeinem Fehler, den er vielleicht – oder vielleicht auch nicht – vor langer Zeit begangen haben mag."

John Rowlands seufzte, streckte sich, klopfte sein Pfeife aus und trat die Asche in den Boden. Er stand auf; die Hunde sprangen an seine Seite. Er blickte auf Will hinunter.

„All das stand im Hintergrund", sagte er, „als Caradog Prichard Bran Davies' Hund erschoß."

Will zupfte eine einzelne Blüte von einem Stechginsterstrauch neben ihm; sie leuchtete strahlend gelb auf seiner schmutzigen Hand. „Die Menschen sind sehr kompliziert", sagte er traurig.

„Ja, das sind sie", sagte John Rowlands. Seine Stimme wurde etwas tiefer, lauter und klarer als vorher. „Aber wenn die Kämpfe zwischen dir und deinen Gegnern ausgekämpft sind, Will Stanton, wird am Ende das Schicksal der ganzen Welt von genau diesen Menschen abhängen, und davon, wie viele von ihnen gut oder schlecht, dumm oder weise sind. Und es ist in der Tat so kompliziert, daß ich nicht wage vorauszusagen, was sie mit ihrer Welt tun werden. Unserer Welt." Er pfiff leise. „*Tyrd yma*, Pen, Tip."

Vorsichtig hob er seine Stacheldrahtrolle auf und ging, von den Hunden gefolgt, neben dem Zaun her über den Hügel.

Der Graue König

Will stapfte langsam den Hang hinunter auf Bran zu. Der Tag war jetzt grau; es hatte die ganze Nacht geregnet, und es würde noch mehr herunterkommen. Der Himmel hing tief, unheilvoll, und alle Berge waren in Wolkenfetzen verschwunden. Will dachte: der Atem vom *Brenin Llwyd* . . .

Er sah Bran hügelaufwärts klettern, diagonal, offensichtlich, um ihm aus dem Weg zu gehen. Will blieb stehen und beschloß, ihm nicht weiter zu folgen. Das alberne Spielchen, einander über den Berg hinweg auszuweichen, würde keinem nützen. Außerdem mußte er die Harfe an einen sicheren Ort bringen.

Er machte sich durch den nassen Farn auf den langen, matschigen Weg zur anderen Seite von Caradog Prichards Hof. Seine Jeans waren bereits klitschnaß, trotz der Gummistiefel, die er sich von Tante Jen geliehen hatte. Ein Teil seines Weges führte ihn über das Land, über das das Feuer hinweggefegt war, und eine dünne Schicht schwarzen Schlamms setzte sich auf seinen Stiefeln fest.

Will schritt niedergeschlagen dahin. Hin und wieder sah er sich um, für den Fall, daß Caradog Prichard in der Nähe auftauchen sollte, aber die Felder waren verlassen und merkwürdig still. Es waren keine Vogelstimmen zu hören, und sogar die Schafe schienen verstummt zu sein. Nur selten drang von der Talstraße das Geräusch eines Autos herüber. Es war, als warte das graue Tal auf irgend etwas. Will versuchte, die Stimmung des Ortes genauer zu erspüren, aber während der ganzen Zeit durchdrang seine Vorstellungen wieder die Feindseligkeit des Grauen Königs, die immer stärker anwuchs, zuerst ein Flüstern, das zu einem Rufen wurde und bald zu einem wutentbrannten Schrei anwachsen würde. Es war schwierig, noch andere Dinge zu beachten.

Er kam zu der Hütte mit dem Schieferdach, wo er die Harfe zwischen den Stapeln von Heuballen versteckt hatte. Die Kraft seines eigenen Bannes brachte ihn zehn Fuß vor der Hütte zum Stillstand, als sei er gegen eine Glaswand gelaufen.

Will lächelte. Dann fing er an, sehr leise zu singen, um den Zauberbann auf die vorgesehene Weise zu brechen. Es war ein Zauberlied in der Alten Sprache, und seine Worte waren nicht wie die der menschlichen Sprache, sondern unbestimmter, eher eine Art von Tonabstufungen. Will sang gut, mit gut ausgebildeter Stimme, und die hohe klare Melodie schwebte so leicht wie Lichtstrahlen durch die trübe Luft. Will spürte, wie die Kraft des Bannes dahinschmolz. Er kam zum Ende des Liedes.

Caradog Prichards Stimme hinter ihm sagte kalt: „Eine richtige kleine Nachtigall, was?"

Will erstarrte. Er drehte sich langsam um und stand schweigend da und musterte Prichards teigiges, rundes Gesicht mit der krummen Nase und den Augen, die wie schwarze Johannisbeeren aussahen.

„Nun?" sagte Prichard ungeduldig. „Was hast du eigentlich vor? Stehst hier mitten auf meinem Feld und singst die Hecke an. Bist du verrückt, Junge?"

Will starrte ihn mit weit aufgerissenen Augen an und gab sich Mühe, so töricht wie möglich auszusehen. „Es war das Lied. Es ist mir gerade eingefallen, ich wollte es ausprobieren. Es wird hier erzählt, daß Sie ein Dichter sind, Sie müßten das doch verstehen." Er senkte die Stimme und sagte wie ein Verschwörer zum anderen: „Ich schreibe nämlich manchmal Lieder. Aber erzählen Sie es bitte nicht weiter. Sie lachen immer alle. Sie halten es für dämlich."

Prichard fragte: „Dein Onkel?"

„Alle zu Hause."

Prichard blinzelte ihn mißtrauisch an. Die stolze Bezeichnung „Dichter" hatte ihre Wirkung nicht verfehlt, aber er gehörte nicht zu den Männern, die unvorsichtig werden, und das gar für längere Zeit. Er sagte verächtlich: „Oh, die Engländer, sie haben keine Ahnung von Musik, das überrascht mich überhaupt nicht. Trampel sind sie, richtige Trampel. Du hast eine sehr gute Stimme – für einen englischen Jungen." Dann wurde seine Stimme plötzlich scharf. „Aber du hast gar nicht englisch gesungen, oder?"

„Nein", sagte Will.

„Was dann?"

Will strahlte ihn vertrauensvoll an. „Eigentlich gar keine richtige Sprache. Es waren Unsinnswörter, die zur Melodie irgendwie paßten. *Sie* kennen das doch."

Aber der Fisch biß nicht an. Prichard zog die Augen zusammen. Er blickte mit einer raschen, nervösen Bewegung über das Tal hinweg zu den Bergen, dann zurück auf Will. Er sagte abrupt: „Du gefällst mir nicht, englischer Junge. Irgendwas ist komisch an dir. All dies Gerede über Lieder und Singen erklärt nicht, was du hier auf meinem Land zu suchen hast."

„Ich hab' nur eine Abkürzung genommen", sagte Will. „Ich hab' nichts kaputtgemacht, ehrlich."

„Ach ja, Abkürzung? Von wo nach wo denn? Das Land deines Onkels liegt alles dort drüben, von wo du gekommen bist, und hinter uns gibt es nur Heideland und Berge. Nichts für dich. Geh zurück nach Clwyd, Nachtigall, zurück zu deinem schniefenden kleinen Freund, der seinen Hund verloren hat. Hau ab! Weg mit dir!" Plötzlich schrie er, das teigige Gesicht dunkelrot. „Raus! Raus!"

Will seufzte. Er konnte nur eines tun. Er hatte nicht die besondere Aufmerksamkeit des Grauen Königs erregen wollen, aber er konnte die Harfe unmöglich der Gefahr aussetzen, von Caradog Prichard entdeckt zu werden. Der Mann funkelte ihn jetzt an und ballte die Fäuste in einem Anfall der gleichen unerklärlichen gemeinen Wut, die Will schon einmal bei ihm erlebt hatte. „Ich sage dir, raus!"

Auf dem freien Feld, unter dem stillen grauen Himmel, streckte Will einen Arm aus, alle fünf Finger steif auf Prichard gerichtet, und sagte ein einziges leises Wort. Und Caradog Prichard fiel aus der Zeit, unbeweglich, mit halbgeöffnetem Mund und erhobener ausgestreckter Hand, das Gesicht erstarrt in dem gleichen häßlichen Zorn, der es auch verzerrt hatte, als er den Hund Cafall erschoß. Was für ein Jammer, dachte Will bitter, daß man ihn nicht für immer so lassen konnte.

Aber kein Bann dauert ewig und die meisten nur einen kurzen Atemzug lang. Rasch lief Will auf die Steinhütte zu, griff zwischen die Heuballen und zog die glänzende kleine goldene Harfe hervor. Mit einer Ecke verfing sie sich in einem alten zerschlissenen Sack, den man zwischen den Ballen vergessen hatte. Will zerrte Harfe und Sackleinen ungeduldig heraus und schob sie zusammengewickelt unter den Arm. Dann drehte er sich um und blieb hinter Caradog Prichard stehen. Wieder zeigte er mit ausgestreckten steifen Fingern auf ihn und sagte ein einziges Wort. Und Caradog Prichard stapfte über das Feld auf sein Gehöft zu, ohne sich ein einziges Mal umzuschauen – als hätte er nie etwas anderes vorgehabt. Will wußte, wenn er dort ankam, würde er überzeugt sein, daß er von seiner Arbeit direkt nach Hause gekommen sei, und nichts würde ihn daran erinnern, daß Will Stanton auf seinem Feld gestanden und den Himmel angesungen hatte.

Die stapfende, dickliche Gestalt verschwand hinter dem Zauntritt am Ende des Feldes. Will befreite den kunstvoll verschnörkelten goldenen Rahmen der Harfe von dem alten Sack und wollte ihn schon beiseite werfen, als ihm klar wurde, wie nützlich er als Hülle für die Harfe sein würde. Für ein unförmiges Bündel unter seinem Arm konnte er eine Erklärung finden, falls er jemandem begegnen sollte, jedenfalls leichter als für eine schimmernde und offensichtlich unbezahlbare goldene Harfe. Während er die Harfe sorgfältig einwickelte und die Nase krauste, als ihm der Heustaub ins Gesicht wehte, war ihm so, als hätte sich auf der anderen Seite des Feldes etwas bewegt. Er blickte auf, und für einen Augenblick vergaß er sogar die Harfe.

Es war der große graue Fuchs, der König der *milgwn*, der in Riesensprüngen entlang der Hecke näher kam. Von plötzlichem wildem Zorn ergriffen, streckte Will ihm eine Hand entgegen und brüllte ein einziges Wort, um ihn zum Stehenbleiben zu bringen. Das große graue Geschöpf, nicht mehr auf dem Gebiet seines Meisters, stolperte mitten im Sprung, als wäre es plötzlich von einem gewaltigen Wind gepackt worden. Es rappelte sich wieder auf und starrte Will mit heraushängender roter Zunge an. Dann hob es seine lange Schnauze und gab ein langgezogenes Heulen von sich, wie ein Hund in einer schwierigen Lage.

„Dein Rufen hat gar keinen Sinn", sagte Will leise. „Du bleibst da stehen, bis ich entscheide, was mit dir zu tun ist."

Aber dann schauderte ihn unwillkürlich. Es schien plötzlich kälter zu sein, und auf den Feldern sah er von allen Seiten einen Bodennebel näher kommen, der ihm vorher nicht aufgefallen war. Langsam stiegen Nebelwolken über die Zäune, unbarmherzig, einem riesigen Kriechtier ähnlich. Sie kamen von allen Seiten, von den Bergen, aus dem Tal, von den unteren Hängen, und als Will zu dem steifbeinig auf dem Feld stehenden grauen Fuchs blickte, entdeckte er etwas anderes, das dem Nebel die Kälte eines neuen Schreckens verlieh. Der Fuchs wechselte die Farbe. Während Will zusah, wurde der geschmeidige Körper mit dem buschigen Schwanz von Sekunde zu Sekunde dunkler, bis er beinahe schwarz war.

Will beobachtete das mit gerunzelter Stirn. Er dachte ohne jeden Zusammenhang: *„Er sieht genauso wie Pen aus"*, und hielt sofort den Atem an. Ihm war etwas klargeworden, was durchaus nicht ohne jeden Zusammenhang war – daß John Rowlands' Hund Pen war, der, zusammen mit Cafall, von Caradog Prichard bezichtigt worden war, die Schafe angegriffen zu haben, während die wirklichen Täter die Füchse des Grauen Königs waren.

Etwas unermeßlich Starkes schob sich gegen ihn und zerstörte seinen eigenen Zauber. Während Will für einen Augenblick verwirrt und machtlos dastand, machte der große Fuchs, jetzt kohlschwarz, seinen seltsamen kleinen triumphierenden Luftsprung, grinste Will höhnisch an und lief quer über das Feld davon. Er verschwand durch die Hecke am anderen Ende, in die gleiche Richtung, die Caradog Prichard eingeschlagen hatte, auf das Gehöft zu. Will wußte genau, was vermutlich geschehen würde, wenn der Fuchs dort war, und er konnte nichts dagegen tun. Die Macht des Grauen Königs hielt ihn zurück, und widerstrebend faßte er eine Vorstellung ins Auge, der er bisher noch keinen Gedanken geschenkt hatte: die Möglichkeit, daß diese Macht, viel größer als seine eigene, tatsächlich so groß war, daß es ihm vielleicht nie gelingen würde, die ihm zugewiesenen Aufgaben zu bewältigen.

Er biß die Zähne zusammen, nahm die verhüllte Harfe unter den Arm und machte sich quer über das Feld auf den Weg zum Clwyd-Hof. Vorsichtig schlüpfte er unter dem Stacheldrahtzaun am Rand des Feldes hindurch, überquerte die Ecke des nächsten Feldes und kletterte über den Zauntritt, der auf den Weg führte. Aber während der ganzen Zeit wurden seine Schritte immer langsamer, sein Atem mühsamer. Aus irgendeinem Grund wurde die Harfe immer schwerer, bis er sich mit diesem Gewicht unter dem Arm kaum noch fortbewegen konnte. Er wußte, daß es nicht auf seine eigene Schwäche zurückzuführen war. Gegen seinen Widerstand verlieh irgendein großer Zauberspruch diesem kostbaren Gegenstand der Macht eine Schwere, die es menschlicher Kraft unmöglich machte, ihn zu tragen. Er umklammerte die Harfe, keuchte vor Schmerzen über das ungeheure Gewicht und sank mit der Harfe zusammen auf den Boden.

Während er dort kauerte, hob er den Kopf und sah, daß der Nebel ihn jetzt von allen Seiten umwirbelte; die ganze Welt war grauweiß, ohne irgendwelche Merkmale. Er starrte in den Nebel, und allmählich nahm der Nebel Gestalt an.

Die Umrisse waren so gewaltig, daß er zuerst gar nicht erkennen konnte, was sich dort vor ihm befand. Es dehnte sich weiter als das Feld aus und ragte hoch in den Himmel. Es hatte eine Gestalt, aber keine erkennbar irdische. Will sah ihre Umrisse aus den Augenwinkeln, doch wenn er einen Ausschnitt direkt ansah, war da nichts. Dennoch ragte die Gestalt vor ihm auf, riesig und schrecklich, und er wußte, daß dieses Wesen größere Macht hatte als irgend etwas, was ihm je zuvor begegnet war. Von all den Großen Herren der Finsternis war keiner allein mächtiger und gefährlicher als der Graue König. Aber da er vom Beginn der Zeit an immer in seinen Schlupfwinkeln zwischen den Cader-Idris-Gipfeln geblieben und nie in die Täler oder zu den unteren Hängen hinuntergestiegen war, war keiner der Uralten ihm je begegnet – keiner hatte je erfahren, welche Mächte ihm zur Verfügung standen. Und jetzt stand Will, der letzte und der unbedeutendste der Uralten, ihm allein gegenüber, und war zu seiner Verteidigung auf die ihm angeborene Zauberkraft des Lichts und seine Intelligenz angewiesen.

Eine Stimme kam aus den verschwommenen Umrissen,

gleichzeitig süß und schrecklich. Sie erfüllte die Luft wie der Nebel selbst, und Will konnte nicht sagen, in welcher Sprache sie sprach, oder ob sie überhaupt mit den Ohren vernehmbar war; er wußte nur, daß er die Dinge, die sie sagte, sofort verstand.

„Du wirst die Schläfer nicht wecken, Uralter", sagte die Stimme. „Ich werde es zu verhindern wissen. Dies ist mein Land, und hier werden sie für immer schlafen, wie sie all die vielen Jahrhunderte geschlafen haben. Deine Harfe wird sie nicht erwecken. Ich werde dich daran hindern."

Will saß klein und zusammengesunken da, die Arme auf der Harfe, die er nicht länger halten konnte. „Ich habe den Auftrag zu dieser Suche", sagte er. „Ihr wißt, daß ich ihm folgen muß."

„Geh zurück", sagte die Stimme und fuhr durch seine Gedanken wie der Wind. „Geh zurück. Nimm die Harfe unversehrt mit, ein Gegenstand der Macht für das Licht und für deine Meister. Ich lasse dich gehen, wenn du jetzt gehst und mein Land verläßt. Soviel hast du gewonnen." Die Stimme wurde härter, kühler als der Nebel. „Doch wenn du die Schläfer suchst, werde ich dich zerstören, und die goldene Harfe auch."

„Nein", sagte Will. „Ich gehöre zum Licht. Ihr könnt mich nicht zerstören."

„Es wird sich nicht sehr von Zerstörung unterscheiden", sagte die Stimme. „Das weißt du doch ganz genau, Uralter." Die Stimme wurde weicher, gleichzeitig zischender und unangenehm, als spiele sie mit einem bösen Gedanken. Will erinnerte sich plötzlich an den hohen Herrn in der himmelblauen Robe.

„Die Mächte der Finsternis und die des Lichts sind von gleicher Stärke, aber wir unterscheiden uns ein wenig in ... der ... Behandlung ... derer, die wir unserem Willen unterwerfen wollen." Die Stimme kroch wie eine Schnecke über Wills Haut. „Geh zurück, Uralter. Ich werde das Licht nicht noch einmal warnen."

Unter Aufbietung seines ganzen Selbstvertrauens rappelte Will sich auf und ließ die Harfe auf dem Boden neben seinen

Füßen liegen. Er machte eine höhnische kleine Verbeugung vor der grauen Nebelgestalt, die er, das wußte er jetzt, nicht direkt anblicken durfte. „Ihr habt uns gewarnt, Majestät“, sagte er, „und ich habe es vernommen. Aber das ändert nichts. Die Finsternis kann nie den Geist des Lichts verdrehen noch kann sie verhindern, daß wir einen Gegenstand der Macht an uns nehmen, wenn der Anspruch zu Recht besteht. Nehmt Euren Bann von der goldenen Harfe. Ihr habt nicht das Recht, sie mit Eurer Zauberkaft zu berühren.“

Der Nebel wirbelte dunkler, die Stimme wurde kälter, kam aus größerer Ferne. „Es liegt kein Bann auf der Harfe, Uralter. Nimm sie auf von dem Sack.“

Will beugte sich hinunter. Wieder versuchte er, die von dem Sack umhüllte Harfe aufzuheben, aber sie bewegte sich nicht von der Stelle; genausogut hätte es ein tief im Boden verwurzelter Felsblock sein können. Dann schob der den Sack zur Seite und hob die von ihrer Hülle befreite Harfe auf, und das schimmernde goldene Instrument lag so leicht in seinen Händen wie am Anfang.

Er blickte auf den Sack hinunter. „Da ist noch etwas anderes drin.“

„Natürlich“, sagte der Graue König.

Will riß den halbverfaulten Sack auf. Er schien immer noch völlig leer zu sein, wie er es von Anfang an gewesen war. Dann entdeckte Will in einer Falte einen kleinen, auf Hochglanz polierten weißen Stein, nicht größer als ein Kieselstein. Er beugte sich nieder, um ihn aufzuheben. Er ließ sich nicht bewegen.

Er sagte langsam: „Es ist ein Wachstein.“

„Ja“, sagte die Stimme.

„Euer Wachstein. Ein Tunnel für die Finsternis. Wenn er an einen bestimmen Ort gelegt wird, erfahrt Ihr alles, was an diesem Ort geschieht, und Ihr könnt Euren Willen auf ihn übertragen, andere Dinge geschehen zu lassen. Er war die ganze Zeit in dem alten Sack versteckt.“ Plötzlich kam ihm etwas anderes in den Sinn. „Kein Wunder, daß ich meine Macht über den Fuchs von den *milgwn* verlor."

Aus dem Nebel ertönte Lachen. Es war ein furchterregendes Geräusch, wie das erste Grollen einer Lawine. Dann, und das war noch schlimmer, flüsterte die Stimme: „Ein Wachstein der Finsternis hat keinen Wert für das Licht. Gib ihn mir."

„Ihr habt ihn auf Caradog Prichards Land gebracht", sagte Will. „Warum? Er ist ohnehin Eure Kreatur, Ihr braucht für ihn keinen Wachstein."

„Der Dummkopf gehört nicht zu mir", sagte der Graue König verächtlich. „Wenn die Finsternis sich ihm zeigen würde, würde er vor Furcht wie Butter in der Sonne schmelzen. Nein, er gehört nicht zu der Finsternis. Aber er ist sehr nützlich. Ein Mann, der so aufgeht in seiner eigenen Bösartigkeit, ist ein Geschenk der Erde an die Finsternis. Es ist so leicht, ihm geeignete Ideen einzuflößen . . . Wirklich sehr nützlich."

Will sagte ruhig: „Es gibt auch Menschen von der entgegengesetzten Art, die dem Licht dienen, ohne es zu wissen."

„Schon", sagte die Stimme listig, „aber nicht so viele, Uralter. Nicht so viele, glaube ich." Die Stimme wurde wieder schärfer, und der Nebel wirbelte kälter. „Gib mir den Wachstein. Er wird nicht gegen dich arbeiten, aber er wird auch nicht für dich arbeiten. Er wird immer an der Erde haften, wenn das Licht ihn berührt, wie es ein Wachstein von euch bei meiner Berührung tun würde – wenn ihr einen hättet."

„Ich brauche keinen Wachstein", sagte Will. „Ganz gewiß nicht Euren. Nehmt ihn Euch."

„Tritt zur Seite. Ich werde ihn nehmen und diesen Ort verlassen. Und wenn du innerhalb eines Tages und einer Nacht nicht auch dieses Land verlassen hast, mein Land, wirst du nach menschlichen Begriffen aufhören zu existieren, Uralter. Du wirst uns nicht im Wege stehen, weder mit deinen sechs Zeichen noch mit deiner Harfe aus Gold." Die Stimme hob sich und schwoll plötzlich an wie ein heftiger Wind. „Denn unsere Zeit ist beinahe da, trotz eurer Anstrengungen, und die Finsternis erhebt sich, *die Finsternis erhebt sich!*"

Die Worte dröhnten Will im Kopf, während der Nebel dunkel und kühl um sein Gesicht wirbelte und alles andere unsichtbar machte, sogar den Boden unter seinen Füßen. Er konnte die Harfe nicht mehr sehen, sie nur noch fühlen, fest von seinen beiden Armen umklammert. Er schwankte benommen hin und her, und eine schreckliche Kälte ergriff seinen ganzen Körper.

Dann war es vorbei. Er stand auf dem Feldweg zwischen den Hecken, die Harfe an seine Brust gedrückt, und das Tal um ihn herum war klar unter dem grauen Himmel. Neben seinen Füßen lag ein leerer alter Getreidesack.

Will bückte sich zittrig und wickelte die Harfe wieder ein, und dann machte er sich auf den Weg zum Clwyd-Hof.

Er huschte hinauf in sein Zimmer und rief im Vorbeilaufen Tante Jen einen Gruß zu. Sie grüßte über die Schulter zurück, ohne sich umzudrehen; sie war gerade damit beschäftigt, etwas in einem Topf auf dem Herd vorsichtig umzurühren. Aber als Will wieder herunterkam, schien die große Küche voller Leute zu sein. Sein Onkel und Rhys wanderten pausenlos auf und ab, mit besorgten, angespannten Gesichtern. John Rowlands war eben hereingekommen.

„Hast du ihn gesehen?" rief Rhys ihm beunruhigt entgegen.

John Rowlands' wettergebräuntes Gesicht bekam noch einige Falten mehr, als er die Augenbrauen hob. „Wen hätte ich sehen sollen?"

David Evans zog einen Stuhl zu sich und ließ sich müde fallen. Er seufzte. „Caradog Prichard war gerade eben draußen. Es nimmt kein Ende mit seinen Verrücktheiten. Er behauptet, daß heute nachmittag wieder eins von seinen Schafen von einem Hund angegriffen worden sei – und dieses wurde getötet. Er sagt, daß es wieder mitten auf seinem Hofplatz geschehen sei und daß er und seine Frau alles mit angesehen hätten. Und er schwört Stein und Bein, daß Pen der Hund gewesen sei."

„Hat wieder mit seinem Schießeisen rumgefuchtelt, der

verdammte Wirrkopf", sagte Rhys zornig. „Er hätte den Hund mit Sicherheit erschossen, wenn du und Pen dagewesen wären. Gott sei Dank wart ihr es nicht."

John Rowlands lächelte sanft. „Es überrascht mich, daß er nicht am Tor auf uns gewartet hat."

„Ich habe ihm gesagt, du wärest hinter ein paar Mutterschafen auf dem Berg her und würdest spät zurückkommen", sagte Wills Onkel mutlos, den hübschen Kopf gesenkt. „Der Dummkopf wird mit Sicherheit dort nach dir suchen."

„Würde mich nicht wundern, wenn er ein Schaf erschießt", sagte John Rowlands. „Das heißt, wenn er ein schwarzes Mutterschaf findet."

Aber David Evans war zu durcheinander, um zu lächeln. „Wenn er das tut, werde ich ihn zur Polizeiwache in Tywyn bringen lassen, Hunde oder keine Hunde. Es gefällt mir nicht, John Rowlands. Der Mann führt sich auf, als ob . . . ich weiß es nicht, ich habe wirklich das Gefühl, er verliert den Verstand. Er tobte vor Wut. Hunde, die Schafe reißen, sind eine schlimme Sache, weiß Gott, aber er benahm sich, als handle es sich um Kinder, die getötet worden sind. Wenn er Kinder gehabt hätte. Ich denke, es ist nur gut, daß er keine hat."

„Pen ist den ganzen Tag bei mir gewesen, ohne Unterbrechung", sagte John Rowlands, und seine tiefe Stimme war ganz ruhig.

„Natürlich war er das", sagte Rhys. „Aber Caradog Prichard würde das nicht glauben, selbst wenn er dich den ganzen Tag Minute für Minute mit seinen eigenen Augen beobachtet hätte. In einer so üblen Verfassung ist er. Und morgen wird er wiederkommen, da gibt es gar keine Frage."

„Vielleicht bringt Betty Prichard ihn bis dahin zur Vernunft", sagte Tante Jen. „Obwohl sie bisher noch nie viel Glück gehabt hat, weiß der Himmel. Es muß nicht leicht sein, mit dem Mann verheiratet zu sein."

John Rowlands sah Wills Onkel an. „Was machen wir?"

„Ich weiß es nicht", sagte David Evans und schüttelte verdrießlich den Kopf. „Was meinst du?"

„Nun", sagte John Rowlands, „ich dachte, wenn du morgen vormittag den Landrover nicht brauchst, könnte ich ganz früh das Tal hinauffahren und Pen für ein paar Tage bei Idris Jones Ty-Bont lassen."

Wills Onkel hob den Kopf, und sein Gesicht hellte sich zum erstenmal auf. „Gut. Sehr gut."

„Jones Ty-Bont schuldet dir noch eine Gefälligkeit; er hat sich diesen Sommer deinen Traktor ausgeliehen. Außerdem ist er sowieso ein netter Kerl. Und einer seiner Hunde stammt aus dem gleichen Wurf wie Pen."

„Das ist eine sehr gute Idee", sagte Rhys. „Und wir haben keine Zündkerzen für die Motorsäge mehr. Du könntest auf dem Rückweg in Abergynolwyn eine besorgen."

Rowlands lachte. „Dann ist ja alles in Ordnung."

„Mr. Rowlands", sagte Will, „könnte ich wohl mitkommen?"

Sie hatten nicht bemerkt, daß er da war; überrascht wandten sich alle Köpfe dorthin, wo er auf der Treppe stand.

„Komm mit und sei willkommen", sagte John Rowlands.

„Das wäre nett", sagte Tante Jen. „Gerade gestern habe ich gedacht, daß wir dir Tal y Llyn noch nicht gezeigt haben. Das ist der See dort oben. Idris Jones' Hof liegt direkt am See."

„Caradog Prichard würde nie auf die Idee kommen, daß der Hund dort sein könnte", sagte David Evans. „Das wird ihm Zeit lassen, etwas abzukühlen."

„Und wenn das Schafereißen weitergeht . . ." sagte Rhys und ließ den Satz absichtlich im Raum stehen.

„Da ist was dran", sagte Wills Tante. „Wir müssen uns vergewissern, daß Caradog denkt, Pen sei hier. Wenn er dann wieder mit seinen eigenen Augen sieht, wie Pen ein Schaf reißt, haben wir die richtige Antwort für ihn."

„Also gut", sagte John Rowlands. „Pen ist zu Hause und bekommt gerade sein Abendessen, ich denke, ich werde ihm Gesellschaft leisten. Wir fahren um halb sechs, Will. Caradog Prichard gehört nicht zu den Frühaufstehern."

„Vielleicht würde Bran euch gern begleiten, es ist ja Samstag", sagte David Evans und lehnte sich, entspannt jetzt, in seinem Stuhl zurück.

„Das glaube ich nicht", sagte Will.

Der freundliche See

Will hatte erwartet, daß er der einzige im Haus sei, der sich früh um fünf schon regte, aber seine Tante Jen war vor ihm auf. Sie gab ihm eine Tasse Tee und eine große Scheibe selbstgebackenes Brot mit Butter.

„Es ist kalt draußen, so früh am Morgen", sagte sie. „Du wirst dich wohler fühlen, wenn du etwas gegessen hast."

„Brot und Butter schmecken hier fünfmal so gut als irgendwo sonst", sagte Will. Kauend blickte er auf und sah, daß sie ihn mit einem sonderbaren, etwas verzerrten halben Lächeln musterte.

„Du siehst aus wie das blühende Leben", sagte sie. „Genauso wie dein großer Bruder Stephen in deinem Alter. Niemand würde vermuten, daß du vor nicht allzu langer Zeit so krank warst. Aber du lieber Gott, bisher war es nicht gerade ein Erholungsurlaub für dich. Das Feuer, und die ganze Angelegenheit mit den getöteten Schafen . . ."

„Aufregend", nuschelte Will mit vollem Mund.

„Nun ja", sagte Tante Jen, „dabei ist dies in Wirklichkeit ein Ort, wo gewöhnlich jahrein, jahraus nichts Ungewöhnliches geschieht. Für meinen Geschmack haben wir vorläufig genug Aufregung gehabt."

Will sagte bewußt leichthin: „Die letzte echte Sensation hat es sicher gegeben, als Brans Mutter hier auftauchte."

„Ach", sagte seine Tante. Ihr freundliches, gemütliches Gesicht war undurchdringlich. „Du hast also davon gehört? Vermutlich hat John Rowlands dir die Geschichte erzählt. Er ist eine gute Seele, *Shoni mawr*, und hatte sicher seine Gründe. Sag mir, Will, hattest du irgendeinen Streit mit Bran?"

Will dachte: *Und das ist es, was du mich fragen wolltest, bei einer Tasse Tee, weil du auch eine gute Seele bist und Brans Kummer spürst... Und ich wünschte, ich könnte wirklich aufrichtig sprechen.*

„Nein“, sagte er. „Aber der Verlust von Cafall war so schlimm für ihn, daß ich glaube, er möchte einfach allein sein. Eine Zeitlang.“

„Armer Junge.“ Sie schüttelte den Kopf. „Hab Geduld mit ihm. Er ist einsam und hat auf mancherlei Weise ein seltsames Schicksal. Es war wunderschön für ihn, dich hierzuhaben, bis diese Geschichte alles verdorben hat.“

Will spürte einen kurzen Schmerz im Unterarm; er faßte hin und stellte fest, daß er von der Narbe des Lichts kam, seinem Brandmal.

Er fragte unvermittelt: „Ist sie niemals zurückgekehrt, Tantchen? Brans Mutter? Wie konnte sie einfach fortlaufen und ihn verlassen?“

„Ich weiß es nicht“, sagte seine Tante. „Aber, nein, sie hat nie wieder ein Lebenszeichen gegeben.“

„In einem einzigen Augenblick für immer fortzugehen... ich glaube, das muß Bran sehr zu schaffen machen.“

Sie sah ihn scharf an. „Hat er jemals etwas darüber gesagt?“

»Oh, nein, natürlich nicht. Wir haben nie darüber gesprochen. Ich habe nur gespürt... ich bin einfach sicher, daß es ihm zu schaffen macht, unbewußt.“

„Du bist selbst ein komischer Junge“, sagte seine Tante neugierig. „Manchmal hörst du dich an wie ein alter Mann. Kommt wohl, weil du so viele Brüder und Schwestern hast, die älter sind als du... Vielleicht verstehst du Bran besser, als die meisten Jungen es könnten.“

Sie zögerte einen Augenblick, dann zog sie ihren Stuhl näher heran. „Ich möchte dir etwas erzählen“, sagte sie, „vielleicht hilft es Bran. Ich weiß, daß du genug Verstand hast, es ihm nicht weiterzuerzählen. Ich glaube, daß Gwen, seine Mutter, in ihrer Vergangenheit irgendein großes Problem hatte, an dem sie nichts ändern konnte, und daß sie aus diesem Grund das

Gefühl hatte, sie müsse Bran ein Leben ermöglichen, das ihn nicht mit hineinzog. Sie wußte, daß Owen Davies ein guter Mensch ist, der sich um den Jungen kümmern würde, aber sie wußte auch, daß sie Owen nicht so sehr liebte, wie er sie liebte, nicht genug, um ihn zu heiraten. Wenn die Dinge sich so entwickeln, kann eine Frau nichts tun. Es ist das beste, fortzugehen." Sie machte eine Pause. „Nicht das beste für Bran, ihn zu verlassen, könntest du einwenden."

„Genau das wollte ich sagen", sagte Will.

„Nun", fuhr seine Tante fort, „Gwen hat etwas zu mir gesagt, in den wenigen Tagen, in denen sie hier war, als wir einmal allein waren. Ich habe nie darüber gesprochen, aber ich habe es nie vergessen. Sie sagte: *Wenn du einmal ein tiefes Vertrauen mißbraucht hast, wagst du es nicht, zuzulassen, daß dir noch einmal Vertrauen entgegengebracht wird, denn ein zweiter Vertrauensbruch wäre das Ende der Welt.* Ich weiß nicht, ob du das verstehen kannst."

„Du meinst, sie hatte Angst vor dem, was sie tun könnte?"

„Und noch mehr Angst vor dem, was sie getan hatte. Was es auch gewesen sein mag."

„Und darum ist sie davongelaufen. Armer Bran", sagte Will.

„Armer Owen Davies", sagte seine Tante.

Es wurde leise an die Tür geklopft, und John Rowlands steckte den Kopf herein. „*Bore da*", sagte er. „Fertig, Will?"

„*Bore da*, John", sagte Tante Jen und lächelte ihn an.

Will zog seine Jacke an, drehte sich plötzlich um und umarmte seine Tante ungeschickt. „Danke, Tante Jen."

Ihr Lächeln wurde strahlender vor Freude und Überraschung. „Wir werden dich sehen, wenn wir dich sehen", sagte sie.

John Rowlands sagte, während er den Wagen vor dem Hoftor startete: „Hat dich gern, dein Tantchen."

Will hielt die Tür für Pen auf; der Hund sprang über den Sitz nach hinten und legte sich brav auf den Boden.

„Ich hab' sie auch gern, sehr gern. Meine Mutter hat sie auch sehr gern."

„Darum gib gut auf dich acht, hörst du?“ sagte Rowlands. Sein durchfurchtes braunes Gesicht war ausdruckslos, aber die Worte sprachen für sich. Will sah ihn kühl an.

„Wie meinen Sie das?“

„Nun“, sagte Rowlands vorsichtig und lenkte den Landrover auf die Straße. „Ich habe nicht die geringste Ahnung, was überall um uns herum vor sich geht, Will *bach*, noch wohin es führt. Aber die Männer, die überhaupt etwas vom Licht wissen, wissen auch, daß etwas Wildes in seiner Macht ist, wie das blanke Schwert des Gesetzes oder das weiße Glühen der Sonne.“ Plötzlich kam seine Stimme Will sehr kraftvoll vor und sehr walisisch. „Im tiefsten Inneren, meine ich. Andere Dinge, wie Menschlichkeit, Barmherzigkeit und Wohltätigkeit, die den meisten guten Menschen mehr als alles andere bedeuten, stehen für das Licht nicht an erster Stelle. Oh, sie sind manchmal da, oft sogar. Aber auf sehr lange Sicht ist das Wichtigste für euch das absolut Gute, vor allem anderen. Ihr seid wie Fanatiker. Jedenfalls eure Meister. Wie die alten Kreuzfahrer – oh, wie bestimmte Gruppen in jedem Glauben, obwohl es hier natürlich nicht um Religion geht. Im Zentrum des Lichts brennt eine kalte weiße Flamme, geradeso wie sich im Zentrum der Finsternis ein großer schwarzer Abgrund befindet, bodenlos wie das Universum.“

Seine warme, tiefe Stimme verstummte, und nur das Dröhnen des Motors war noch zu hören. Will sah schweigend hinaus auf die neblig grauen Felder.

„Das war jetzt eine ziemlich lange Rede“, sagte John Rowlands verlegen. „Aber ich wollte nur sagen, denk immer daran, daß es Leute in diesem Tal gibt, die zu Schaden kommen können, auch wenn man nur nach dem Guten strebt.“

Will hörte in Gedanken wieder den Schmerz in Brans Stimme, als Cafall erschossen wurde, hörte sein abweisendes kaltes: *Geh, geh ...* Und für einen Augenblick sah er unerwartet ein anderes Bild vor Augen, aus der Vergangenheit: das kraftvolle, knochige Gesicht seines Meisters Merriman, dem Ersten der Uralten, kalt in seiner Verurteilung einer vielgeliebten Person, die, weil sie nicht mehr als ein schwacher Mensch war, einst die Sache des Lichts verraten hatte.

Er seufzte. „Ich verstehe, was Sie meinen“, sagte er traurig. „Aber Sie beurteilen uns falsch, weil Sie selbst ein Mensch sind. Für uns gibt es nur die Bestimmung. Wie eine Arbeit, die erledigt werden muß. Wir sind nur hier, um die Welt vor der Finsternis zu retten. Irren Sie sich nicht, John, die Finsternis erhebt sich wirklich und wird die Welt sehr bald übernehmen, wenn sich ihr nichts in den Weg stellt. Und wenn das geschehen sollte, würde es für niemanden jemals wieder die Frage nach warmherziger Nächstenliebe oder dem kalten absoluten Guten geben, weil es auf der Welt oder in den Herzen der Menschen nichts anderes mehr geben würde als jenen bodenlosen schwarzen Abgrund. Die Nächstenliebe und die Barmherzigkeit und die Menschenfreundlichkeit sind für euch, es sind die einzigen Dinge, die es den Menschen möglich machen, in Frieden zusammenzuleben. Aber in der harten Auseinandersetzung mit der Finsternis, in der wir, das Licht, uns befinden, nützen sie uns nichts. Wir führen einen Krieg. Wir kämpfen um Leben oder Tod – nicht um unser Leben, vergessen Sie das nicht, da wir nicht sterben können. Um euer Leben.“

Er streckte seine Hand nach hinten über die Lehne, und Pen leckte sie mit seiner schlappen feuchten Zunge.

„Manchmal“, sagte Will langsam, „ist es bei dieser Art von Krieg nicht möglich, innezuhalten, um den Weg für einen einzigen Menschen zu ebnen, weil diese eine kleine Sache für alle übrigen das Ende der Welt bedeuten könnte.“

Ein feiner Regen benetzte die Windschutzscheibe. John Rowlands stellte die Scheibenwischer an und versuchte, die graue Welt vor ihnen mit seinen Blicken zu durchdringen. Er sagte: „Es ist eine kalte Welt, in der du lebst, *bachgen.* Ich denke nicht so weit voraus. Ich würde den einen Menschen jedesmal über alle Prinzipien stellen.“

Will ließ sich tiefer in seinen Sitz sinken, zog die Knie hoch und rollte sich zusammen. „Oh, das würde ich auch“, sagte er traurig. „Das würde ich auch, wenn ich es könnte. Es wäre ein viel besseres Gefühl in meinem Inneren. Aber es geht nicht."

Hinter ihnen sprang Pen plötzlich auf die Füße und bellte. Will rollte sich auseinander wie eine Schlange; John Rowlands bremste scharf, drehte sich halb um und sprach in schnellem, leisem Walisisch auf den Hund ein. Aber Pen stand immer noch steif wie ein ausgestopfter Hund hinten im Landrover und bellte wie wild, und gleich darauf fühlte Will seinen eigenen Körper erstarren, als er dieselbe Kraft spürte. Seine Fingernägel bohrten sich in seine Handflächen.

John Rowlands hielt den Wagen nicht an, obwohl er auf Schrittempo heruntergeschaltet hatte. Er warf aus seinem Seitenfenster durch den Nebel hindurch einen scharfen Blick auf das Heideland, dann beschleunigte er wieder. Kurz darauf fühlte Will, wie die Spannung seinen Körper verließ, und setzte sich schwer atmend zurück. Auch der Hund hörte auf zu bellen und legte sich in der plötzlichen lauten Stille lammfromm auf den Boden, als hätte er sich nie bewegt.

Rowlands sagte, seine tiefe Stimme gepreßt: „Wir sind gerade an dem kleinen Haus vorbeigekommen. Der leerstehenden Kate, wo wir das Schaf verloren haben."

Will sagte nichts. Er atmete rasch und flach, wie er es getan hatte, als er das Schlimmste seiner Krankheit eben erst hinter sich hatte, und er krümmte die Schultern und senkte den Kopf unter dem wütenden Druck der Macht des Grauen Königs.

John Rowlands fuhr schneller und lenkte den robusten kleinen Wagen um unübersichtliche, von Schieferwänden gesäumte Kurven. Die Straße wand sich durch das Tal; große neue Hänge erhoben sich an seiner östlichen Seite, ragten nackt und grau und voller heimtückischer Geröllhalden zum Himmel empor. Überall hingen sie lauernd über den sanften grünen Feldern, beherrschend, drohend. Dann endlich gab es Nebenstraßen und vereinzelte graue schiefergedeckte Häuser, und als Rowlands an einer Kreuzung langsamer fuhr, sah Will vor sich den Tal y Llyn See.

Seine Tante hatte ihn den hübschesten in Wales genannt,

aber wie er an dem grauen Morgen dunkel vor ihnen lag, sah er eher unheilvoll aus. Seine schwarze stille Oberfläche wurde nicht von einer einzigen Welle gekräuselt. Er bedeckte den Boden des Tales. Über ihm erhoben sich die ersten Hänge des Cader Idris, des Berges des Grauen Königs, und dahinter, am anderen Ende des Tales, führte ein Paß über die Berge, weiter fort, so hatte Will das Gefühl, bis ans Ende der Welt. Er war jetzt wieder Herr seiner selbst, aber er fühlte die Spannung in sich nachzittern. Der Graue König hatte gespürt, daß Will kam, und seine zornige Feindseligkeit war so spürbar, als würde sie laut verkündet. Will wußte, daß es nicht lange dauern konnte, bevor einer der Späher, ein Wanderfalke, der hoch über den Hängen seine Kreise zog, ihn deutlich erkennen würde. Er wußte nicht, was dann geschehen würde.

John Rowlands lenkte den Landrover auf einen holprigen Weg, der vom See wegführte, und nach kurzer Zeit kamen sie zu einem Gehöft, das versteckt unter den untersten Hängen des Cader Idris lag. Will sprang aus dem Wagen, um das Tor zu öffnen und wieder zu schließen, und als er hinauf zum Hofplatz stapfte, sah er einen kleinen Mann mit einer Mütze auf dem Kopf aus dem Haus kommen, um dem Auto entgegenzugehen. Hundegebell ertönte. Will sah einen der Hunde ein kleines Stück entfernt dort warten, wo der Bauer ihn zurückgelassen hatte: ein Schäferhund, etwas kleiner als Pen, aber mit genau dem gleichen schwarzen Fell und dem weißen Fleck unter dem Kinn.

Rowlands brach eine angeregte Unterhaltung auf walisisch ab, als Will bei ihnen eintraf. „Idris, dies ist mein neuer Helfer – David Evans' Neffe Will, aus England."

„Guten Tag, Mr. Jones", sagte Will.

Idris Jones Ty-Bont zwinkerte ihm zu, während sie sich die Hand gaben; er hatte übergroße und vorstehende dunkle Augen, die ihn auf verblüffende Weise einem Äffchen ähnlich sehen ließen. „Wie geht's, Will? Wie ich höre, hast du Spaß gehabt mit unserem Freund Caradog Prichard."

„Das haben wir alle", sagte John Rowlands grimmig. Er pfiff

über die Schulter nach hinten, und Pen sprang aus dem Wagen, sah auf, als bitte er um Erlaubnis, und trottete dann weiter, um den anderen schwarzen Hund zu begrüßen. Sie umkreisten einander freundlich und ohne zu bellen.

„Ob du es glaubst oder nicht, Lala dort drüben ist seine Schwester", sagte Idris Jones zu Will. „Stammen aus demselben Wurf, die beiden, drüben aus Dinas. Das liegt schon eine Weile zurück, was, John? Komm jetzt mit ins Haus, Megan hat gerade Tee gemacht."

In der warmen Küche mit der lächelnden Mrs. Jones, die fast doppelt so umfangreich wie ihr zierlicher Ehemann war, machte der Duft von gebratenem Schinken Will von neuem heißhungrig. Er stopfte sich fröhlich voll mit zwei Spiegeleiern, dicken Scheiben selbstgeräucherten Schinkens und heißen dünnen walisischen Pfannkuchen mit Korinthen. Mrs. Jones begann sofort nach Herzenslust auf John Rowlands einzuschwatzen und schien kaum eine Pause zu machen, um Luft zu holen oder ihrem Mann Gelegenheit für einen oder zwei Sätze in seiner hellen Stimme zu geben – oder John Rowlands für sein tiefes Brummen. Offensichtlich machte es ihr Freude, den ganzen lokalen Klatsch weiterzugeben und neue Informationen, die es von Clwyd geben mochte, zu sammeln. Will, voller Schinken und Wohlgefühl, hörte fast nicht mehr hin, als er John Rowlands, der zuhörte, plötzlich zusammenzucken und sich vorbeugen sah, die Pfeife aus dem Mund nehmend.

Rowlands sagte auf englisch: „Oben über dem See, sagtest du, Idris?"

„Stimmt", sagte Idris Jones und wechselte mit einem raschen Lächeln zu Will ebenfalls die Sprache. „Oben auf einem Mauervorsprung. Ich hatte nicht genug Zeit, näher heranzugehen, weil ich hinter meinen eigenen Schafen her war, aber ich bin fast sicher, es war ein Mutterschaf von Pentref. Noch nicht sehr lange tot, glaube ich, die Vögel waren kaum dran gewesen. Vielleicht ein oder zwei Tage. Was mich interessierte, war das Blut am Hals. Es war schon ziemlich alt, ganz dunkel, es muß viel länger auf dem Fell gewesen sein, als das Schaf tot war.

Und für ein Schaf, das schon verletzt war, war es verdammt sonderbar, auf diesen Hang zu klettern. Na ja, ich zeig's dir später."

Will und John Rowlands sahen einander an.

„Sie glauben, es ist *das* Schaf?" fragte Will. „Das Schaf, das verschwunden ist?"

„Ich halte es für möglich", sagte John Rowlands.

Aber später, als Idris Jones sie zu dem Schaf brachte, wollte er nicht zulassen, daß Will näher herankam.

„Kein schöner Anblick, *bachgen*", sagte er, sah Will unschlüssig an und zog sich die Mütze gerade. „Ein Schaf, an dem die Raben ein oder zwei Tage zugange waren, sieht ziemlich scheußlich aus, wenn man es nicht gewohnt ist . . . warte hier ein oder zwei Minuten, wir sind sofort zurück."

„Gut", sagte Will resigniert. Aber als die beiden Männer die steile, rutschige Bergwand hinaufkletterten, setzte er sich in einem plötzlichen Schwindelanfall rasch hin und wußte, daß es ganz gewiß keine gute Idee gewesen wäre, wenn er noch weiter gegangen wäre. Sie befanden sich auf einem Hang, der sich über dem See erhob, eine weite ungeschützte Fläche voller Geröll und armseligem Gras, die von Simsen und Granitvorsprüngen unterbrochen wurde. Weiter zum Tal hinunter war der Berg mit dunklen Fichtenwäldern bewachsen, aber hier war der Boden nackt und unwirtlich. Das tote Schaf lag auf einem Felsvorsprung, der Will vollkommen unzugänglich erschien; hoch über ihm sprang er aus der Bergwand hervor, und der klägliche weiße Haufen, der dort lag, war von Wills Platz aus nicht zu sehen. Auch John Rowlands und Idris Jones mit den beiden schwarzen Hunden waren auf ihrem Weg nach oben seinen Blicken entschwunden.

Zweihundert Fuß tiefer lag der See; seine Stille wurde nur durch ein kleines Dingi unterbrochen, das sich von dem kleinen Anglerhotel unter den Bergen auf der anderen Seite träge auf den See hinaus bewegte. Weder auf dem übrigen See noch auf beiden Seiten des Tales konnte Will ein anderes Zeichen von Leben entdecken. Das Land sah jetzt freundlicher aus, mit zarten Farben überall, denn hin und wieder brach die Sonne durch die dahinjagenden Wolken.

Dann ertönte über ihm Scharren und Stolpern, und John Rowlands kam den steilen Hang herunter, die Absätze seiner Schuhe fest zwischen die locker zwischen dem spärlichen Gras liegenden Schieferstücke setzend. Idris Jones und die Hunde folgten ihm. Rowlands Gesicht war finster.

Er sagte: „Es ist das Schaf, Will. Aber wie es aus dem Haus heraus und hier herauf gekommen sein soll, ist mir ein Rätsel. Es gibt einfach keinen Sinn." Er blickte über die Schulter zu Idris Jones, der bedrückt den vogelähnlichen Kopf schüttelte. „Idris versteht es auch nicht. Ich habe ihm die Geschichte erzählt."

„Oh", sagte Will traurig und gab sich jetzt keine Mühe mehr, sich zu verstellen, „das ist gar nicht so kompliziert. Die *milgwn* haben das Schaf geholt."

Er sah aus den Augenwinkeln, daß Idris Jones Ty-Bont auf dem Hang über ihnen plötzlich sehr still stand und ihn anstarrte. Er saß dort, die Arme um die an die Brust gepreßten Knie geschlungen, und sah, den Blicken des Schafzüchters ausweichend, John Rowlands zum erstenmal offen an, nicht mit den Augen eines Jungen, sondern mit denen eines Uralten. Die Zeit wurde knapp, und er war es müde, sich immer zu verstellen.

„Der König der *milgwn*", sagte er. „Der Anführer der Füchse des Brenin Llwyd. Er ist der größte von ihnen und der stärkste, und sein Gebieter hat ihm die Fähigkeit gegeben, vieles zu tun. Er ist immer noch ein Tier, aber er ist durchaus kein ... gewöhnliches Tier. Zum Beispiel hat er in diesem Augenblick genau die gleiche Färbung wie Pen, so daß es jedem, der ihn mit eigenen Augen ein Schaf hat angreifen sehen, schwerfallen würde zu glauben, daß es nicht Pen war."

John Rowlands sah ihn an, seine dunklen Augen glänzten wie polierter Stein. Er sagte langsam: „Und vielleicht hat er vorher genau die gleiche Färbung wie Cafall gehabt, so daß auch wieder jeder hätte denken können ..."

„Ja", sagte Will. „Das hätte jeder."

John Rowlands schüttelte unvermittelt den Kopf, als wolle er ein Gewicht abwerfen. „Ich glaube, es ist an der Zeit, daß wir von diesem Berg runterkommen, Idris, mein Junge", sagte er bestimmt und zog gleichzeitig Will auf die Füße.

„Ja", sagte Idris Jones hastig. „Ja, ja." Er folgte ihnen mit völlig verwirrtem Gesicht, als hätte er gerade ein Schaf wie einen Hund bellen hören und versuchte, eine Möglichkeit zu finden, seinen eigenen Ohren zu trauen.

Die Hunde liefen vor ihnen her und drehten sich von Zeit zu Zeit besorgt um, um sich zu vergewissern, daß sie ihnen folgten. John Rowlands ließ Will bald wieder allein gehen, denn den sich windenden, steilen Pfad, der normalerweise Schafen als Weg diente und von Menschen nur selten benutzt wurde, konnte man nur hintereinander hinunterklettern. Will hatte die Hälfte der Strecke bis zum See zurückgelegt, als er stürzte.

Er konnte später nie erklären, warum er gestolpert war. Er hätte nur sagen können, sehr einfach, daß der Berg mit der Schulter gezuckt habe – und selbst von John Rowlands, so sehr er Will auch vertrauen mochte, konnte man nicht erwarten, das zu glauben. Dennoch hatte der Berg wirklich mit der Schulter gezuckt, dank der Tücke seines Gebieters, des Brenin Llwyd, so daß ein Stück des Pfades unter Wills Füßen deutlich wahrnehmbar zur Seite und dann wieder zurücksprang, wie eine Katze, die einen Buckel macht, und Will bemerkte es mit bangem Entsetzen erst in dem Augenblick, als er sein Gleichgewicht verlor und den steilen Hang hinunterrollte. Er hörte die Männer rufen und war sich hastiger Bewegungen bewußt, als Rowlands vorstürzte, um ihn zu packen. Aber er rollte schon den Berg hinunter, sich überschlagend, und nur ein Granitbrocken, der aus dem Berg hervorragte wie der Sims, auf dem sie das tote Schaf gefunden hatten, bewahrte ihn davor, die ganzen hundert Fuß bis an den Rand des Sees hinunterzustürzen. Er landete mit einem dumpfen Aufschlag an dem zerklüfteten Fels und schrie auf vor Schmerz, als ein Feuerstoß seinen linken Arm hinaufzuschießen schien. Aber der Fels hatte ihn gerettet. Er blieb ganz still liegen.

Behutsam wie eine Mutter tastete John Rowlands den Knochen seines Armes ab. Sein Gesicht hatte eine ungewöhnliche Farbe, wo das Blut unter der Bräune gewichen war. *„Duw"*, sagte er mit rauher Stimme, „du hast Glück gehabt, Will Stanton. Es wird die nächsten Tage ziemlich weh tun, aber soweit ich feststellen kann, ist nichts gebrochen. Der Arm hätte auch völlig zerschmettert sein können."

„Und der Junge auf dem Grund des Llyn Mwyngil", sagte Idris Jones mit bebender Stimme und richtete sich auf, um wieder zu Atem zu kommen. „Wie zum Teufel hast du es fertiggebracht, so zu stürzen, *bachgen?* Wir sind doch gar nicht schnell gegangen, aber die Geschwindigkeit, mit der du hinuntergerollt bist . . ." Er pfiff leise und nahm seine Mütze ab, um sich die Stirn zu wischen.

„Ganz langsam", sagte John Rowlands und half Will vorsichtig wieder auf die Beine. „Meinst du, du kannst jetzt wieder gehen? Keine Schmerzen irgendwo sonst?"

„Ich bin ganz okay. Ehrlich. Vielen Dank." Will versuchte, sich nach Idris Jones umzusehen. „Mr. Jones? Wie haben Sie den See genannt?"

Jones sah ihn verständnislos an. „Wie bitte?"

„Sie sagten, der Junge hätte auf dem Grund des Sees liegen können. Nicht wahr? Aber Sie sagten nicht Tal y Llyn, Sie nannten ihn anders. Llyn irgendwas."

„Llyn Mwyngil. Das ist sein richtiger Name, der alte walisische Name." Jones sah ihn in einer Art verwirrten Erstaunens an, offensichtlich vermutend, daß Wills Kopf bei dem Sturz etwas abbekommen hätte. Abwesend fügte er hinzu: „Es ist ein hübscher Name, aber er wird heute kaum noch benutzt, nicht einmal auf dem Meßtischblatt . . . ebenso wie Bala. Der müßte eigentlich Llyn Tegid heißen, so hieß er immer, aber heutzutage nennt ihn jeder Balasee . . ."

Will fragte: „Llyn Mwyngil, was heißt das auf englisch?"

„Nun... der See an dem freundlichen Ort. Freundlicher Zufluchtsort. So ähnlich."

„Der freundliche See", sagte Will. „Kein Wunder, daß ich gestürzt bin. Der freundliche See."

„Ja, so könnte man es wohl ausdrücken, denke ich." Idris Jones nahm seine Gedanken plötzlich zusammen und wandte sich in verwirrter Besorgnis um. „John Rowlands, was ist los mit diesem kleinen Verrückten, den du aufgelesen hast und der hier auf einem Berg steht und über Wortbedeutungen spricht, nachdem er sich gerade um ein Haar das Genick gebrochen hätte? Bring ihn hinunter zum Hof, bevor er einen Anfall kriegt und in anderen Sprachen spricht."

John Rowlands' leises tiefes Lachen klang erleichtert. „Komm, Will."

Die rundliche Mrs. Jones gluckte um Will herum wie eine besorgte Henne und legte eine kalte Kompresse auf seinen Unterarm. Keiner wollte zulassen, daß er irgend etwas unternehme oder irgendwohin gehe. Der gelegentlich hervorbrechende Sonnenschein war jetzt wärmer, und Will fand es keineswegs unangenehm, in der Nähe des Hofgebäudes auf dem Rücken im Gras zu liegen und sich von Pens kalter Nase ans Ohr stupsen zu lassen, während er zusah, wie die Wolken über den blaßblauen Himmel jagten. John Rowlands beschloß, in das nahegelegene Abergynolwyn zu fahren, um in der Reparaturwerkstatt dort die Zündkerze zu besorgen, die Rhys haben wollte. Idris Jones fielen einige Besorgungen ein, was bedeutete, daß er mitfahren würde. Beide erklärten mit Bestimmtheit, daß Will bei Mrs. Jones und den Hunden bleiben und sich ausruhen sollte. Er hatte das Gefühl, daß sie selbst noch dabei waren, sich von seinem Sturz zu erholen. Sie behandelten ihn wie eine zerbrechliche Porzellanfigur, die, nachdem sie auf wunderbare Weise überlebt hatte, ohne zu zerbrechen, sehr vorsichtig auf ein Bord gestellt werden mußte und für eine besonders lange Versöhnungszeit nicht bewegt werden sollte.

Der Landrover tuckerte mit den beiden Männern davon. Mrs. Jones hantierte geschäftig in der Nähe, bis sie sich überzeugt hatte, daß Will keine Schmerzen litt und auch nicht bedrückt war, dann verließ sie ihn und machte sich in der Küche an die Herstellung einer Pastete.

Eine Weile saß Will da und spielte zerstreut mit den Hunden, während er an den Grauen König dachte, in einer Mischung aus kurzem Triumph, Groll, Streitlust und Sorge über das, was als nächstes geschehen mochte. Denn jetzt gab es kein Entrinnen mehr. Irgendwie hatte er das schon gewußt, als sie am Morgen losfuhren. Sein Weg führte unausweichlich mitten in das Kernland des Brenin Llwyd. *Am freundlichen See liegen die Schläfer... Auf Cadfans Weg, wo der Turmfalke ruft...* Es war ihm nie in den Sinn gekommen, den einfachsten Weg zur Lösung des Rätsels zu gehen und Cadfans Weg zu folgen, bis er ihn an einen See führte. Aber am Ende hätte es keinen Unterschied gemacht. Früher oder später wäre er hier hergekommen, zum Tal y Llyn, Llyn Mwyngil, dem See an dem freundlichen Ort unter dem Schatten des Grauen Königs.

Er nahm Pen mit, ließ die geduldig resignierende Lala zurück und schlenderte durch das Hoftor und den mit Schiefermauern eingefriedeten Feldweg hinunter. Ein paar späte Brombeeren hingen von der grasbewachsenen Böschung herunter, und hinter der Mauer sang eine Heidelerche – es hätte fast Sommer sein können. Aber obwohl die Sonne schien, sah Will über den Brombeersträuchern in der Ferne Nebel um die Gipfel des Cader Idris.

Er befand sich in einer verträumten, schwebenden Stimmung, zum Teil wegen der Aspirintablette, die Mrs. Jones ihn gegen die Schmerzen in seinem Arm hatte schlucken lassen. Plötzlich sah er einen Jungen, der ihm auf einem Fahrrad entgegengesaust kam. Will sprang zur Seite. Die Bremse quietschte, eine Wolke Schieferstaub stieg auf, und der Junge stürzte in einem Durcheinander von Beinen und sich noch drehenden Rädern auf die andere Seite des Weges. Seine

Mütze kullerte auf den Boden, und Will sah das weiße Haar. Es war Bran.

Sein Gesicht war schweißfeucht, das Hemd klebte ihm auf der Brust, und sein Atem kam stoßweise. Er hatte keine Zeit für einen Gruß oder lange Erklärungen.

„Will – Pen – bring ihn weg von hier, versteck ihn! Caradog Prichard hat es herausbekommen. Er ist auf dem Weg hierher. Er ist fuchsteufelswild, er schwört, daß er Pen um jeden Preis erschießen wird, und er ist jetzt unterwegs hierher, mit seinem Gewehr . . ."

Der Wachstein

Bran stand vom Boden auf und wischte Staub und Gras von seinen Kleidern.

Will starrte ihn verblüfft an. „Du bist den ganzen Weg von Clwyd mit dem Rad gefahren?"

Bran nickte. „Caradog Prichard kam heute morgen in seinem Lieferwagen angedonnert, auf der Suche nach Pen. Er ist fest entschlossen, ihn zu erschießen. Ich hatte Angst, Will. So wie er aussah, hatte er überhaupt nichts Menschliches an sich. Und ich glaube, er hat die ganze Nacht nach John Rowlands und Pen gesucht; er sah völlig zerknittert und unrasiert aus." Bran atmete jetzt wieder ruhiger. Er hob sein Fahrrad auf. „Komm jetzt. Schnell!"

„Wohin?"

„Ich hab keine Ahnung. Irgendwohin. Nur weg von hier." Er schob sein Fahrrad über die Böschung an der linken Seite des Weges und ging zwischen Büschen und Bäumen hindurch voran auf das offene Heideland zu, das sich das Tal hinunter erstreckte, weg vom See.

Will kroch hinter ihm her, Pen an seiner Seite. „Aber weiß er wirklich, daß wir hier sind? Kann er doch gar nicht."

„Das ist der einzige Punkt, den ich nicht verstehe", sagte

Bran. „Er stritt sich heftig mit deinem Vetter Rhys, wo Pen sei, und plötzlich brach er mittendrin ab und wurde sehr still. Fast so, als lausche er. Dann sagte er: *Ich weiß, wo sie sind. Sie sind zum See gefahren.* Einfach so. Rhys versuchte, ihm das wieder auszureden, aber ich glaube nicht, daß er Erfolg hatte. Irgendwie wußte Prichard es einfach. Ich bin ganz sicher, daß er auf dem Weg zum Ty-Bont-Hof ist. Pen! He!" Er pfiff, und der Hund blieb weiter vorn stehen und wartete auf sie. Sie befanden sich jetzt auf ansteigendem Boden und folgten durch hüfthohen Farn einem kurvenreichen Schafpfad.

„Wie hast du es denn geschafft, vor ihm hier zu sein?" fragte Will.

Bran blickte mit einem raschen Grinsen über die Schulter zurück; er war dem Pfad weiter gefolgt, sein Rad schiebend. Irgend etwas schien ihn verwandelt zu haben; er bot nicht mehr das Bild der Verzweiflung, das Will am Tag zuvor gesehen hatte.

„Caradog Prichard wird nicht sehr erbaut sein", sagte Bran ernsthaft. „Ich hatte zufällig mein Klappmesser in der Tasche, und zufällig kam ich an seinem Lieferwagen vorbei, als er nicht hinsah. Ich habe damit in seinen Hinterreifen gestochen und es kräftig hin- und herbewegt. Und weil ich schon dabei war, hab' ich seinen Reservereifen auch noch behandelt. Du weißt doch, daß er den Reservereifen an der Seite des Wagens angeschraubt hat? Das ist ein Fehler, er sollte ihn drinnen aufbewahren."

Die Spannung in Will löste sich wie eine zurückschnellende Feder, und er fing an zu lachen. Nachdem er einmal damit angefangen hatte, war es schwer, wieder aufzuhören. Bran verstummte, grinste, aus dem Grinsen wurde ein Glucksen, und es dauerte nicht lange, da bogen sie sich vor Lachen, brüllten, torkelten, hielten sich aneinander fest in einem wilden Heiterkeitsausbruch, während der Hund Pen fröhlich um sie herumsprang.

„Stell dir sein Gesicht vor", keuchte Will, „wenn er losrasen will, und puff! einen Platten hat und stocksauer aussteigt und ihn auswechselt und wieder losrasen will, und puff...“

Sie fingen von neuem an, bis sie kaum noch atmen konnten.

Bran nahm die dunkle Brille ab und putzte die Gläser. „Natürlich“, sagte er, „wird dadurch auf die Dauer alles noch schlimmer, weil er genau wissen wird, daß ihm jemand absichtlich in die Reifen gestochen hat, und das wird ihn nur noch wilder machen.“

„Das ist es wert“, sagte Will. Wieder beherrscht, aber heiter, sah er Bran etwas schüchtern von der Seite an. „He“, sagte er. „Nett, daß du gekommen bist, wenn man bedenkt...“

„Na ja“, sagte Bran. Er setzte seine Brille auf und wurde wieder unergründlich. Sein weißes Haar klebte in feuchten Strähnen auf seiner Stirn. Er schien noch etwas hinzufügen zu wollen, änderte aber seine Meinung. „Komm!“ sagte er, sprang auf sein Rad und begann, im Zickzackkurs dem sich durch den Farn windenden Pfad zu folgen.

Will begann zu laufen. „Wohin gehen wir?“

„Das mag der Himmel wissen!“

Sie rannten in fröhlicher, unsinniger Jagd quer durch das Tal, über offene Hänge, in Mulden hinunter, über Hügel hinweg, zwischen runden, flechtenbewachsenen Felsen hindurch, durch Farn, Gras, Heidekraut und Stechginster und oft auch, auf feuchterem Boden in der Nähe einer der Bäche, die den Fluß speisten, durch Schilf und Schwertlilienblätter. Sie hatten sich weit vom See entfernt; jetzt befanden sie sich im Zentrum des Tales, offenem Weideland, das weiter unten, hinter den aufragenden Hügeln, in das Ackerland von Clwyd und Prichards Anwesen überging.

Plötzlich machte Bran halt und stolperte zur Seite. Will dachte, er sei gestürzt, und lief zu ihm, um ihm zu helfen, aber Bran packte ihn am Arm und zeigte aufgeregt über das Heideland. „Dort drüben! Auf der Straße! Da ist eine Kurve, die sich weit nach unten zieht und auf der man Autos schon von weitem kommen sieht. Ich bin beinah sicher, daß ich eben Prichards Lieferwagen erkannt habe!“

Will hielt Pen am Halsband fest und sah sich nach allen Richtungen um. „Wir müssen uns verstecken – hinter den Felsen da drüben?"

„Warte! Ich weiß jetzt, wo wir sind! Es gibt einen besseren Platz, nur ein kleines Stück höher. Komm!" Bran rannte wieder los. Der große Schäferhund glitt Will aus der Hand und sprang hinter Bran her. Will lief, so schnell er konnte. Sie wichen einer Gruppe von Bäumen aus, und etwas weiter weg, hinter einer niedrigen, verfallenen Mauer, schimmerten graues Gestein und Schiefer auf. Das Häuschen sah von der Rückseite ganz anders aus. Will erkannte es erst, als es zu spät war. Bran hatte die verwitterte Hintertür aufgestoßen und war hineingerannt, bevor Will ihn davon abhalten konnte, und es blieb ihm nichts anderes übrig, als Bran zu folgen.

Den Blicken des Grauen Königs ausgesetzt und mit dem Gefühl, die Macht der Finsternis bedränge ihn plötzlich und kraftvoll wie eine riesige Hand, stolperte er hinter dem Hund und dem weißhaarigen Jungen in das kleine Haus, aus dem die *milgwn* das verletzte Schaf gestohlen hatten, das Haus, in dem Owen Davies um die Frau gekämpft hatte, die Bran geboren und verlassen hatte, das Haus, das jetzt mehr denn je heimgesucht war von der Bösartigkeit der sich erhebenden Finsternis.

Aber Bran lehnte heiter und ahnungslos sein Fahrrad gegen eine Wand. „Ist es nicht ideal? Es ist eine alte Schäferkate, aber seit Jahren hat sie niemand benutzt . . . schnell, hierher, halt den Kopf runter . . ."

Sie kauerten neben dem Fenster, während Pen still neben ihnen lag, und sahen durch die schartige Öffnung den kleinen grauen Lieferwagen in etwa fünfzig Meter Entfernung auf der Straße vorbeifahren. Prichard fuhr langsam. Sie sahen, wie er von einer Seite zur anderen spähte und die Umgebung absuchte. Er warf einen gleichgültigen Blick auf das kleine Haus und fuhr weiter.

Der Lieferwagen verschwand auf der Straße zum Tal y Llyn. Bran lehnte sich zurück gegen die Wand. „Puh! Glück gehabt!"

Aber Will hörte ihm nicht zu. Er war zu sehr damit beschäftigt, sich gegen die rasende Bösartigkeit des Grauen Königs abzuschirmen. Er sagte mit zusammengebissenen Zähnen langsam und schleppend: „Laß ... uns ... hier ... verschwinden ..."

Bran starrte ihn an, stellte aber keine Fragen. „In Ordnung. *Tyrd yma*, Pen." Er wandte sich dem Hund zu, und plötzlich wurde seine Stimme so hoch wie der Wind in den Telefondrähten. „Pen! Was ist? Sieh nur, Will!"

Der Hund lag flach auf dem Bauch, die vier Beine von sich gestreckt, den Kopf seitlich auf den Boden gestützt. Es war schrecklich, unnatürlich, eine unmögliche Stellung für ein normales Lebewesen. Ein leises pfeifendes Winseln drang aus seiner Kehle, aber er bewegte sich nicht. Es war, als hielten unsichtbare Nadeln ihn mit Gewalt am Boden fest.

„Pen!" sagte Will entsetzt. „Pen!" Aber er konnte den Kopf des Hundes nicht anheben. Es waren keine natürlichen Umstände, die das Tier lähmten. Nur ein Zauber konnte ihn so eng am Boden festhalten, ohne daß eines Menschen Hand ihn bewegen konnte.

„Was hat das zu bedeuten?" In Brans Gesicht stand Angst.

„Es ist der Brenin Llwyd", sagte Will. Seine Stimme kam Bran tiefer vor, klingender. „Es ist der Brenin Llwyd, und er hat das Angebot vergessen, das er mir machte, als wir gestern miteinander sprachen. Er hat vergessen, daß er mir eine Nacht und einen Tag Zeit gegeben hat."

„Du hast mit ihm gesprochen?" Bran hörte seine eigene Stimme als gebrochenes Flüstern herauskommen, und er kauerte regungslos neben dem Fenster.

Aber wieder hörte Will ihm nicht zu. Er sprach, halb zu sich selbst, in dieser seltsamen Erwachsenenstimme. „Es richtet sich nicht gegen mich, sondern gegen den Hund. Also indirekt, eine böse Absicht steckt dahinter. Ich frage mich ..."

Er hielt inne und sah Bran an, warnend den Finger auf ihn gerichtet. „Du kannst mir zusehen, wenn du willst, obwohl du es besser nicht tätest, aber du darfst keinen Ton sagen und keine Bewegung machen. Keine einzige."

„In Ordnung", sagte Bran.

Er kauerte in einer Ecke auf den schmutzigen, zerbrochenen Schieferplatten des Bodens und sah Will zur Mitte des Raumes gehen, um sich neben den in so scheußlicher Stellung am Boden haftenden Hund zu stellen.

Will bückte sich und hob ein Stück Holz auf aus dem Abfall der vielen Jahre, der überall herumlag. Er berührte den Boden vor seinen Füßen damit, drehte sich und zog mit der Spitze des Holzstückes einen Kreis um Pen und sich selbst. Wo der Kreis schon gezogen war, sprang eine blaue Flamme auf, und als er geschlossen war, entspannte sich Will und stand hoch aufgerichtet da, wie jemand, dem eine schwere, bedrückende Last abgenommen worden ist. Er hob das Holzstück senkrecht nach oben, über seinen Kopf hinweg, so daß es die niedrige Decke berührte, und sprach ein paar Worte in einer Sprache, die Bran nicht verstand.

Es schien sehr dunkel zu werden in dem Raum, so daß Brans schwache Augen, blinzelnd, nur den blauen Ring aus kaltem Feuer mit Wills schattenhafter Gestalt in der Mitte erkennen konnten. Aber dann sah er, daß ein anderes Licht zu glühen begann: ein kleiner blauer Funke, irgendwo in der gegenüberliegenden Ecke, der stetig heller wurde, bis er mit einer solchen Leuchtkraft strahlte, daß Bran wegschauen mußte.

Will sagte etwas, scharf und zornig, in der Sprache, die Bran nicht verstand. Der Kreis aus blauen Flammen loderte auf und fiel zusammen, loderte wieder auf und fiel zusammen, dreimal, und erlosch dann plötzlich. Im gleichen Augenblick herrschte wieder helles Tageslicht in dem Häuschen, und der strahlende Lichtstern war verschwunden. Bran atmete langsam tief aus, während er sich umsah, und versuchte festzustellen, wo das Licht gebrannt hatte. Aber der Raum schien jetzt so anders und alltäglich, daß er es nicht sagen konnte. Er konnte sich auch nicht vorstellen, wo der Kreis auf den Boden gezogen worden war, obwohl er wußte, daß es um Will herum gewesen war.

Will, der regungslos dort stand, war das einzige im Raum, was sich nicht völlig verändert hatte in der einen Sekunde – und sogar er schien wieder einmal ein anderer zu sein, ein Junge, wie er vorher gewesen war, aber er sah sich gereizt auf dem Boden um, als suche er eine Murmel, die davongekullert war.

Er sah Bran an und sagte verdrießlich: „Komm und sieh dir das an." Dann ging er, ohne zu warten, bis Bran sich nervös aufgerappelt hatte, in die andere Ecke des Raumes, kauerte sich nieder und fing an, in einem kleinen Stapel von Gesteinsbrokken zu wühlen, die dort wahllos zusammengeworfen zwischen dem Schutt lagen. Er schob sie zur Seite und machte einen Platz frei, auf dem allein ein kleiner weißer Kieselstein lag. Er sagte zu Bran: „Heb ihn auf."

Verwirrt streckte Bran die Hand aus und wollte den Kiesel aufheben, aber er stellte fest, daß er es nicht konnte. Er zerrte mit den Fingern daran. Er stand auf, spreizte die Beine und versuchte, ihn mit Daumen und Zeigefingern vom Boden zu lösen. Er starrte den Kieselstein an, dann Will.

„Er gehört zum Boden. Muß er ja."

„Der Boden besteht aus Schiefer", sagte Will. Er hörte sich immer noch verdrießlich an, beinah gereizt.

„Nun . . . ja. Im Schiefer sind keine Steine, das stimmt. Aber trotzdem ist er irgendwie befestigt. Ein Stück Quarz. Es rührt sich nicht von der Stelle."

„Es ist ein Wachstein", sagte Will mit jetzt ausdrucksloser und müder Stimme. „Die Wachsamkeit des Grauen Königs. Ich hätte es mir denken können. Der Stein, an diesem Ort, ersetzt ihm Augen und Ohren und Mund. Durch ihn – nur weil er dort liegt – weiß er nicht nur alles, was hier geschieht, sondern kann auch seine Macht benutzen, um gewisse Dinge zu bewirken. Nur gewisse Dinge. Nicht irgendeinen wirklich großen Zauber. Aber er kann zum Beispiel Pen dort so lähmen, daß wir ihn genausowenig von der Stelle bewegen können wie den Wachstein selbst."

Bran kniete bekümmert neben dem Hund nieder und streichelte den so unnatürlich gegen den Boden gedrückten Kopf.

„Aber wenn Caradog Prichard uns hier aufspürt – es wäre möglich, seine Hunde könnten es –, wird er Pen einfach erschießen, wo er liegt. Und wir können nichts dagegen unternehmen."

Will sagte bitter: „Stimmt genau."

„Aber Will, das darf nicht geschehen. Du mußt etwas tun!"

„Es gibt nur eins, was ich tun kann", sagte Will. „Wenn ich dir auch aus offensichtlichen Gründen nicht sagen kann, was es ist, mit dem Ding da auf dem Boden. Es bedeutet, daß ich dein Fahrrad leihen muß. Aber ich weiß nicht, ob du allein hierbleiben solltest."

„Jemand muß es tun. So können wir Pen nicht hierlassen. Nicht ganz allein."

„Ich weiß. Aber der Wachstein ..." Will funkelte den Kieselstein an, als sei er ein kleines Kind, das einen zur Raserei bringt, weil es etwas an sich drückt, was viel zu wertvoll für das Kind ist. „Es ist keine besonders starke Waffe", sagte er, „aber eine der ältesten. Wir alle benutzen sie, sowohl das Licht wie auch die Finsternis. Es gibt bestimmte Regeln. Keiner von uns kann in seinen Handlungen von einem Wachstein wirklich beeinträchtigt werden – nur beobachtet. Der elende Kieselstein da kann dem Grauen König eine Vorstellung von dem vermitteln, was ich hier tue und sage. Eine allgemeine Vorstellung, wie ein Bild – glücklicherweise nicht so genau wie ein Fernsehapparat. Er kann mir keinen Schaden zufügen oder mich davon abhalten, das zu tun, was ich tun will – außer durch die Art, wie er Gegenstände beherrscht. Ich meine, er kann mir nicht wirklich schaden, weil ich ein Uralter bin, aber er *kann* die Macht der Finsternis übertragen – oder die des Lichts, wenn er zufällig einem Uralten gehört –, um Menschen, Tiere und Dinge der Erde zu beeinflussen. Er kann es Pen unmöglich machen, sich zu bewegen, und es mir dadurch unmöglich machen, ihn zu bewegen. Verstehst du? Wenn du also hierbleibst, kann man nicht voraussagen, was er dir antun könnte."

Bran sagte eigensinnig: „Das ist mir egal." Er saß mit

gekreuzten Beinen neben dem Hund. „Er kann mich nicht töten, oder?"

„O nein."

„Gut. Dann bleibe ich also hier. Mach dich auf den Weg, nimm das Rad."

Will nickte, als ob er das erwartet hatte. „Ich werde so schnell wie möglich machen. Aber gib acht. Bleibe hellwach. Wenn irgend etwas geschieht, wird es so geschehen, wie du es am wenigsten erwartet hast."

Dann verschwand er durch die Tür, und Bran blieb in dem Haus zurück mit einem Hund, den ein unsichtbarer heftiger Wind flach gegen den Schieferboden preßte, und starrte auf einen kleinen weißen Stein.

„Guten Tag, Mrs. Jones. Wie geht es Ihnen?"

„Danke, Mr. Prichard. Und Ihnen?"

Caradog Prichards rundes blasses Gesicht glänzte vor Schweiß. Ungeduld fegte seine walisische Höflichkeit davon. Unvermittelt fragte er: „Wo ist John Rowlands?"

„John?" sagte Megan Jones gemütlich und wischte sich die mehlbestäubten Hände an der Schürze ab. „Also, das ist wirklich ärgerlich. Sie haben ihn gerade verpaßt. Vor einer halben Stunde sind Idris und er nach Abergynolwyn gefahren. Sie kommen erst zum Essen zurück, und das wird heute spät werden ... Sie möchten ihn dringend sprechen, Mr. Prichard?"

Caradog Prichard starrte sie mit leerem Blick an und antwortete nicht. Er sagte mit hoher, angespannter Stimme: „Ist Rowlands' Hund hier?"

„Pen? Großer Gott, nein", sagte Mrs. Jones wahrheitsgemäß. „Nicht ohne John." Sie lächelte ihn freundlich an. „Wollen Sie den Mann sehen oder den Hund? Jedenfalls dürfen Sie gern hier auf sie warten, obwohl es, wie ich ja sagte, ziemlich lange dauern kann. Lassen Sie mich Ihnen eine Tasse Tee holen, Mr. Prichard, und ein schönes frisches Stück Kuchen."

„Nein“, sagte Prichard und fuhr sich mit der Hand verwirrt durch das ungepflegte rote Haar. „Nein ... nein danke.“ Er war so in Gedanken verloren, daß er sie kaum wahrzunehmen schien. „Ich fahre in die Stadt und sehe zu, daß ich sie dort finde. Vielleicht in der ‚Krone‘ ... John Rowlands besucht Idris Ty-Bont geschäftlich?“

„Oh“, sagte Mrs. Jones gelassen, „eigentlich hat er nur mal hereingeschaut, da er sowieso in Abergynolwyn zu tun hatte. Nur ein kurzer Besuch, wissen Sie, Mr. Prichard. Wie Sie auch hereingeschaut haben.“ Sie strahlte ihn unschuldig an.

„Nun“, sagte Caradog Prichard. „Vielen Dank. Auf Wiedersehen.“

Megan Jones blickte ihm nach, als er den grauen Lieferwagen hastig wendete und durch den Feldweg davonfuhr. Das Lächeln schwand aus ihrem Gesicht. „Kein netter Mann“, erklärte sie dem Hofplatz. „Und irgend etwas geht hinter seinen kleinen Augen vor, das *ganz und gar* nicht nett ist. Was für ein Glück, daß der kleine Will den Hund zufällig gerade auf einen Spaziergang mitgenommen hat.“

Will trat stark in die Pedale und dankte dem Himmel, daß die Talstraße sich so eben dahinwand. Er benutzte den Freilauf nur, wenn sein klopfendes Herz ihm aus der Brust zu springen schien. Er fuhr einhändig. Er hatte seinen verletzten Arm nicht erwähnt, und Bran hatte nichts gemerkt, aber es tat höllisch weh, wenn er mit der linken Hand auch nur die Lenkstange berührte. Er versuchte, nicht daran zu denken, was für ein Gefühl es sein würde, wenn er die goldene Harfe trug.

Das war das einzige, was er jetzt noch tun konnte. Die Musik der Harfe war die einzige ihm zugängliche Magie, die Pen von dem Zugriff des Wachsteins erlösen würde. Ohnehin war es jetzt an der Zeit, die Harfe an den freundlichen See zu bringen, um sie ihrem eigentlichen Zweck zuzuführen. Alles kam zusammen, wie zwei Straßen, die zum gleichen Bergpaß führen. Er konnte nur hoffen, daß der Paß jetzt von irgendeinem Hindernis blockiert war, das beide zur gleichen Zeit versperrte. Ob sie die Finsternis in Schach halten konnten, hing diesmal mehr denn je sowohl von den Entscheidungen und Empfindungen der Menschen ab als auch von der Stärke des Lichts. Vielleicht viel mehr.

Gebrochenes Sonnenlicht flimmerte ihm vor den Augen, während Wolken rasch über den Himmel jagten. Wir haben wenigstens einen guten Tag für das alles erwischt, dachte er und verzog das Gesicht. Die Räder seines Fahrrads sangen auf der Straße; er war jetzt beinah auf dem Clwyd-Hof. Er fragte sich, wie er sein plötzliches Auftauchen und ebenso plötzliches Abfahren kurze Zeit später Tante Jen erklären sollte. Sie würde wahrscheinlich als einzige da sein. Sie mußte dagewesen sein, als Caradog Prichard früher am Vormittag aufgetaucht war und dann seine beiden Reifen gewechselt hatte. Vielleicht konnte er sagen, daß er etwas holen wolle, um Prichard auf die falsche Spur zu lenken, damit er Pen nicht fand . . . etwas, was John Rowlands vorgeschlagen habe . . . aber trotzdem mußte er das Haus mit der goldenen Harfe verlassen. Und es war nicht wahrscheinlich, daß Tante Jen diesen in Sackleinen eingewickelten Gegenstand an ihren scharfen Augen vorbeilassen würde, nicht ohne zumindest zu fragen, was er da eingewickelt habe. Und welchen vorstellbaren Grund konnte irgend jemand haben – und am wenigsten ihr Neffe –, es sie nicht sehen zu lassen?

Will wünschte, nicht zum erstenmal, daß Merriman bei ihm wäre, um solche Probleme lösen zu helfen. Für einen Meister des Lichts war es keine großartige Angelegenheit, Wesen und Gegenstände im Nu nicht nur durch den Raum, sondern auch durch die Zeit zu befördern. Aber dem Jüngsten der Uralten war diese Fähigkeit, so bitter nötig er sie auch haben mochte, nicht gegeben.

Er kam zum Hof, fuhr hinein und benutzte die Hintertür. Aber als er rief, antwortete niemand. Plötzlich wurde ihm mit großer Erleichterung klar, daß er draußen keine Autos gesehen hatte. Sein Onkel und seine Tante mußten beide fortgefahren sein. Da hatte er wenigstens ein bißchen Glück. Er lief hinauf in sein Zimmer, sagte die erforderlichen Worte, um die goldene Harfe von ihrem Schutzbann zu lösen, und lief mit der Harfe unter dem Arm wieder runter, einem in derbes Sackleinen gehüllten, unregelmäßig dreieckigen Gegenstand. Er hatte den Hofplatz halb überquert auf seinem Weg zum Fahrrad, als ein Landrover durch das Tor tuckerte.

Eine Sekunde lang erstarrte Will vor Schreck; dann ging er langsam, vorsichtig weiter zum Rad und brachte es in die richtige Stellung zum Abfahren.

Owen Davies stieg aus dem Wagen und blickte ihn an. Er sagte: „Warst du es, der das Tor aufgelassen hat?"

„Oje!" Will war aufrichtig entsetzt: Er hatte die klassische Sünde auf einem Bauernhof begangen und es nicht einmal gemerkt. „Ja, das war ich, Mr. Davies. Das ist schlimm. Es tut mir wirklich schrecklich leid."

Owen Davies, mager und ernsthaft, schüttelte tadelnd den Kopf mit der flachen Mütze. „Eines der wichtigsten Dinge überhaupt ist das: Schließe auf einem Hof jedes Tor, das du geöffnet hast. Du weißt nicht, wieviel Vieh deines Onkels entwischt sein könnte, das auf keinen Fall hinausdurfte. Ich weiß, daß du aus England kommst, zweifellos aus der Stadt, aber das ist keine Entschuldigung."

„Ich weiß", sagte Will. „Und ich komme nicht einmal aus der Stadt. Es tut mir wirklich leid. Ich werde es Onkel David sagen."

Verblüfft über dieses ehrliche Eingeständnis, tauchte Owen Davies abrupt wieder auf aus dem Meer von Rechtschaffenheit, das ihn zu verschlucken gedroht hatte. „Na ja", sagte er, „für diesmal wollen wir es beide vergessen. Ich denke, du wirst es nicht wieder tun."

Seine Blicke wanderten zur Seite. „Ist das Brans Fahrrad? Ist er mit dir gekommen?"

Will klammerte die eingewickelte Harfe fest zwischen Ellbogen und Seite. „Er hat es mir geliehen. Er fuhr mit dem Rad herum, und ich war . . . weiter oben im Tal, zu Fuß, und ich sah ihn, und wir dachten, wir machen einen Versuch mit einem großen Modellflugzeug, das ich gebaut habe." Er klopfte auf das Bündel unter seinem Arm und schwang gleichzeitig das Bein über den Sattel. „Darum fahre ich jetzt wieder zu ihm. Ist das in Ordnung? Sie brauchen ihn nicht für irgend etwas?"

„Oh, nein", sagte Owen Davies. „Ich brauche ihn jetzt nicht."

„John Rowlands hat Pen sicher und wohlbehalten zu Mr. Jones nach Ty-Bont gebracht", sagte Will strahlend. „Ich soll dort zum Abendessen bleiben, es würde etwas später, sagte Mrs. Jones – darf Bran mit mir nach Ty-Bont gehen, Mr. Davies? Bitte!"

In Owen Davies' mageres Gesicht trat der besorgte Ausdruck eines Mannes, der stets bemüht ist, den Anstand zu wahren. „Oh, nein, das geht doch nicht, Mrs. Jones rechnet nicht mit ihm, es ist nicht nötig, ihr noch einen anderen . . ."

Unvermutet hielt er inne. Es sah aus, als höre er etwas, ohne es zu verstehen. Erstaunt sah Will, wie sein Gesicht einen seltsam verwirrten Ausdruck annahm, wie ein Mann, der einen Traum träumt, den er oft geträumt hat, aber noch nie deuten konnte. Es war ein Ausdruck, den Will nie im Gesicht eines so durchschaubaren und unkomplizierten Mannes wie Brans Vater zu sehen erwartet hatte.

Owen Davies sah ihm direkt in die Augen, was noch ungewöhnlicher war. Er fragte: „Wo, sagtest du, habt ihr gespielt, du und Bran?"

Will überhörte würdevoll das Wort „gespielt" und kickte gegen das Pedal. „Draußen auf dem Heideland. Ein ganzes Stück das Tal hinauf, in der Nähe der Straße. Ich kann es nicht genau beschreiben – aber es ist mehr als der halbe Weg zu Mr. Jones' Hof."

„Aha", sagte Owen Davies vage. Er blinzelte Will an, offensichtlich wieder ganz der übliche, nervöse Mr. Davies. „Nun, es wird wohl in Ordnung sein, wenn Bran auch zum Abendessen bleibt, wo John Rowlands auch dabei ist – Megan Jones ist es weiß Gott gewohnt, viele Münder zu stopfen. Aber vergiß nicht, ihm zu sagen, daß er vor Einbruch der Dunkelheit zu Hause sein muß."

„Vielen Dank!" sagte Will und fuhr davon, bevor Mr. Davies seine Meinung ändern konnte, jedoch nicht, ohne das Tor sorgfältig hinter sich zu schließen. Er rief „Auf Wiedersehen" und sah gerade noch, wie Brans Vater langsam den Arm hob.

Aber er hatte erst wenige Meter hinter sich gebracht, ungeschickt einhändig fahrend, während er mit dem schmerzenden linken Arm die Harfe hielt, als der Graue König alle Gedanken an Owen Davies aus seinem Kopf vertrieb. Das Tal schien zu beben vor Macht und Feindseligkeit. Die Sonne hatte jetzt ihren höchsten Stand, obwohl sie an diesem Novembertag nicht mehr als die halbe Höhe des Himmels erreichte. Der letzte Abschnitt für die Erfüllung seiner einsamen Aufgabe hatte begonnen. Der unausgesprochene Anfang des Kampfes nahm seine Gedanken so in Anspruch, daß er nichts anderes tun konnte, als sich und sein Fahrrad langsam die Straße entlang zu bewegen.

Er beachtete es kaum, als ein Landrover, in dieselbe Richtung wie er fahrend, an ihm vorbeisauste. Mehrere Autos waren schon an ihm vorbeigefahren, auf beiden Wegen, und in dieser Gegend waren Landrover häufig. Es gab keinen einzigen Grund, warum dieser sich von den anderen unterscheiden sollte.

Das Haus in der Heide

Allein mit dem regungslos daliegenden Schäferhund, ging Bran wieder zu dem Schutthaufen in der Ecke des Raumes und betrachtete den Wachstein. So klein, so unbedeutend: Er sah genauso aus wie jeder andere weiße Kieselstein. Wieder beugte Bran sich hinunter und versuchte, den Stein aufzuheben und empfand das gleiche ungläubige Staunen, als er sich nicht bewegen ließ. Es glich der schrecklichen ausgebreiteten Haltung Pens: Bran sah etwas vor sich, was nicht möglich war.

Er fragte sich, warum er eigentlich keine Angst hatte. Vielleicht, weil er mit einem Teil seines Verstandes diese Dinge immer noch für unmöglich hielt, auch wenn er sie deutlich vor sich sah. Was konnte ein Kieselstein ihm antun? Er ging zur Tür der Kate und schaute über das Tal zum Vogelfelsen. Der Craig war von hier schwer zu erkennen: eine unbedeutende dunkle Erhebung, winzig vor der Bergkette dahinter. Und doch hatte es auch dort Raum für das Unmögliche gegeben; er war in die Tiefen dieses Felsens eingedrungen und in einer verzauberten Höhle drei Herren der Hohen Magie begegnet ... Bran sah plötzlich das Bild der bärtigen Gestalt im meerblauen Umhang vor sich, die Augen, die im Schatten der Kapuze seine eigenen festhielten, und die Erinnerung ließ ihn eine seltsame sehnsüchtige Wärme spüren. Er würde diese Gestalt des eindeutig bedeutendsten der drei hohen Herren nie vergessen. Es war etwas Besonderes und Vertrautes von ihm ausgegangen. Er hatte sogar Cafall gekannt.

Cafall.

„Keine Angst, Junge. Die Hohe Magie würde dir nie deinen Hund wegnehmen ... Nur die Geschöpfe der Erde nehmen einander etwas weg, Junge. Alle Geschöpfe, aber die Menschen mehr als alle anderen ... Leben nehmen sie ... Hüte dich vor den Menschen, Bran Davies – sie sind die einzigen, die dir je weh tun werden ...“

Der Schmerz des Verlustes, den zu verbergen Bran gelernt hatte, traf ihn wie ein Pfeil. In rascher Folge sah er vor sich Bilder von Cafall als ein junges Hündchen auf wackeligen Beinen, Cafall, wie er ihm zur Schule folgte, Cafall, wie er die Zeichen und Befehle für einen Schäferhund lernte. Cafall mit regennassem Fell, das lange Haar mit einem geraden Scheitel flach an seinen Rücken gepreßt, Cafall, wie er lief, wie er aus einem Bach trank, Cafall, wie er schlief, das Kinn warm auf Brans Fuß gedrückt.

Cafall tot.

Dann dachte er an Will. Es war Wills Schuld. Wenn Will ihn nie dorthin gebracht hätte, nach ...

„Nein“, sagte Bran plötzlich laut. Er drehte sich um und sah den Wachstein mit funkelnden Augen an. Versuchte er, ihn dazu zu bringen, schlecht von Will zu denken und sie so auseinanderzureißen? Schließlich hatte Will gesagt, daß die Finsternis versuchen könnte, ihn auf eine Weise zu erreichen, die er am wenigsten erwartet hätte. Das war es, gewiß. Man versuchte auf raffinierte Weise, ihn gegen Will zu beeinflussen. Bran war sehr zufrieden mit sich, daß er es so schnell gemerkt hatte.

„Du kannst dir deine Bemühungen sparen“, sagte er höhnisch zu dem Wachstein. „Es funktioniert nicht, verstehst du?“

Er ging wieder zur Tür und blickte zu den Hügeln hinüber. Seine Gedanken wanderten zurück zu Cafall. Es war schwer, nicht an das letzte Bild zu denken: das schlimmste, doch kostbar, weil es das letzte war. Wieder hörte er den Schuß und wie das Echo im Hof widerhallte. Er hörte, wie sein Vater sagte, während Cafall verblutete und Caradog Prichard sein höhnischstes Gesicht zeigte: *Cafall ist auf die Schafe losgegangen, da gibt es keinen Zweifel ... Ich möchte nicht behaupten, daß ich ihn an Caradogs Stelle nicht auch erschossen hätte. So ist das Recht ...*

Das Recht, das Recht. Sein Vater war immer so sicher, was Recht und was Unrecht war. Sein Vater und alle Freunde seines Vaters in der Kirche, und am meisten von allen der Geistliche mit seinem so unfehlbar-sicheren Predigen über Gut und Böse und die richtige Art zu leben. Für Bran war es zu einem Muster der Disziplin geworden: zweimal zum Gottesdienst sonntags, zuhören und stillsitzen, ohne herumzuzappeln, und begehe nicht die Sünden, die die Bibel verbietet. Für seinen Vater war es mehr: Gebetsversammlungen, manchmal zweimal in der Woche, und stets der Zwang, sich so zu verhalten, wie die Leute es von einem Diakon erwarteten. Es war nichts einzuwenden gegen die Kirche und alles, was dazugehörte, aber Bran wußte, daß sein Vater mehr gab als irgendein anderes Gemeindemitglied, das er kannte. Es war, als treibe ihn irgend etwas, mit seinem besorgten Gesicht und den gebeugten Schultern, niedergedrückt von einem Schuldgefühl, das Bran nie hatte ergründen können. Es gab keine Unbeschwertheit in ihrem Leben – die endlose sinnlose Buße seines Vaters würde es nicht zulassen. Bran hatte nie die Erlaubnis erhalten, nach Tywyn ins Kino zu gehen, und sonntags konnte er nichts anderes tun, als den Gottesdienst zu besuchen und die Hügel zu durchstreifen. Sein Vater hatte Bedenken, ihn Konzerte oder Aufführungen in der Schule besuchen zu lassen. Sogar John Rowlands hatte lange gebraucht, seinen Vater zu überreden, Bran bei Wettbewerben im *Eisteddfod** die Harfe spielen zu lassen. Es war, als halte Owen Davies sie beide, Bran und sich selbst, in einem kleinen Kasten in ihrem Tal eingeschlossen, düster und einsam, ohne Berührung mit allen hellen Seiten des Lebens, als seien sie zu einem Leben im Gefängnis verurteilt.

Bran dachte: *Es ist nicht fair. Cafall war alles, was ich hatte, und jetzt ist auch er nicht mehr da ...* Er spürte, wie Kummer in ihm aufstieg, aber er schluckte kräftig und biß die Zähne zusammen, entschlossen, nicht zu weinen. Statt dessen wuchsen Wut und Groll in ihm. Welches Recht hatte sein Vater, alles so freudlos zu machen? Sie waren nicht anders als andere Menschen ...

Aber das stimmt nicht, sagte eine Stimme in seinem Inneren. Du bist anders. Du bist der seltsame Typ mit dem weißen Haar und der blassen Haut, die in der Sonne nicht braun wird, und den Augen, die kein helles Licht vertragen. Weißchen nennen sie dich in der Schule, und Bleichgesicht, und ein Junge von oben aus dem Tal macht das alte Zeichen gegen den bösen Blick in deine Richtung, wenn er denkt, du schaust nicht hin. Sie mögen dich nicht. Oh, du bist schon anders. Dein Vater und dein Gesicht haben dafür gesorgt, daß du dich dein ganzes Leben anders gefühlt hast, du würdest im Inneren ein seltsamer Typ bleiben, selbst wenn du versuchtest, dein Haar zu färben oder deine Haut anzumalen.

Bran marschierte in der Kate auf und ab, wütend und doch

* jährlich einmal stattfindendes Sänger- und Dichterfest in Wales

verwirrt. Er schlug mit der Hand gegen die Tür. Er hatte das Gefühl, sein Kopf müsse gleich platzen. Er hatte den Wachstein vergessen. Es kam ihm nicht in den Sinn, daß dieses quälende Gefühl auch durch die raffinierten Methoden der Finsternis herbeigeführt worden sein könnte. Alles schien aus der Welt verschwunden außer diesem aufgebrachten Zorn auf seinen Vater, der sein ganzes Denken überflutete.

Und dann hörte er vor der rissigen Vordertür der Kate das Knirschen und Quietschen eines anhaltenden Autos und schaute gerade noch rechtzeitig hinaus, um zu sehen, wie sein Vater aus dem Landrover sprang und auf die Kate zuschritt.

Bran stand ganz still da, während es in seinem Kopf dröhnte vor Wut und vor Überraschung. Owen Davies stieß die Tür auf und sah ihn an.

„Ich habe mir gedacht, daß du hier sein würdest", sagte er.

Bran fragte kurz: „Warum?"

Sein Vater machte die sonderbare duckende Kopfbewegung, die zu seinen üblichen nervösen Gesten gehörte. „Will war auf dem Hof, um irgend etwas zu holen, und er sagte, ihr wäret beide hier oben irgendwo . . . er müßte bald hier sein."

Bran stand steif vor seinem Vater. „Warum bist du gekommen? Hat Will so getan, als ob etwas nicht in Ordnung sei?"

„O nein, nein", sagte Owen Davies hastig.

„Also, was . . ."

Aber sein Vater hatte Pen gesehen. Er stand einen Augenblick sehr still da. Dann sagte er sanft: „Aber es ist etwas nicht in Ordnung, nicht wahr?"

Bran öffnete den Mund und schloß ihn wieder.

Owen trat vor und beugte sich über den hilflosen Schäferhund. „Wie hat er sich verletzt? Ist er gestürzt? Ich habe noch nie ein Tier so liegen sehen . . ." Er streichelte den Kopf des Hundes, fühlte seine Beine ab und versuchte, eine der Pfoten zu heben. Pen winselte fast unhörbar und rollte mit den Augen. Die Pfote ließ sich nicht bewegen. Sie war nicht starr oder steif; sie haftete einfach fest am Boden, wie der Wachstein. Brans Vater versuchte es mit jeder der vier Pfoten und konnte keine auch nur den Bruchteil eines Zolls bewegen. Er erhob sich und trat, Pen anstarrend, langsam zurück. Dann hob er den Kopf, um Bran anzusehen, und in seinen Blicken lag große Furcht, gemischt mit Anklage.

„Was hast du getan, Junge?"

Bran sagte: „Es ist die Macht des Brenin Llwyd."

„Unsinn!" sagte Owen Davies scharf. „Abergläubischer Unsinn! Ich dulde es nicht, daß du von diesen alten heidnischen Märchen sprichst, als seien sie wahr."

„In Ordnung, Dad", sagte Bran. „Dann ist es abergläubischer Unsinn, daß der Hund sich nicht bewegen läßt."

„Es ist eine Art Starre der Gelenke", sagte sein Vater und blickte auf Pen. „Es sieht mir so aus, als habe er das Rückgrat gebrochen, und die Nerven und Muskeln arbeiten nicht mehr." Aber seine Stimme klang nicht überzeugt.

„Es fehlt ihm nichts. Er ist nicht verletzt. Er liegt so da, weil..." Bran dachte plötzlich, daß es viel zu weit gehen würde, wenn er seinem Vater von dem Wachstein erzählte. Statt dessen sagte er: „Es ist die Bösartigkeit des Brenin Llwyd. Durch seine Tricks wurde Cafall erschossen, und jetzt macht er es dem verrückten Caradog Prichard leicht, sich Pen auch noch vorzunehmen."

„Bran, Bran!" Die Stimme seines Vaters war schrill vor Erregung. „Du darfst dir Cafalls Tod nicht so zu Herzen nehmen. Es ging nicht anders, *bachgen*, er war zu einem Schafsjäger geworden, und es ging nicht anders. Ein Hund, der zu einem Killer geworden ist, muß getötet werden."

Bran sagte, bemüht, seine Stimme nicht zittern zu lassen: „Er war kein Killer, Dad, und du weißt nicht, worüber du redest. Denn wenn du es wüßtest, warum gelingt es dir dann nicht, Pen einen einzigen Zentimeter von dort wegzubewegen? Ich sage dir, es ist der Brenin Llwyd, und du kannst überhaupt nichts machen."

Und an der Furcht in Owen Davies' Augen sah er, daß sein Vater im Innersten glaubte, was Bran sagte.

„Ich hätte es wissen sollen", sagte sein Vater unglücklich.

„Als ich dich hier an diesem Ort fand, hätte ich wissen sollen, daß solche Dinge geschehen würden."

Bran starrte ihn an. „Was meinst du damit?"

Sein Vater schien ihn nicht zu hören. „Ausgerechnet hier. Blut setzt sich durch, sagt man. Blut setzt sich durch. Sie kam aus den Bergen hierher, aus der Dunkelheit an diesen Ort, und so bist auch du hierher gekommen. Auch ohne davon zu wissen, kamst du hierher. Und wieder entsteht Böses daraus." Seine Augen waren sehr weit geöffnet, und er zwinkerte heftig, ohne den Blick auf irgend etwas zu richten.

Ein Verdacht, was sein Vater meinen könnte, stieg in Bran auf wie ein Abendnebel über dem Tal. *„Hier.* Du sagst immer wieder *hier ...*"

„Dies war mein Haus", sagte Owen Davies.

„Nein", sagte Bran. „O nein."

„Vor elf Jahren", sagte Davies, „habe ich hier gewohnt."

„Das wußte ich nicht. Ich habe nie darüber nachgedacht. Das Haus steht leer, solange ich zurückdenken kann; für mich war es nie ein richtiges Haus. Wenn ich allein draußen umherstreife, komme ich ziemlich oft hierher. Wenn es regnet. Oder nur, um mich hinzusetzen. Manchmal" – er schluckte – „manchmal tu' ich so, als wäre es mein Haus."

„Es gehört Caradog Prichard", sagte sein Vater tonlos. „Bei seinem Vater diente es als Haus für den Schäfer. Aber Prichards Leute wohnen jetzt in der Nähe des Hofes."

„Ich hatte keine Ahnung", sagte Bran wieder. Davies stand über Pen und blickte hinunter, seine mageren Schultern gebeugt. Er sagte bitter: „Die Macht des Brenin Llwyd, ja. Und die war es, die sie aus den Bergen zu mir gebracht und sie dann wieder fortgeholt hat. Nichts sonst hätte das vermocht. Ich habe versucht, dich aufzuziehen, abseits von all dem, mit Gebeten und Frömmigkeit, und während der ganzen Zeit hat der Brenin Llwyd nach dir gegriffen, um dich zurückzuholen, dorthin, wo deine Mutter hingegangen ist. Du hättest nicht hierher kommen dürfen."

„Aber das wußte ich nicht", sagte Bran. Zorn flammte in

ihm hoch wie ein aufglühender Funke. „Wie sollte ich das wissen? Du hast es mir nie gesagt. Es gibt sowieso nie einen Ort sonst, wo ich hingehen könnte. Du läßt mich nie nach Tywyn, nicht einmal ins Schwimmbad oder an den Strand, mit den anderen, nach der Schule. Wohin läßt du mich gehen außer hinaus auf das Heideland? Und wie sollte ich wissen, daß ich nicht hätte hierher kommen sollen?"

Davies sagte unglücklich: „Ich wollte dich davon verschonen. Es war vorbei, es war zu Ende, ich wollte dich von der Vergangenheit fernhalten. Oh, wir hätten nicht hier bleiben sollen. Ich hätte gleich zu Anfang weit weg von diesem Tal ziehen sollen."

Bran schüttelte den Kopf hin und her, als versuche er, etwas abzuwerfen. Die Luft in der Kate schien bedrückend zu werden, schwer, spannungsgeladen, als künde sich ein Gewitter an. Er sagte kalt: „Du hast mir niemals etwas erzählt, nie. Ich muß nur immer das tun, was mir gesagt wird. *Dies ist das Rechte, Bran, dies ist zum Besten, dies ist die richtige Art, sich zu benehmen.* Du sprichst nie über meine Mutter, du hast es nie getan. Ich habe keine Mutter – na ja, das ist nicht so ungewöhnlich, es gibt zwei Jungen in der Schule, die auch keine Mutter haben. Aber ich weiß nicht einmal etwas über meine Mutter. Nur daß sie Gwen hieß. Und ich weiß, daß sie schwarzes Haar und blaue Augen hatte, aber das weiß ich nur, weil Mrs. Rowlands es mir erzählt hat, nicht du. Du wolltest mir nie etwas von ihr erzählen, außer daß sie davongelaufen ist, als ich ein Baby war. Ich weiß nicht einmal, ob sie lebt oder tot ist."

Owen Davies sagte leise: „Das weiß ich auch nicht, Junge."

„Aber ich möchte wissen, wie sie war!" Es brauste in Brans Kopf wie ein stürmisches Meer; er schrie jetzt. „Ich möchte es wissen! Und du hast Angst, es mir zu erzählen, weil es deine Schuld gewesen sein muß, daß sie davongelaufen ist! Es war deine Schuld, das habe ich immer gewußt. Du hast sie eingesperrt, wie du mich immer eingesperrt hast, und darum ist sie davongelaufen!"

„Nein", sagte sein Vater. Er lief unglücklich in dem kleinen

Raum auf und ab, er blickte Bran besorgt an, argwöhnisch, als sei er ein wildes Tier, das losspringen könnte. Bran hielt die besorgten Blicke für einen Ausdruck der Furcht, es gab nichts sonst in seinem Erfahrungsbereich, was er sich als Ursache vorstellen konnte.

Owen Davies sagte, über die Worte stolpernd: „Du bist sehr jung, Bran. Du mußt verstehen, daß ich immer versucht habe, das Richtige zu tun, dir soviel zu erzählen, wie es richtig war. Dir nichts zu erzählen, was für dich gefährlich sein könnte . . ."

„Gefährlich!" sagte Bran verächtlich. „Wie könnte es gefährlich sein, wenn ich etwas über meine Mutter weiß?"

Für einen Moment verlor Davies die Beherrschung. „Sieh dorthin!" sagte er kurz, auf Pen zeigend. Der Hund lag immer noch regungslos da, schrecklich flachgedrückt, wie eine zum Trocknen ausgebreitete Haut. „Sieh dir das an! Du sagst, das sei das Werk des Brenin Llwyd – und dann fragst du, wie das gefährlich sein könnte?"

„Meine Mutter hat nichts mit dem Brenin Llwyd zu tun!" Aber als er seine eigenen Worte hörte, hielt Bran mit weit geöffneten Augen inne.

In das Schweigen hinein sagte sein Vater trübe: „Das ist etwas, was wir nie wissen werden."

„Was meinst du damit?"

„Hör mir zu. Ich weiß nicht, wohin sie gegangen ist. Aus den Bergen ist sie gekommen, und zurück in die Berge ist sie am Ende gegangen, und keiner von uns hat sie je wiedergesehen." Owen Davies stieß die Worte einzeln hervor, mühsam, als bereite ihm jedes einzelne Schmerzen. „Sie ist freiwillig gegangen, sie lief davon, und niemand weiß, warum. Ich habe sie nicht vertrieben." Seine Stimme brach plötzlich. „Sie vertrieben! Jesus Christ, Junge, ich war wie von Sinnen, auf der Suche nach ihr, oben in den Bergen, auf der Suche und habe nichts gefunden, habe gerufen und nie eine Antwort bekommen. Und weit und breit kein Geräusch außer den Rufen der Vögel und dem Blöken der Schafe und das leere Jammern des Windes in meinen Ohren. Und der Brenin Llwyd hinter seinem Nebel über dem Cader und dem Llyn Mwyngil, dem Echo meiner Worte lauschend, in sich hineinlächelnd, weil ich nie erfahren würde, wohin sie gegangen ist . . ."

Der Kummer in seiner Stimme war so deutlich und echt, daß Bran schwieg, unfähig, seinen Vater zu unterbrechen.

Owen Davies sah ihn an. Er sagte leise: „Ich denke, es ist an der Zeit, es dir zu sagen, da wir schon einmal angefangen haben. Ich mußte warten, verstehst du, bis du alt genug warst, auch nur ein wenig zu verstehen. Ich bin dein Vater nach dem Gesetz, Bran, weil ich dich gleich am Anfang adoptiert habe. Ich habe dich bei mir gehabt, seit du ein Baby warst, und Gott weiß, daß ich mit Herz und Seele dein Vater bin. Aber du bist nicht deiner Mutter und mein Kind. Ich kann dir nicht sagen, wer dein wirklicher Vater war, weil sie nie ein Wort über ihn gesagt hat. Als sie aus den Bergen kam, aus dem Nichts, brachte sie dich mit. Sie ist drei Tage bei mir geblieben, dann ging sie für immer. Und nahm einen Teil von mir mit." Seine Stimme bebte, dann wurde sie wieder fester. „Sie hat mir einen Zettel dagelassen."

Er zog seine abgenutzte lederne Brieftasche aus der Tasche und entnahm einem Innenfach ein kleines Stück Papier. Er faltete es behutsam auseinander und reichte es Bran. Das Blatt war zerknittert und brüchig und in den Falten fast durchgescheuert. Es standen nur wenige, mit Bleistift geschriebene Worte darauf, in einer seltsam runden Schrift: *Er heißt Bran. Danke, Owen Davies.*

Bran faltete den Zettel wieder zusammen, sehr langsam und vorsichtig, und reichte ihn zurück.

„Es war alles, was sie mir von sich selbst zurückgelassen hat, Bran", sagte sein Vater. „Diesen Zettel – und dich."

Bran fiel nichts ein, was er hätte sagen können. Sein Kopf war voller im Widerspruch zueinander stehender Bilder und Fragen: eine Kreuzung mit einem Dutzend verschiedener Abzweigungen und keinem Wegweiser. Er dachte, wie er es schon tausendmal getan hatte, seit er alt genug war, an das Rätsel, das seine Mutter darstellte, ohne Gesicht, ohne Stimme, ihr Platz in seinem Leben nur eine schmerzliche Abwesenheit. Jetzt hatte sie ihm, über die Jahre hinweg, eine zweite Abwesenheit, eine zweite Leere gebracht: Es war, als versuche sie, ihm auch noch seinen Vater zu nehmen – jedenfalls den Vater, den er, trotz aller Meinungsverschiedenheiten, immer für seinen Vater gehalten hatte. Groll und Verwirrung stiegen und fielen in seinen Gedanken wie der Wind. Er dachte voller Zorn: *Wer bin ich?* Er musterte Pen und die Kate und den Wachstein des Brenin Llwyd. Er hörte wieder die bitteren Worte seines Vaters: *der Brenin Llwyd hinter seinem Nebel über dem Cader und dem Llyn Mwyngil* . . . Die Namen hallten in seinem Kopf wider, und er verstand nicht, warum sie das taten. Llyn Mwyngil, Tal y Llyn . . . das Dröhnen in seinem Kopf wuchs, und es schien vom Wachstein auszugehen.

Er sah zum Stein hinüber. Und wieder, wie schon einmal, als Will noch da war, schien es in der Kate dunkel zu werden, und der blaue Funken glühte in der dämmerigen Ecke auf, und plötzlich wurde Bran sich auf seltsame aufrüttelnde Weise eines Teils seines Empfindens bewußt, den er noch nie zuvor wahrgenommen hatte. Es war, als ob sich irgendwo in ihm eine Tür öffnete und er nicht wußte, was er auf der anderen Seite finden würde. In rascher Folge drangen Bilder in sein Bewußtsein, die keinen Sinn ergaben, wie ein Traum, den man träumt, während man aufwacht.

Er glaubte, Nebel um den Berg wirbeln zu sehen, und in dem Nebel die hohe, in einen blauen Umhang gehüllte Gestalt des hohen Herrn, den Will Merriman nannte, die Kapuze über den gesenkten Kopf gezogen und mit dem ausgestreckten Arm hinunter in ein Tal auf eine Kate zeigend – die Kate, in der Bran jetzt stand. Für einen kurzen Augenblick sah Bran eine Frau mit schwarzem wehendem Haar, und er fühlte sich überflutet von Liebe und Zärtlichkeit, so daß er vor Sehnsucht fast aufschrie, um das Gefühl festzuhalten. Aber dann war es verschwunden, und der Nebel wirbelte, und wieder war die Gestalt mit der Kapuze da, und die Frau ebenfalls; sie streckte sehnsüchtig die Arme aus. Dann schlug der hohe Herr, der

Merriman hieß, seinen Umhang um die Frau, und beide waren fort, verschwunden im Nebel und, das wußte Bran, aus dieser Welt. Er sah nur ein einziges anderes Bild: Tief unten schimmerte durch einen Riß im Nebel das Wasser eines fernen Sees wie ein verlorener Edelstein.

Bran verstand nicht. Er wußte, daß er irgendwie etwas aus der Vergangenheit sah, das seine Mutter betraf, aber es war nicht genug. Was hatte Merriman mit ihrem Auftauchen zu tun, mit dem Anfang und dem Ende davon? Er zwinkerte mit den Augen und stellte fest, daß er wieder seinen Vater ansah. Davies' Augen waren weit geöffnet vor Besorgnis; er hielt Bran am Arm und rief seinen Namen.

Und mit dem neuen Teil seines Empfindens, den er noch nie wahrgenommen hatte, wußte Bran plötzlich, daß er jetzt die Kraft hatte, mehr Dinge zu tun, als ihm normalerweise möglich gewesen wäre. Er vergaß alles andere, was an diesem Tag geschehen war, und dachte nur an den flüchtigen Anblick seiner Mutter auf einem Berg über einem schimmernden See; plötzlich wollte er nur noch eines: so schnell wie möglich zum Tal y Llyn und zu den Hängen des Cader Idris gelangen, um herauszufinden, ob dieser neue Teil seines Empfindens dort andere Erinnerungen erspüren konnte, so wie gerade eben. Und er wußte, daß er auch etwas anderes konnte. Er sprang auf und rief den Hund mit einer kräftigen Stimme, die kaum seine eigene zu sein schien: „*Tyrd yma,* Pen!"

Und der schwarze Schäferhund erhob sich auf der Stelle aus seiner flachgedrückten Lage, machte einen Satz, und Junge und Hund liefen hinaus und quer über das Heideland davon.

Owen Davies stand stumm da und sah ihnen einen Augenblick nach, sein Gesicht alt vor Furcht und Besorgnis. Dann ging er mit schweren Schritten hinaus zum Wagen und schlug den Weg zu Idris Jones' Hof ein.

Will kam langsamer voran, als er erwartet hatte. Die sperrige Form der Harfe, die er gegen seine Brust drückte, schnitt in seinen verletzten Arm, und es schmerzte so, daß er die Harfe bald kaum noch halten konnte. Er hielt oft an, um ihre Lage zu verändern. Es gab noch andere Gründe für Pausen. Die bösartige Feindseligkeit, die sich im Tal ausbreitete, griff nach ihm wie eine große Hand, schob ihn zur Seite, drohte, ihn mit Riesenfingern zu packen und zu einem Nichts zu zerquetschen. Will fuhr verbissen weiter. Erst die Kate, dann der See. In dem mißtönenden Chaos, das ihn zurückzuhalten versuchte, konnten nur die einfachsten Gedanken und Bilder überleben, Gestalt behalten. *Erst die Kate, dann der See.* Er ertappte sich dabei, wie er die Worte vor sich hin flüsterte. Das waren die beiden Aufgaben für die Harfe, die vor allem anderen in den nächsten zwei oder drei Stunden durchgeführt werden mußten. Die verzauberte Musik mußte Pen aus dem Griff des Wachsteins befreien, in der Kate, so daß er Caradog Prichards Gewehr entkommen konnte. Das war eine einfache Angelegenheit. Aber dann, wichtiger als alles auf der Welt, mußte die Musik die Schläfer vom freundlichen See wecken, die Wesen, die ihren zeitlosen Schlaf neben dem Tal y Llyn schliefen – wer auch immer und was auch immer diese Wesen sein mochten. Denn wenn ein Herr der Finsternis wie der Graue König eine so erstaunliche Macht gewinnen konnte wie jetzt, da er nach Jahrhunderten von murmelndem Schlaf unter seinem Berg das ganze Tal ausfüllte, dann erhob sich die Finsternis wirklich, und ihre gesammelte Macht wurde immer größer, wie eine riesige Wolke, die die ganze Welt zu umschlingen drohte.

Endlich kam Will zur Kate – und fand sie leer.

Er stand zwischen den kahlen Steinwänden, bestürzt und besorgt. Wie konnte Pen der Macht des Wachsteins entkommen sein? Wo war Bran? War Caradog Prichard auf sie gestoßen, mit Hilfe des Grauen Königs, und hatte beide mitgenommen? Unmöglich. Caradog Prichard war ein ahnungsloser Handlanger, der selbst nichts wußte von seinen Verbindungen zum Grauen König. Er war nur ein Mensch, mit den Instinkten eines Menschen, den schlimmsten Instinkten, während die guten elendig zugrunde gegangen waren. *Wo war Bran?*

Er ging hinüber zur Ecke. Der kleine weiße Kieselstein, der der Wachstein war, lag genauso da wie vorher, harmlos und tödlich. Rund um ihn pulste der Wille des Grauen Königs mit unerbittlicher Kraft: *Geh fort, gib auf, du wirst nicht siegen, gib auf, geh fort.* Will versuchte verzweifelt, mit Hilfe seiner eigenen Fähigkeiten herauszufinden, was mit Bran und dem Hund geschehen sein mochte, konnte aber nichts finden. Er dachte unglücklich: Du hättest sie hier nie allein zurücklassen dürfen. In einer Art zorniger Selbsterniedrigung beugte er sich noch einmal hinunter und streckte die Hand aus nach dem kleinen runden Stein, der, wie er wußte, fest an dem Boden haften würde, ohne eine Möglichkeit für ihn, Will, ihn auch nur den Bruchteil eines Zolls von der Stelle zu bewegen.

Und der Wachstein ließ sich so leicht wie jeder andere Stein aufheben und lag lose in seiner Handfläche, als warte er darauf, benutzt zu werden.

Will starrte auf den Stein. Er konnte nicht glauben, was er sah. Was hatte den Bann des Wachsteins gelöst? Keine ihm bekannte Zauberkraft konnte das vollbringen. Es gehörte zu den Gesetzen, daß das Licht keinen Wachstein der Finsternis von der Stelle bewegen konnte noch die Finsternis einen Wachstein des Lichts beeinflussen konnte. Jene unnatürliche Starre, einmal in Kraft gesetzt, konnte allein von dem Besitzer des Steins zerstört werden. Wer konnte also die Macht des Wachsteins vom Grauen König, dem Brenin Llwyd, gebrochen haben, wenn nicht der Brenin Llwyd selbst?

Will schüttelte ungeduldig den Kopf. Er verschwendete seine Zeit. Etwas war jedenfalls sicher: Ohne Besitzer, die Herrschaft über ihn gebrochen, befand sich der Wachstein außerhalb der Gesetze und konnte selbst dazu benutzt werden, Will zu berichten, was geschehen war, um ihn in diesen ungewöhnlichen Zustand zu versetzen.

Die ganze Zeit hielt Will die Harfe fest im Griff; er hatte das Gefühl, er würde sie nie wieder ablegen, am wenigsten an diesem Ort. Aber er stand mitten im Raum, den Wachstein in der flachen Hand, und sprach Worte in der Alten Sprache. Er verdrängte alle Gedanken aus seinem Kopf und wartete auf das wie auch immer geartete Bewußtsein, das der Stein ihm vermitteln konnte. Das Wissen würde nicht einfach und offen sein, das wußte er. Das war es nie.

Es kam, während er mit geschlossenen Augen dastand, in einer so schnellen Folge von Bildern, daß sie wie eine Erzählung waren, Teil eines Märchens. Will sah das Gesicht eines Mannes, kraftvoll und gut geschnitten, aber erschöpft, mit klaren blauen Augen und einem grauen Bart. Obwohl die Kleider fremd und kostbar waren, wußte er sofort, wer es war: Es war das Gesicht des zweiten hohen Herrn in der Höhle vom Vogelfelsen, des Herrn in der meerblauen Robe, der mit so besonderer – und damals unverständlicher – Vertrautheit zu Bran gesprochen hatte.

In den Augen des Mannes stand eine tiefe Traurigkeit. Dann sah Will das Gesicht einer Frau, schwarzhaarig und blauäugig, das verzerrt war in einer schrecklichen Mischung aus Kummer und Schuld. Und irgendwo bei ihnen sah er Merriman. Dann sah er einen anderen Ort, ein niedriges Gebäude mit dicken Steinmauern und einem Kreuz auf dem Dach – eine Kirche oder eine Abtei –, von dem Merriman dieselbe Frau, mit einem Baby in den Armen, fortführte. Sie standen an einem hochgelegenen Platz, an einem der Alten Wege; dann kam ein großer Nebelwirbel, eine Reihe von Bildern, die so schnell ablief, daß Will nicht folgen konnte und nicht mehr erkannte als eine flüchtig vorbeihuschende Kate, einen aufrecht dastehenden lächelnden Owen Davies mit einem jüngeren, faltenlosen Gesicht und Hunde und Schafe und die Berghänge, grün vor Farn, und eine Stimme, die rief: „Gwennie, Gwennie . . .“

Dann, klarer als alles bisher, sah er Merriman, in die dunkelblaue Robe gehüllt, mit der schwarzhaarigen Frau auf dem Hang über dem Dysynni Tal stehen, auf Cadfans Weg. Sie weinte leise; Tränen liefen ihr langsam und glitzernd über die Wangen. Sie hielt jetzt nichts mehr in den Armen. Merriman streckte die Hand aus, die Finger steif gespreizt, und durch das Pfeifen des Windes hörte Will ein abgerissenes Stück glockenähnlicher Musik, die er, als ein Uralter, der auf den Wegen der Uralten ging, schon früher an anderen Orten und zu anderen Zeiten gehört hatte. Dann kam wieder das Wirbeln, und alles geriet durcheinander, wenn er jetzt auch durch die Musik wußte, daß das, was er sah, eine Reise zurück in ein anderes Zeitalter war, vor langer Zeit: das Sich-Bewegen durch die Zeit, das einem Uralten keine Schwierigkeiten machte oder einem Herrn der Finsternis, für Menschen aber nur in Träumen möglich war. In einem letzten vorbeihuschenden Bild sah er die Frau, die bei Merriman gewesen war, sich abwenden und mit traurigem Gesicht zurück in die aus Steinen errichtete Abtei gehen und hinter den dicken Mauern verschwinden. Und weit weg allein an einem anderen Ort, doch das Bild der Abtei überlagernd wie eine Widerspiegelung auf dem Glas, das ein Bild bedeckt, sah er das bärtige Gesicht des hohen Herrn, der die meerblaue Robe getragen hatte, den Kopf gekrönt mit dem goldenen Reif eines Königs.

Und plötzlich erkannte Will die wahre Herkunft von Bran Davies, dem Kind, das aus der Vergangenheit hergebracht worden war, um in der Zukunft aufzuwachsen, und ihn ergriff ein ungeheures Mitleid mit seinem Freund, der von seiner schrecklichen Bestimmung bis jetzt noch keine klare Vorstellung haben konnte. Es war schwer, an eine so erstaunlich große Macht und Verantwortung auch nur zu denken. Er begriff jetzt, daß er, Will Stanton, letzter der Uralten, von Anfang an dazu bestimmt gewesen war, Bran in kommenden Zeiten zu helfen und zu unterstützen, ebenso wie Merriman immer an der Seite von Brans großem Vater gestanden hatte. Der Vater, der nichts von der Existenz seines Sohnes gewußt hatte, damals, als er geboren wurde, und der erst jetzt, nach all den Jahrhunderten, als Herr der Hohen Magie, ihn zum erstenmal sah . . . Es war jetzt klar, wie dem Besitzer des Wachsteins sein Eigentum genommen worden war. Neben einer Gestalt dieser Größe schwand die Macht des Grauen Königs zur Bedeutungslosigkeit. Aber – das traf nur zu, wenn Bran wirklich wußte, was er tat. Wieviel von seiner verborgenen und unendlich machtvollen Persönlichkeit war wirklich freigelassen worden? Wieviel hatte er in der Kate gesehen, welche Bilder waren vor seinem arglosen Gemüt erschienen?

Will raffte die Harfe an sich, in seiner Hast seinen schmerzenden Arm vergessend, rannte aus der Kate, sprang auf das Fahrrad und fuhr die Straße nach Tal y Llyn hinunter. Es gab keinen anderen Ort, wo Bran hätte hingehen können. Alle Wege mußten jetzt zu dem See führen und zu den Schläfern. Denn jetzt ging es nicht nur um die Aufgabe der goldenen Harfe, die Schläfer zu wecken, sondern um eine Kraft der Hohen Magie, die, wenn sie weiter unerkannt und unkontrolliert blieb, nicht nur diese Aufgabe zunichte machen konnte, sondern auch das Licht selbst.

Das Erwecken

Als Will an den Tal y Llyn kam, wußte er, daß er versuchen mußte, sich nicht sehen zu lassen. Es gab keine Möglichkeit festzustellen, wo Caradog Prichard war – ob er zu Idris Jones' Hof gegangen war, wohin er sich von dort aus gewandt haben mochte . . . Will dachte daran, zum Hof zu gehen, um das zu überprüfen; er konnte sich hinter der Biegung der Straße versteckt halten für den Fall, daß der zerbeulte graue Lieferwagen dort stand. Dann änderte er seine Meinung. Es war zu wenig Zeit. Er drückte sein Bündel an sich und fuhr weiter, über den höchsten Punkt der Ty-Bont-Straße hinweg und bis zu der Ecke, wo die Straße um den See herumführte.

Der Tal y Llyn lag vor ihm, gekräuselt von einem Wind, der schon den ganzen Tag dicke Kumuluswolken über den Himmel gejagt hatte. Grün vom Gras und braun vom Farn stiegen zu beiden Seiten die Berge auf; der dunkle See füllte das Tal bis zum anderen Ende, wo die Berge sich in einem großen V trafen, dem Tal y Llyn Paß. Will starrte auf das gekräuselte Wasser.

Bergfeuer finden die goldene Harfe der Schäfer,
Die klingt und weckt die alten Schläfer;

Wo sollte die Harfe gespielt werden, und wann? Nicht hier, auf der ungeschützten Talstraße... Will wandte sich nach links und fuhr auf die Seite des Tales zu, wo über den ebenen, sanften grünen Feldern der erste dunkle Hang des Cader Idris sich wie eine vom Himmel überdachte Wand erhob. Es war der Hang, auf dem sie das tote Schaf gefunden hatten, der Hang, den der Herr dieses Berges, der Graue König, geschüttelt hatte, um Will in den See zu werfen. Doch der Instinkt der Uralten veranlaßte Will, sich gerade diesen Hang zum Ziel auszuwählen, sich auf die Festung des Feindes zu stürzen, eine bewußte Herausforderung der wütenden Kraft, die ihn zurücktreiben wollte. Je größer die Übermacht, dachte er, um so schöner der Sieg.

In seinen Ohren erklang ein gedämpftes Dröhnen, als er mit der eingewickelten Harfe unter dem Arm weiterfuhr. Er kam der lauernden Bergwand immer näher. Bald würde die Straße abbiegen. Um am See zu bleiben, mußte er vom Rad absteigen und über die Felder laufen und den Hang mit dem verräterisch lockeren Geröll hinaufklettern – um dann allein hoch über dem Wasser zu stehen. Aber er hatte das Gefühl, daß er diesen Weg einschlagen mußte.

Dann trat plötzlich und unerwartet Prichard vor ihn und packte die Lenkstange seines Rades, so daß Will seitlich auf den Boden stürzte.

Während er sich wieder aufrappelte, die Harfe mit einem Arm an sich pressend, der jetzt noch mehr schmerzte, spürte Will weder Zorn noch Furcht, sondern ehrliche Verärgerung. Prichard: immer Prichard! Während der Graue König das Licht unheilvoll bedrohte, mußte Prichard sich wie eine quiekende Maus endlos einmischen, um Will zu den kleinlichen Rivalitäten und Ärgernissen gewöhnlicher Menschen herunterzuzerren. Er funkelte Caradog Prichard mit stummer Verachtung an, aber Prichard war nicht klug genug, seine Blicke als gefährlich zu erkennen.

„Wohin willst du, Engländer?“ fragte Prichard und hielt das Fahrrad in festem Griff. Sein sich lichtendes rotes Haar war zerzaust, und seine kleinen Augen glitzerten seltsam.

Will sagte, kalt wie ein Fisch im Winter: „Das hat mit Ihnen nicht das geringste zu tun.“

„Aber, aber, Manieren“, sagte Caradog Prichard. „Ich weiß sehr gut, wohin du willst, junger Mann, du und Bran Davies, ihr wollt diesen anderen verdammten Schafe mordenden Hund verstecken. Aber es gibt keinen einzigen Weg auf der Welt, auf dem ihr mich von ihm fernhalten könnt. Was hast du denn da, eh?“

In gedankenlosem Mißtrauen griff er nach dem Sackleinenbündel unter Wills Arm.

Will reagierte schneller, als sogar er selbst mit den Augen verfolgen konnte. Die Harfe war viel, viel zu wichtig, als daß man sie einem so törichten Risiko aussetzen konnte. Auf der Stelle wurde er zu einem Uralten in der ganzen Glut seiner Macht. Er ragte furchteinflößend empor wie eine Lichtsäule und streckte voller Zorn einen Arm aus, der auf Caradog Prichard zeigte – traf aber, als wütende Antwort, auf eine Barriere zornigen Widerstands vom Grauen König.

Zuerst duckte sich Prichard vor ihm, die Augen geweitet, der Mund schlaff vor Entsetzen, und erwartete seine Vernichtung. Doch als er merkte, daß er beschützt wurde, trat langsam ein verschlagener Ausdruck in seine Augen. Will beobachtete ihn wachsam. Er wußte, daß der Brenin Llwyd das größte Risiko auf sich nahm, das einer der Herren des Lichts oder der Finsternis eingehen konnte, indem er seine eigene gewaltige Macht durch einen gewöhnlichen Sterblichen leitete, der nicht die leiseste Ahnung hatte von den erschreckenden Kräften, die ihm zur Verfügung standen. Der Herr der Finsternis mußte sich in einer verzweifelten Lage befinden, wenn er seine Sache einem so gefährlichen Diener anvertraute.

„Lassen Sie mich in Ruhe, Mr. Prichard", sagte Will. „Ich habe John Rowlands' Hund nicht bei mir. Ich weiß nicht einmal, wo er ist."

„O ja, das weißt du, Junge, und ich weiß es auch." Die Worte quollen aus Prichard heraus, der Oberfläche seines Geistes näher als das Erstaunen über seine neue Gabe. „Man hat ihn auf Jones Ty-Bonts Hof gebracht, um ihn von mir fernzuhalten, damit er seinem mörderischen Geschäft wieder nachgehen kann. Aber daraus wird nichts, auf keinen Fall, keine Hoffnung, so blöd bin ich nicht." Er funkelte Will an. „Und du solltest mir lieber sagen, wo er ist, Junge, sag mir, was ihr alle vorhabt, oder es wird dir schlecht ergehen."

Will spürte, wie Wut und Bosheit in Prichards Kopf herumwirbelten wie ein rasender Vogel, der in einem Raum ohne Ausgang gefangen ist. *Oh, Brenin Llwyd,* dachte er mit einer Art Traurigkeit, *deine Kräfte verdienen etwas Besseres, als jemandem übergeben zu werden, der weder Disziplin noch eine Ausbildung hat, der nicht den Verstand hat, sie richtig einzusetzen ...*

Er sagte: „Mr. Prichard, lassen Sie mich bitte in Ruhe. Sie wissen nicht, was Sie tun. Ehrlich. Ich möchte nicht gezwungen werden, Sie zu verletzen."

Caradog Prichard starrte ihn einen Augenblick lang in aufrichtigem sprachlosem Erstaunen an, wie ein Mann in dem Moment, bevor er einen Witz kapiert, dann brach er in würgendes Gelächter aus. „Du möchtest mich nicht verletzen? Nun, das ist wirklich sehr nett, ich bin entzückt. Sehr rücksichtsvoll. Sehr freundlich ..."

Der Sonnenschein, der mit Unterbrechungen den Morgen erhellt hatte, war jetzt verschwunden; graue Wolken verdichteten sich am Himmel, fegten das Tal entlang mit dem Wind, der den See kräuselte. Irgendeine Eingebung brachte Will plötzlich zum Bewußtsein, daß das Grau ringsum sich wie eine schwere Masse verdichtete, und das ließ ihn eine Entscheidung fällen, während Caradog Prichards höhnisches Gelächter langsam verebbte. Er trat einen oder zwei Schritte zurück, die Harfe fest an seine Seite pressend. Dann rief er mit halb geschlossenen Augen stumm die Fähigkeiten an, die ihn zu einem vollwertigen Uralten gemacht hatten, die Zauberworte, die es ihm ermöglichten, mit dem Wind zu fliegen, über den Himmel hinaus und unter das Meer zu fliegen, zu dem Kreis des Lichts, der ihn auf diese Suche geschickt hatte nach dem letzten Glied in der Kette ihrer Verteidigung gegen die Erhebung der Finsternis.

Es kam ein Rauschen wie das Murmeln des Meeres aus dem stillen See Tal y Llyn, Llyn Mwyngil, und von der anderen Seite des dunklen Wassers näherte sich eine riesige Welle. Sie rollte hoch nach oben, mit weißem Schaumrand, als wolle sie sich überschlagen. Doch überschlug sie sich nicht, sondern rollte über das Wasser weiter auf sie zu, und auf ihrem gerundeten Gipfel schwammen sechs Schwäne, geschmeidig wie flüssiges Glas in ihren Bewegungen; ihre großen Flügel waren ausgebreitet und berührten einander von Spitze zu Spitze. Es waren gewaltige, kraftvolle Vögel, deren weiße Federn sogar in dem grauen Licht des wolkenbedeckten Himmels wie poliertes Silber glänzten. Als sie immer näher kamen, hob einer der Schwäne den Kopf auf dem gebogenen, anmutigen Hals und stieß einen langen, trauervollen Ruf aus, wie eine Warnung – oder eine Klage.

Immer näher kamen sie heran, auf das Ufer zu, auf Will und Caradog Prichard zu. Die Welle türmte sich immer höher auf: eine grüne Welle, die in einem seltsamen durchsichtigen Licht schimmerte, das vom Boden des Sees zu kommen schien. Es war klar, daß die Vögel nach ihnen tauchen würden und daß die Welle über sie hinwegstürzen und das Tal hinunterbrausen würde; alles Wasser des Sees in einer einzigen langen Woge vereint, würde es Gehöfte und Häuser und Menschen in totaler Verwüstung vor sich herschieben, bis hinunter zum Meer.

Will wußte, daß das nicht stimmte, aber das war das Bild, das er in Caradogs Vorstellungen hineinzwang.

Noch einmal stieß der weiße Schwan einen lauten, trauernden Ruf aus, den Schrei einer Seele in tiefer Leere, und Caradog Prichard stolperte zurück. Seine kleinen Augen traten in ungläubigem Entsetzen hervor, und mit einer Hand raufte er sich das rote Haar. Er öffnete den Mund und gab seltsame, wortlose Geräusche von sich. Dann schien irgend etwas Besitz von ihm zu ergreifen, und er erstarrte ruckartig in Unbeweglichkeit, Arme und Beine unnatürlich abgewinkelt. Die Luft war erfüllt von einem brausenden, zischenden Geräusch, so plötzlich, daß man nicht sagen konnte, aus welcher Richtung es kam.

Aber Will erkannte voller Schrecken, was es sein mußte. Indem er Hilfe von der Finsternis angenommen hatte, hatte Caradog Prichard den eigenen Verstand dem Untergang geweiht.

Er sah in Prichards Augen den Wahnsinn aufflammen, als menschliche Vernunft durch die schreckliche Macht des Grauen Königs beiseitegefegt wurde. Er sah den Verstand schwanken, während der Körper, noch ohne Prichards Wissen, schon besessen war. Prichard streckte den Rücken; seine rundliche Gestalt schien größer als zuvor, und seine Schultern krümmten sich in einer Andeutung gewaltiger Stärke. Die magische Kraft des Brenin Llwyd war in ihm und pulsierte in ihm. Er starrte auf die näherkommende Welle und kreischte mit sich überschlagender Stimme ein paar Worte auf walisisch.

Und die Schwäne erhoben sich schreiend in die Lüfte und kreisten mit breiten, langsam schlagenden Flügeln davon, denn plötzlich brach die sich aufbäumende Welle zusammen, hinuntergezogen von Tausenden und Abertausenden von aufgewühlten und sich hin und her schiebenden Fischen. Silber und grau und dunkelgrün glitzernd brodelten sie an der Oberfläche, Barsche und Forellen und zappelnde Aale und schiefmäulige Hechte mit nadelspitzen Zähnen und kleinen bösen Augen. Es war, als brodelten alle Fische aus allen Seen von Wales in einer riesigen Masse auf dem Wasser des Llyn Mwyngil und ebneten seine Oberfläche zu einer bebenden Stille. Doch waren es die

Stimme und der Geist eines Menschen gewesen, die einen so großen Zauberbann bewirkt hatten. Will schauderte, als er diesen neuen Trick des Brenin Llwyd durchschaute. Es würde keine offene Konfrontation geben. Er selbst würde den Grauen König nie wieder sehen, denn bei dem Gegenübertreten zweier so unterschiedlicher Extreme der Zauberei bestand die Gefahr, daß einer von beiden vernichtet würde. Statt dessen würde Will der Macht des Grauen Königs gegenübertreten, wie er es jetzt tat: eingepflanzt in den Geist eines böswilligen, aber unschuldigen Mannes, eines Mannes, der zum schrecklich leicht zerbrechlichen Gefäß für die Macht der Finsternis gemacht worden war. Wenn das Licht in dieser Begegnung zu einem endgültig vernichtenden Schlag ausholen sollte, würde die Finsternis immer noch geschützt sein, aber der Geist des Mannes würde unweigerlich zerstört werden. Caradog Prichard, falls er jetzt noch bei Verstand war, würde dann für immer in hoffnungslosen Wahnsinn getrieben werden. Wenn Will eine solche Begegnung nicht irgendwie vermeiden konnte, gab es keinen Ausweg. Der Graue König benutzte Prichard als einen Schild und wußte, daß er selbst geschützt bliebe, wenn der Schild zerstört würde.

Will rief voller Angst – und wußte kaum, was er tat: „Caradog Prichard! Hören Sie auf! Lassen Sie uns allein! Um Ihrer selbst willen, lassen Sie mich allein!"

Aber es war sinnlos. Das Gewicht ihrer Auseinandersetzung war schon zu groß, wie ein Rad, das immer schneller bergab rollt. Caradog Prichard betrachtete in kindischem Entzücken den vor Fisch brodelnden See, rieb sich die Hände und redete auf walisisch mit sich selbst. Er sah Will an und kicherte. Er hörte nicht auf zu reden, wechselte aber zu Englisch über. In einem halb verrückten Unterhaltungston kamen ihm die Worte schnell von den Lippen.

„Siehst du jetzt die hübschen Wesen, so viele Tausende, und alle gehören uns und tun, was wir sagen, wir sind sechs Schwänen besser gewachsen, als du erwartet hast, eh, *dewin bach?* Du weißt ja nicht, worauf du dich eingelassen hast, uns reicht es jetzt mit dem Unsinn, meinen Freunden und mir, es wird Zeit, daß du mir den Hund zeigst, den Hund, denn all deine Mätzchen, uns loszuwerden, werden dir nichts nützen. Überhaupt nichts nützen. Ich will jetzt den Hund, Engländer, du sagst mir, wo ich den Hund finde, und mein schönes Gewehr wartet dort drüben im Auto schon auf ihn, und in diesem Tal werden keine Schafe mehr ermordet. Dafür werde ich sorgen."

Er beobachtete Will, die kleinen Augen schossen pfeilschnell hin und her und glichen selbst kleinen Fischen. Plötzlich hefteten sich seine Blicke erneut auf die in Sackleinen gewickelte Harfe.

„Aber zuerst möchte ich gern sehen, was du dort unter dem Arm trägst, Junge; daher denke ich, daß du es mir zeigen wirst, wenn du willst, daß wir dich in Ruhe lassen." Bei den letzten Worten kicherte er wieder, und Will wußte, daß er jetzt nicht mehr hoffen konnte, den Berghang zu erreichen, die Stelle, an der es am sichersten und am passendsten gewesen wäre, die goldene Harfe zu spielen. Er trat langsam zurück, in einer geschmeidigen Bewegung, die Caradog Prichard nicht beunruhigen sollte, und da Prichards glänzende Augen zu spät Wachsamkeit zeigten, zog er die Harfe aus ihrer Hülle, legte sie in den gebeugten Arm, wie er es bei Bran gesehen hatte, und ließ die Finger der anderen Hand über die Saiten gleiten.

Und die Welt veränderte sich.

Schon jetzt hatte der Himmel einen dunkleren Grauton angenommen, als der Nachmittag in den Abend überging und die Wolken immer mehr nach Regen aussahen. Aber als die lieblichen Klänge der kleinen Harfe emporstiegen, von süßer Wehmut erfüllt, schien ein seltsames Leuchten ganz zart aus See und Himmel und Wolken, aus Berg und Tal, Farn und Gras aufzusteigen. Farben wurden kräftiger, dunkle Stellen dichter und geheimnisvoller, jeder Anblick und jede Empfindung lebhafter und deutlicher. Die Fische, die die ganze schwankende Oberfläche des Sees bedeckten, veränderten ihre Lage; wie glitzerndes Silber sprang ein Fisch nach dem anderen in die Luft und kam in einem Bogen wieder herunter, bis der See nicht mehr beladen schien mit dem schweren Gewicht träger Kreaturen, sondern lebendig und tanzend vor hellen Streifen silbernen Lichts.

Und aus dem dem Meer zugewandten Ende des Tales ertönte zum See hin ein anderes Geräusch über den lieblichen Arpeggios, die Wills Finger mit sanften Bewegungen den Saiten seiner Harfe entlockte, ein rauhes Schreien, wie der Ruf der Möwen. In Gruppen oder paarweise fliegend, ohne Formation, kamen die seltsamen ellipsenförmigen Kormorane auf den See zugestürzt, zwanzig oder dreißig, mehr als Will je zusammen hatte fliegen sehen. Die Könige der Fischer auf dem Meer, normalerweise nur in der Nähe des Meeres und seiner Klippen und Felswände zu sehen, glitten herunter auf die Oberfläche des Llyn Mwyngil und begannen nach den springenden Fischen zu schnappen, und Will dachte plötzlich an die Geschichten, die Bran erzählt hatte über den Vogelfelsen, den Craig yr Aderyn, und daß er der einzige Ort auf der Welt sei, wo Kormorane sich im Inland versammeln und Nester bauen, weil die Küste im Land des Grauen Königs keine felsigen Klippen für Brutplätze hat, sondern nur Sand und Strände und Dünen.

Sie kamen heruntergestürzt. Die Fische sprangen glitzernd in die Höhe, die Kormorane schlangen sie herunter und drehten zur Seite ab, tauchten und schluckten wieder. Caradog Prichard begann mürrisch zu jammern, wie ein enttäuschtes Kind. Das merkwürdige Licht schimmerte durch das Tal. Noch immer glitten Wills Finger über die Saiten der Harfe, und die Musik plätscherte dahin, bedächtig und klar wie Quellwasser. Er war von einer Spannung erfüllt, die in ihm prickelte wie elektrischer Strom, eine ungestüme Vorahnung unbekannter Wunder; er fühlte sich angespannt, als sei jedes seiner Haare aufgerichtet. Und dann, auf einmal, verschwanden die Fische, die Oberfläche des Sees war plötzlich glatt wie dunkles Glas, und alle Kormorane stiegen in einer Wolke auf, schlugen schreiend einen Bogen und entschwanden auf dem Weg zum Vogelfelsen am Ende des langen breiten Tales den Blicken. Und durch das Leuchten, das im Tal ein aus Tageslicht und Mondlicht bestehendes Zwielicht verbreitete, sah Will sechs Gestalten Form annehmen.

Es waren Reiter auf ihren Pferden. Sie kamen aus dem Berg, aus den niedrigsten Hängen des Cader Idris, die vom See bis zu den Festungen des Grauen Königs reichten. Es waren silbergraue, schimmernde Gestalten auf Pferden von der gleichen seltsamen Zwischenfarbe, und sie ritten über den See, ohne das Wasser zu berühren, ohne ein Geräusch zu machen. Die Harfenmusik zog sie an, und als sie näherkamen, sah Will, daß sie lächelten. Sie trugen Tuniken und Umhänge. Jeder von ihnen trug ein Schwert an seiner Seite. Zwei hatten Kapuzen über den Kopf gezogen. Einer trug einen Ring um den Kopf, den schimmernden Ring eines Edelmannes, wenn auch nicht die Krone eines Königs. Er wandte sich Will zu, als die gespenstische Gruppe vorbeiritt, und neigte lächelnd den bärtigen Kopf zum Gruß. Die Musik aus der Harfe in Wills Händen rieselte mit Glockenklang durch das Tal, und Will neigte den eigenen Kopf in ernsthaftem Gruß, unterbrach aber nicht sein Spiel.

Die Reiter ritten an Caradog Prichard vorbei, der ausdruckslos auf den See starrte, nach den verschwundenen wundersamen Fischen Ausschau hielt und offensichtlich nichts anderes sah. *Er hat die Macht des Grauen Königs,* dachte Will, *aber nicht die Augen ...* Dann wandten die Reiter sich plötzlich wieder dem Berghang zu, und bevor Will darüber staunen konnte, sah er Bran dort auf dem Hang stehen, auf halbem Weg über dem lockeren Gestein, in der Nähe des Simses, der früher an diesem Tag seinen eigenen Sturz aufgehalten hatte. Der schwarze Schäferhund Pen stand neben ihm, und hinter ihnen mühte sich Owen Davies den Hang hinauf, die gleiche Leere im Gesicht wie Caradog Prichard. Es war gewöhnlichen Menschen nicht gegeben zu sehen, daß die Schläfer, aus ihrer jahrhundertelangen Ruhe geweckt, jetzt auf dem Weg waren, die Welt vor der sich erhebenden Finsternis zu retten.

Aber Bran konnte sehen.

Er stand dort und beobachtete die Schläfer, und sein blasses

Gesicht glänzte vor Entzücken. Er hob eine Hand, um Will zu grüßen, und öffnete beide Arme in Bewunderung des Harfenspiels. Einen Moment lang schien er nichts anderes zu sein als ein unkomplizierter kleiner Junge, den ein wunderbarer Anblick in großes Erstaunen versetzt hat. Aber nur einen Moment. Die sechs Reiter, silbergrau schimmernd auf ihren silbergrauen Pferden, folgten ihrem Anführer und hielten für einen Augenblick in einer Reihe vor der Stelle, wo Bran stand. Jeder zog sein Schwert, hielt es salutierend aufrecht vor sein Gesicht und küßte die flache Seite der Klinge, als huldige er einem König. Und Bran stand dort, schlank und aufrecht wie ein junger Baum, sein weißes Haar wie ein silberner Helmschmuck glänzend, und neigte ernsthaft den Kopf vor ihnen, mit dem ruhigen Hochmut eines Königs, der eine Gefälligkeit erweist.

Dann steckten sie ihre Schwerter wieder in die Scheide und wandten sich ab, und die silbergrauen Pferde erhoben sich in die Lüfte. Und die Schläfer, erwacht und weiterreitend, stiegen hoch über dem See auf und tauchten immer tiefer ein in die zunehmende Dunkelheit des Tal y Llyn Passes und darüber hinaus, bis sie das Tal verlassen hatten und nicht mehr zu sehen waren.

Will ließ seine Hände auf der goldenen Harfe ruhen, und die zarte Melodie erstarb. Nur das Flüstern des Windes blieb. Er fühlte sich ausgelaugt, als habe alle Kraft ihn verlassen. Zum erstenmal erinnerte er sich, daß er nicht nur ein Uralter war, sondern auch ein Genesender, immer noch geschwächt von der langen Krankheit, die ihn überhaupt nach Wales geschickt hatte.

Für einen flüchtigen Augenblick dachte er auch an das, was John Rowlands über die Kälte im Herzen des Lichts gesagt hatte, und ihm wurde klar, welche Kraft ihn so unerwartet und so schwer hatte erkranken lassen. Aber es war nur ein Augenblick. Für einen Uralten waren diese Dinge nicht wichtig.

Plötzlich wurde er beiseite gestoßen, und eine derbe Hand riß ihm hastig die Harfe aus dem Arm. Die Macht des Grauen Königs schien Caradog Prichard verlassen zu haben, aber er war nicht mehr, was er gewesen war, bevor er zum Werkzeug der Finsternis wurde.

„Darum geht es also die ganze Zeit", sagte Prichard mit rauher Stimme. „Eine verdammte Harfe, ein kleines goldenes Ding, genau wie das, was sie gespielt hat."

„Geben Sie sie mir wieder", sagte Will. Dann hielt er inne. *„Sie?"*

„Die Harfe stammt aus Wales, Engländer, es ist eine alte Harfe." Prichard betrachtete das Instrument mißtrauisch. „Wie mag es wohl in deine Hände geraten sein? Du hast nicht das Recht, eine Harfe aus Wales mit dir herumzutragen." Plötzlich funkelte er Will bösartig an. „Geh nach Hause. Geh zurück, wo du hingehörst. Kümmer dich um deine eigenen Angelegenheiten."

Will sagte: „Die Harfe hat ihren Zweck erfüllt. Was meinten Sie damit, *was sie gespielt hat?"*

„Kümmer dich um deine eigenen Angelegenheiten", sagte Prichard wütend zum zweitenmal. „Das liegt lange zurück und geht dich nichts an."

Aus dem Augenwinkel sah Will, daß oben auf dem Hang Owen Davies zu Bran getreten war und daß Pen ruhelos zwischen ihnen hin und her rannte. Verzweifelt versuchte Will, mit Willenskraft Bran zu veranlassen, fortzugehen, außer Sicht; er verstand nicht, warum er dort im Freien blieb, wo Caradog Prichard ihn mit einem zufälligen Blick entdecken konnte. *Geh!* rief er stumm. *Geh weg!* Aber es war zu spät. Irgend etwas, vielleicht das unruhige Hinundhergelaufe des Hundes, erregte Prichards Aufmerksamkeit; er blickte halb unbewußt nach oben und erstarrte.

Jeder Teil dessen, was dann geschah, brannte sich in Wills Gedächtnis ein, so daß er später jederzeit wieder das Tosen einer bevorstehenden Katastrophe fühlen und wie ein buntes Bild den trüben grauen Himmel sehen konnte, den aufragenden Berg, das sich kräuselnde Wasser des dunklen Sees, die auffallenden Farbtupfer, verursacht von einem weißhaarigen Jungen und einem Mann mit flammend rotem Haar – und über allem das seltsame Schimmern des Lichts, wie das warnende Leuchten, das kurz vor einem heftigen Unwetter über einer Landschaft liegt. Caradog Prichard wandte ihm ein Gesicht zu, das von einer erschreckenden Mischung aus Zorn, Vorwurf und Schmerz gezeichnet war, und unter all dem lag Haß und der Wunsch zurückzuschlagen. Er blickte Will mitten ins Gesicht, holte mit dem Arm aus und warf die goldene Harfe weit hinaus in den See. Kleine Kreise entstanden auf dem dunklen Wasser und wurden größer, dann ruhte der See wieder.

Dann lief Prichard leichtfüßig wie ein Junge auf den Berg zu und auf Bran, der dort wie eine Galionsfigur stand, den Hund Pen neben sich. Kurz vor dem Hang bog Prichard zur Seite ab und folgte der sich windenden Straße, die zurück ins Tal führte. Will sah, daß er den kleinen grauen Lieferwagen dort an der Straße abgestellt hatte und jetzt mit großer Schnelligkeit darauf zulief.

Im gleichen Augenblick wurde Will klar, was Prichard vorhatte, und er versuchte, ihn mit einem starken Zauberspruch daran zu hindern – aber der Schutz des Grauen Königs, unter dem Prichard, ohne es zu wissen, immer noch stand, machte den Spruch unwirksam. Caradog Prichard kam zu dem Lieferwagen, riß die Hintertür auf und zerrte sein Gewehr mit dem langen Lauf heraus, dasselbe Gewehr, mit dem er Brans Hund Cafall erschossen hatte. Er spannte das Gewehr hastig, machte kehrt und begann, mit entschlossenen und festen Schritten auf den Jungen und den Hund auf dem Hang zuzugehen. Er brauchte sich jetzt nicht mehr zu beeilen. Es gab keine Stelle, wo sie Schutz finden konnten. Will grub seine Fingernägel in die Handflächen und suchte in Gedanken verzweifelt nach einer wirkungsvollen Verteidigung. Dann hörte er, daß ein Auto sich geräuschvoll näherte.

Der Landrover schoß mit erstaunlicher Geschwindigkeit aus der Straße zum Ty-Bont-Hof heraus und um die Biegung zum See. John Rowlands mußte Prichard und seinen Lieferwagen und sein Gewehr alle in einem einzigen entsetzten Augenblick gesehen haben, denn das robuste kleine Auto raste voran und kam fast unmittelbar vor Prichards Füßen ruckartig zum Halten. Die Tür schien kaum geöffnet, da war John Rowlands' hagere Gestalt auch schon draußen. Er stand ruhig da und richtete seine Blicke auf Caradog Prichard und den Jungen und den Hund auf dem Hang hinter Prichard. „Caradog", sagte er, „es gibt hier kein Schaf mit aufgerissener Kehle. Du hast nicht das Recht, und es besteht keine Veranlassung."

Prichards Stimme klang hoch und gefährlich. „Dort oben liegt ein totes Schaf, jetzt!" Und Will sah, daß die Leiche des Schafes, das die *milgwn* angegriffen hatten, immer noch dort oben auf dem Sims lag, sichtbar als ein weißer Haufen von der Stelle aus, wo sie standen. Erst jetzt wurde ihm klar, warum der Graue König dafür gesorgt hatte, daß seine *milgwn* es auf diese Stelle brachten.

„Das ist ein Schaf von Pentref, eines von denen, die auf dem Clwyd-Hof überwintern", sagte John Rowlands.

„Oh, sehr wahrscheinlich", entgegnete Prichard höhnisch.

„Ich werde es dir beweisen. Komm mit und sieh's dir an."

„Selbst wenn das stimmt, was sagt das schon? Es ist immer noch dein Killer-Hund, der diese Dinge tut – sogar bei Schafen, für die du die Verantwortung hast? Was ist los mit dir, Rowlands, daß du ihn trotzdem behältst?" Mit vor Wut schweißnassem Gesicht hob Prichard das Gewehr bis zur Hüfte und richtete es auf den Hang.

„*Nein*", sagte John Rowlands hinter ihm, und seine Stimme klang sehr tief.

Irgend etwas in Caradog Prichard platzte, und er fuhr herum, um Rowlands ins Gesicht zu sehen, mit noch immer erhobenem Gewehr. Seine Stimme wurde noch höher; er war wie ein zum Zerreißen gespanntes Seil.

„In alles mußt du deine Nase stecken, John Rowlands. Willst mir wieder in die Quere kommen, wie damals. Du hättest dich damals nicht einmischen sollen, dann hätte ich ihn überwältigt, und sie wäre mit mir gekommen. Sie wäre mit mir gekommen, wenn du dich da rausgehalten hättest."

Seine Hände waren weiß, wo sie das Gewehr umklammerten, und seine Worte kamen so schnell, daß sie übereinander stolperten. John Rowlands starrte ihn sprachlos an, und Will sah, wie auf dem rauhen, freundlichen Gesicht auf das Erstaunen langsam Verstehen folgte, als Rowlands klar wurde, wovon Prichard sprach.

Aber bevor er etwas sagen konnte, ertönte über ihnen Owen Davies' Stimme, ungewöhnlich kräftig und klar, wie eine klingende Glocke. „Oh, nein, sie wäre nicht mit dir gekommen, Caradog, niemals. Und auch diesen Kampf hättest du nicht gewonnen, du hättest ihn in hundert Jahren nicht gewonnen, und du hattest Glück, daß John Rowlands sich eingemischt hat. Ich wußte nicht, was ich tat, aber ich hätte dich getötet, wenn ich es gekonnt hätte, getötet, weil du meiner Gwen weh getan hast."

„Deine Gwen?" Prichard spuckte die Worte fast aus. „Jedermanns Gwen! Das war so klar wie das Tageslicht. Warum sonst sollte sie einen Mann wie dich nehmen, Owen Davies? Sie war ein liebliches wildes Ding aus den Bergen, mit einem Gesicht wie eine Blume und Fingern, die Musik zogen aus dieser kleinen Harfe, die sie bei sich hatte, Musik, wie du sie nie zuvor gehört hast ..." Für einen Augenblick lag eine tiefe Sehnsucht in seiner Stimme. Aber fast ebenso schnell verzerrte sich das gequälte, halb wahnsinnige Gesicht wieder zur Bösartigkeit. Er starrte auf Brans weißen Kopf.

„Und der Bastard dort, den du all diese Jahre bei dir behalten hast, um mich zu peinigen, um mich zu erinnern – du hattest auch auf ihn kein Recht –, ich hätte besser als du für sie und für ihr Kind sorgen können ..."

Bran sagte in einer hohen fernen Stimme, die so weit aus der Vergangenheit zu kommen schien, daß sie Will frösteln ließ: „Und hätten Sie dann auch meinen Hund Cafall erschossen, Mr. Prichard?"

„War ja nicht einmal dein eigener Hund, dieses Viech", sagte Prichard schroff. „War ein Arbeitshund deines Vaters."

„Oh, ja", sagte Bran in derselben klaren fernen Stimme.

„Ja, das stimmt. Mein Vater hatte einen Hund, der Cafall hieß."

Will prickelte das Blut in den Adern, denn er wußte, daß der Cafall, von dem Bran sprach, nicht der Hund Cafall war, den Prichard erschossen hatte, und daß der Vater nicht Owen Davies war. Jetzt wußte Bran, der Pendragon, also von seinem wahren, großartigen, schrecklichen Erbe. Dann erwachte in Will ein letztes plötzliches Erstaunen. Owen Davies mußte dem Hund seinen Namen gegeben haben, denn Bran hatte gesagt, daß Cafall zu ihnen gekommen sei, als er selbst noch sehr klein war. *Warum hatte Owen Davies dem Hund seines Sohnes den Namen des Hundes des großen Königs gegeben?*

Seine Blicke glitten zu Owen Davies' magerer, wenig anziehender Gestalt, und er sah, daß Davies ihn beobachtete.

„Oh, ja", sagte Davies. „Ich wußte es. Ich versuchte, es nicht zu glauben, aber ich habe es immer gewußt. Sie kam vom Cader Idris, siehst du, und das heißt auf englisch Sitz des Arthur. Mit dem Sohn Arthurs kam sie aus der Vergangenheit, weil sie den König, ihren Herrn, betrogen hatte und befürchtete, er würde seinen Sohn hinauswerfen. Mit der Zauberkunst des *dewin* brachte sie den Jungen in die Zukunft, fort von ihren Problemen – in die Zukunft, die für uns die Gegenwart ist. Und hier ließ sie ihn zurück. Und vielleicht, vielleicht hätte sie selbst nicht in die Vergangenheit zurückkehren müssen, wenn der dicke Dummkopf dort sich nicht eingemischt hätte, als er die Harfe hörte und meine Guinevere wollte und versuchte, sie zu entführen."

Er blickte kalt hinunter auf Caradog Prichard. Mit einem wutentbrannten Knurren warf Prichard sich das Gewehr auf die Schulter, aber John Rowlands streckte seinen langen Arm aus und entriß ihm die Waffe, bevor er den Abzug berühren konnte. Prichard schrie wütend auf, versetzte Rowlands einen heftigen Stoß und lief davon, um in haßerfülltem Zorn auf den Felsvorsprung zuzuklettern, wo Bran und Owen Davies standen.

Bran ging zu Davies und legte ihm den Arm um die Hüfte

und lehnte sich eng an ihn. Es war die erste Geste der Zuneigung zwischen den beiden, die Will je gesehen hatte. Und in Owen Davies' erschöpftem Gesicht erwachte erstaunte, liebevolle Überraschung, während er auf den weißen Kopf des Jungen hinunterschaute und beide wartend dort standen.

Prichard kletterte auf sie zu, Mord in den Augen. Aber John Rowlands war dicht hinter ihm. Er holte mit dem Gewehr aus wie mit einem Stock und schlug Prichard zur Seite; dann packte er ihn und hielt ihn mit der Kraft eines viel jüngeren Mannes. Wild um sich schlagend, aber hilflos, lehnte Caradog Prichard den Kopf zurück und gab den schrecklichen Schrei eines Wahnsinnigen von sich, während jeder Einfluß der Finsternis ihn verließ und er als das Wrack zurückblieb, das er von jetzt an sein würde. Und da die Schläfer davongeritten waren und die letzte Hoffnung, Bran einen Schaden zuzufügen, entschwunden war, gab der Graue König seinen Kampf auf.

Der Widerhall von Prichards Schrei wurde zu einem langen heulenden Ruf durch die Berge, steigend und fallend, steigend und widertönend von Gipfel zu Gipfel, als alle Mächte der Finsternis den Cader Idris für immer verließen, das Tal des Dysynni und den Tal y Llyn. Kalt wie der Tod, qualvoll wie alle Verluste der Welt, erstarb der Schrei langsam und schien doch noch in der Luft zu hängen.

Sie standen regungslos, von Entsetzen gepackt.

Und der Nebel, den die Menschen den Atem des Grauen Königs nennen, kam aus dem Paß und die Bergwände heruntergekrochen, wogend und sich windend und Streifen bildend, und verbarg alles, was er erreichte, bis er zuletzt jeden von ihnen von den anderen abgeschnitten hatte. Ein raschelndes, scharrendes Geräusch kam aus dem Nebel, aber nur Will sah die großen grauen Gestalten der Geisterfüchse, der *milgwn* des Brenin Llwyd, kopfüber den Berg heruntergelaufen kommen, sich in den dunklen See stürzen und verschwinden.

Dann schloß sich der Nebel über dem Llyn Mwyngil, dem

See in der freundlichen Abgeschiedenheit, und ein kaltes Schweigen herrschte im ganzen Tal, ausgenommen das gelegentliche ferne Blöken eines Bergschafs, wie das Echo der Stimme eines Mannes, der den Namen eines Mädchens rief, weit weg.

RTB Jeans

RTB 975

RTB 1511

RTB 1515

RTB 1591

RTB 1600

RTB 1612

Ravensburger TaschenBücher

RTB Abenteuer

RTB 181

RTB 695

RTB 725

RTB 1547

RTB 1554

RTB 1592

Ravensburger TaschenBücher

RTB RoMan

RTB 957

RTB 958

RTB 976

RTB 1530

RTB 1587

RTB 1618

Ravensburger TaschenBücher